MÊME LES ANGES

CHRISTÈLE WURMSER

MÊME LES ANGES

roman

nrf

GALLIMARD

À Laurent.
Pour lui, grâce à lui.

« … que tant de mers me séparent de vous… »

Racine

Je tends la main.
Les draps n'ont pas encore eu le temps de refroidir.
Dans l'autre main j'ai votre voix que blanchit la distance
et qui demande pardon, pardon d'être si loin.
Il est cinq heures du matin. Vous m'appelez d'un aéroport
et je n'arrive pas à recoudre ensemble
votre voix subitement mêlée de sonorités étrangères
et votre corps qui, sous les draps,
m'écrase encore.

Tout à l'heure, nous faisions l'amour.
J'ai sur mes lèvres un peu de votre sueur séchée.
Vous vous êtes sauvé, dites-vous, « en pleine nuit pour ne pas te faire de peine, tu as si mal vécu mes précédents départs… »

Derrière la vitre, il fait un bel octobre.
J'ouvre et je ferme les cuisses.
Je respire les bouffées chaudes que le lit garde de vous,
j'écoute votre voix qui peu à peu s'épuise, usée par mes

silences et par la faute d'avoir osé partir sans m'en avertir.
Aujourd'hui, pour la première fois depuis que nous nous aimons,
vous m'avez trahie.

Tant pis.
Je partirai seule à la Villa Médicis.

Je viens d'y obtenir un long séjour pour écrire, je ne vous en ai rien dit,
j'étais si fière, je voulais vous en faire la surprise,
vous emmener un peu malgré vous dans ma vie plutôt que de rester toujours à butiner la vôtre,
je voulais vous bander les yeux,
vous les auriez ouverts sur un palais italien, nous aurions partagé ma première nuit en baldaquin.
Mais, moins experte que vous dans l'art de comploter,
j'ai manqué de promptitude à ordonner mon voyage.
Vous avez fui. Vous avez précisément choisi cet instant de vie
secrète et joyeuse
pour disparaître de mon lit.

Tant pis, vous dis-je.
Avec votre billet d'avion, je ferai des confettis.
Vous reniflez ?
Vous pleurez ?

Recroquevillée sur l'oreiller, lovée dans ce que vous m'avez laissé d'embruns, immobile et tenant à la main le combiné décroché,
j'ai
sous mes paupières baissées,
les yeux larges à vous avaler.
Combien de temps durera votre voyage. J'écoute sonner les heures. J'ai en moi des plaines, des hameaux, des bois, des clochers esseulés, des domaines où brame le cerf tandis qu'on charge la fourragère.

Il fait beau sous la nuit. À la frange des toits, le
jour passe sa main et l'ardoise infiniment pâlit.
Je ne pleure pas.
J'ai en mémoire des troupeaux d'aïeules anonymes qui furent délaissées sur le bord des chemins et qui, sans verser larme aucune, continuèrent de marcher dur vers le soleil levant. Elles avaient de la corne aux pieds, elles en auraient eu aux fesses s'il fallait. Avec leurs gueules de pierre, elles ne tombaient pas, jamais. À moins que ça

ne soit pour goûter la terre et s'y reposer. Elles tenaient à la main leurs jupes et leurs souliers, elles avaient en bouche mille chansons d'antan qui les peignaient courbées sous l'attente, et lorsque au soir posé l'horizon se bouchait et le pré commençait à fumer,
elles les fredonnaient en riant.
Mais suis-je de ces amantes-là ?
Suis-je de celles qui, lourdes d'histoire passée,
lourdes de guerres et d'expéditions diverses qui laissèrent leurs aïeules au port ou à la faux,
attendent à leur tour et, baissant le front, continuent de faire germer le blé ?
Si je ne pleure pas aujourd'hui, c'est que je suis avec vous. C'est que je vous accompagne pied à pied dans cette déchirure que vous me faites. Je ne vous lâche pas. Je ne vous quitte pas, moi. Je vous colle aux reins, aux aisselles, à la nuque,
je deviens votre sac, votre toile usée, votre bosse,
votre raison d'être épuisé, vous demandez si je dors ? Flanquée sur vos épaules, bringuebalée au rythme de votre marche, je croque les poils de votre dos. Ne l'aviez-vous pas prévu ? Franchissant honteusement ma fenêtre,
chaussures à la main, pull roulé en boule sous votre aisselle que tantôt je léchais à pleine bave, vous vous êtes pris les pieds dans mes pages qui sont pleines de vous, dans votre précipitation vous les avez arrachées
laissant après vous les traces du chemin que vous prétendiez parcourir sans moi, si bien que pour vous suivre je n'ai qu'à suivre, en y posant le pied, vos empreintes qui ont troué ce que j'avais écrit. C'est qu'il n'est pas aisé d'être brigand lorsque la veille on fut prince,

c'est qu'il n'est pas aisé d'affirmer son courage lorsque l'aimée, sous le drap léger, semble plus démunie qu'un fruit de mer auquel on arrache la coquille. Vous avez chu dans la luzerne qui envahit le bord des pistes à Roissy, les voyageurs s'amusent de voir y gambader des lapins, et dc là, pris d'un soudain remords
ou pire,
espérant que cela atténuerait quelque peu votre ignominie,
vous m'avez appelée.
Que risquiez-vous ? De la luzerne au lit, du lit à la luzerne, le voyage n'était-il pas trop amorcé pour que j'y contrevienne ? Vous vous étiez, pour couvrir votre retraite, trop assuré de mon assoupissement. Peut-être m'aviez-vous droguée dès avant le coucher ? Et moi,
frivole, écervelée, gaie depuis plusieurs jours et close sur le secret de mon propre voyage, attentive seulement à glisser sous votre chandail mes orteils glacés et vous faisiez semblant d'en être agacé,
j'ai ingurgité le breuvage et je l'ai savouré ?
Je ne sais.

Il reste que j'ai dormi et que vous avez fui.
Il reste que vous m'appelez et que vous pleurez.
Si j'en suis meurtrie
ce n'est certes pas que je vous plains,
c'est qu'avec même force je vous aime et je vous maudis.

Tout un jour a passé.
Toute une nuit aussi.
Ce que je fais ?
Je continue de ne pas vous quitter.
À l'heure qu'il est, je le sais, vous rejoignez les Touareg nomades du Sahara. Avec votre équipe d'hommes bardés de matériel vous avez l'air d'une bande de repentis que la cité crache au désert et qu'il faut d'urgence ou convertir ou maudire. Vous vous inclinez et les Touareg à leur tour s'inclinent.
C'est l'aurore.
Vous avez encore les oreilles débordantes du bruit des villes et le cœur noyé et un peu de ma voix qui vous reste accrochée aux veines, un peu de mon rire aussi qui parfois surgit et vous irrite. Vous voudriez ouvrir une vanne en vous qui laisserait pénétrer la quiétude dans les replis du souvenir quitte à ce que celle-ci momentanément m'efface et vaquer à vos affaires sans vous poser davantage de questions. Mais à quoi rêvez-vous ?

Cette mer d'huile à laquelle vous aspirez est troublée de grains de sable que j'y ai semés, miettes de verre qui vous lacèrent le dedans du corps et rendent vain, naïf, cet effort d'oubli auquel vous vous appliquez, Barbe Bleue d'un autre temps qui n'a pas compris que la Belle habite son sang autant que son cœur et qu'il n'existe, dans le cerveau, nulle cavité capable de la tenir enfermée,
nulle route neuronale conduisant à cette cavité. Sous sa voûte crânienne l'amant, à son insu, abrite son premier rival qu'on nomme l'hippocampe. Celui-ci, tandis que l'amant s'agite, devient le cheval blanc dont le galop furieux traverse les orages, les songes, les innombrables déchirures de la jouissance et, au mépris de tous les dangers, enlève au plus profond de la nuit, au plus profond du sommeil de l'amant,
la jeune fille éperdue. Chaque fois que vous avez fourré votre nez dans mes cuisses, votre hippocampe s'est empli les naseaux de cette odeur de cocaïne
qui aujourd'hui me rend indélébile
à l'intérieur de vous.

Maintenant vous buvez les trois thés.
Vous appréciez l'amertume du premier, la tendresse du second, la suavité du dernier qui soudain vous rappelle à votre enfance, vous ne savez pas pourquoi. Puis vous commencez à filmer et le bruit des caméras effraie ces grands bergers du silence. Les femmes rient. Vous les remerciez de leur joie qui vous dérouille le cœur. Vous évitez de regarder leurs mains, vous avez peur d'y deviner une trop lourde paix. Vous vous asseyez sous l'acacia parmi les outres et les tapis, vous regardez

devant vous la lande grumeleuse et sèche, vous écoutez les chèvres, vous mesurez la lumière,
vous faites votre métier.
Et ce faisant vous me privez du mien qui est d'écrire.
Trois jours ont passé.
Trois nuits aussi.
Voyez à quoi vous me réduisez. Je passe mes journées à vous suivre, à vous porter dans votre absence, à vous accompagner là où vous n'avez pas voulu de moi croyant que fuir en douce estomperait votre fuite. Alors que, fuyant de la sorte, non seulement vous m'arrachez le cœur, ce qui sans doute est fort banal, mais vous m'arrachez l'écriture. Mes cahiers, qu'à longueur d'année vous me voyez continûment emplir, mes cahiers restent vides. Tandis que je vous l'exprime, je vois les phrases tourner sous mon crâne comme tournent les ritournelles qui après nous avoir séduits nous obsèdent. On ne sait plus qui est prisonnier : la phrase du crâne ou le crâne de la phrase ? Vous êtes mon encre, je suis le plumier. L'encre a fui, le plumier est vide. Rien ne s'écrit. Le savez-vous cela ? En prenez-vous pleine mesure ?
Que savez-vous de moi ?
Que savez-vous de mes écritures dont vous dites toujours qu'elles vous volent quelque chose de moi que vous ne connaîtrez jamais. Bêta ! Si vous les lisiez ! Si vous ouvriez mes cahiers au lieu de vous en servir pour rouler votre tabac ! Si au moins vous n'aviez pas fait cette erreur un jour de me laisser découvrir, tombées derrière le semainier, plusieurs de mes lettres, empoussiérées, vierges de toute lecture et de toute curiosité,
vierges d'amour devrais-je dire.

Vous ne le croirez pas mais il m'arrive sur ce point d'envier nos aïeules qui, une fois les casseroles récurées et la nappe battue, brodaient, priaient, pratiquaient le crochet et nonobstant,
rêvaient,
s'emplissaient l'âme d'aventures, fantasmes, rocambolesques passions, frivoles effusions dont le murmure à peine affleurait aux lèvres mais,
eût-on soulevé leurs paupières soigneusement tenues baissées sur l'ouvrage, qu'on aurait surpris à l'ombre des cils et confondus aux larmes, les plus scandaleuses amours, les romans les plus sulfureux. Cependant au soir quand revenait l'époux, leur visage n'avouait le plus souvent qu'attente, ardeur, soumission,
devoir.
Leurs armoires s'emplissaient de draps brodés, napperons, rouleaux de dentelles, tapisseries au point de croix, étoles à franges, taies ourdies qui dissimulaient en leur trame autant d'histoires contées au diable, autant de livres précocement destinés au silence, à l'héritage, au panier, autant de récits « pour le tiroir » comme on dit en Hongrie ou quelque part ailleurs dans l'est du monde pour qualifier les écrits perdus,
ceux que nul ne déchiffrera jamais, ceux dont personne jamais ne se nourrira sauf peut-être quelque mite égarée, dévoreuse aux ailes transparentes attirée par l'exhalaison sucrée du papier et croyant y reconnaître celle du blé ou de la laine fraîchement cardée, se régalant à creuser dans la prose un nid de guipures où elle déposera ses larves,
perles d'ambre qui, dès l'éclosion, s'épanouiront

alentour et à la force de leurs mandibules, réduiront en poudre le manuscrit depuis la page titre jusqu'à la signature. Il ne restera dans le tiroir, qu'un monticule de sable, une odeur d'encre poivrée, une impression de désolation mais si discrète
qu'il suffira de souffler dessus pour qu'elle disparaisse. Et avec elle disparaîtra toute une vie passée à fouler la terre sans y laisser la moindre trace.

Mes écritures sont plus limpides que les étamines de nos aïeules et moins modestes. En elles, point de scandale ou de flamme fautive, point de mensonge, point de mystère. Ce n'est plus de saison. Des guerrières ont ouvert le chemin. Je n'écris pas pour me taire. J'écris pour être lue. N'est-il pas temps de vous dire que, depuis que je vous connais, je n'écris plus que pour être lue de vous ?
Je vous aime.
C'est presque devenu ma seule arme pour écrire, ma seule qualité. Dépliez mes dernières pages, séparez-les, mettez-les bout à bout, qu'importe ! vous n'y trouverez qu'une empreinte,
la vôtre, qu'une histoire découpée en menus morceaux, la nôtre. Il suffit pour la lire d'avoir été à l'école et d'y avoir appris le français,
il suffit de m'aimer.
Ne m'aimez-vous pas ? Ou bien, vous étiez un cancre en vos jeunes années et vous l'êtes resté ? Mes cahiers ne sont pourtant pas des livres d'école et si je suis votre maîtresse, je suppose que vous ne me confondez pas avec celle qui donne des devoirs et fait réciter les leçons. Mais

vous m'échappez un beau matin et voilà que l'écriture m'échappe. Un goût de charbon me vient. Qu'avez-vous brûlé en moi qui à mon insu s'est consumé ? Que vous ai-je laissé calciner en moi ?
Je veux ne plus jamais dépendre de vous en mes écritures ! Cela vous piquera peut-être et vous consentirez à me lire ? J'écrirai comme j'aurais un amant ! Cet amant ne serait pas un amant ordinaire, un meuble pour l'attente, un jeu de patience, un fauteuil où je jouerais au dada sur mon bidet à l'heure du goûter, une récréation qui laisserait aux doigts des traces de chocolat. Cet amant vivrait sous votre toit, sous vos yeux, sous vos mains,
sous votre présence autant que sous votre absence, il vous narguerait, il vous provoquerait, il me connaîtrait des nudités que vous ne soupçonnez pas. Car si vous avez accès aux particules les plus secrètes de mon corps, il ne méconnaîtrait pas, lui, celles de mon être enclos, celles que ni mes yeux ni mes instants d'amour fiévreux ne vous livrent jamais. Celles-ci
lui seraient réservées.
En mes pages, un amant prendrait corps. J'y serais couchée avec lui aussi intimement qu'en des draps avec vous. Il surgirait dans le papier avec une vraie carrure d'homme comme la vôtre, et de vraies paumes comme les vôtres qui pètent de désir et dont j'aime lécher les frontières salines. Il prendrait visage,
et ce visage à deux mains serait bu. Il prendrait vie,
c'est-à-dire sexe et âme,
et souffle suffisamment pour me bouffer chair et verbe, et défaillir en mes bras comme toujours vous faites à l'instant de traverser avec moi la plaine morte qui sépare

deux étreintes et qui rend presque insupportable la vue des doigts et des cheveux mêlés,
la vue pour moi de votre dos qui, partageant ma couche,
se lève et se pose et se repaît de sommeil,
et m'oublie,
cependant que j'écris.

Hélas ! Pour l'heure mon seul amant c'est vous
et vous êtes parti,
homme de chair et de salive et d'os,
soldat que les combats ont prématurément vieilli et mon ventre, chaque fois que vous le prenez, est la dernière citadelle qu'il faut vaincre avant d'oser mourir et vous exigez qu'elle gémisse sous votre poids comme ont gémi, sous le poids des guerriers,
Rome et Troie.
Comme a gémi Pompéi
sous la colère du Vésuve.
Mes cahiers restent muets.
Vous m'avez réduite au silence
homme aimé.

Ne savez-vous rien du boucan que fait votre absence ? Comment osez-vous ne pas être là où le lever du jour m'émeut ? N'êtes-vous pas caché dans la froissure du matelas ? Croyez-vous que mes seuls bras suffisent à me soutenir, tout occupés qu'ils sont du creux que vous leur faites, vous qui êtes sorti de nos draps de coton pour goûter les nuits du Hoggar, dormir sur des tapis, sentir sous vous la planète qui bouge ! Vous m'avez si souvent parlé de vos horizons secrets que je m'y promène désormais comme s'ils étaient miens, j'y fais des fouilles, j'y cherche avec rage des raisons de vous désaimer. Je n'y trouve qu'aventure chaude, épices, douceur vive, somnolence épaissie de désir, envie de vous, envie de votre plaisir. Pourtant je n'arrive jamais à franchir le seuil de la tente où vous dormez, je reste à l'extérieur, je vous entends respirer. Les peaux de chèvre n'ont aucun mouvement, ce n'est pas ici que traîne le vent. Comment s'appelle la maîtresse du campement ? Première levée, a-t-elle déjà allumé le feu et la bouilloire chante pour le thé ? Parviendrez-vous

un jour, dans ces gestes de l'éveil que rien ne doit troubler,
à la filmer ?

Regardez ! l'aube est presque levée,
la deuxième aube. Il ne reste guère aux chéneaux qu'un peu de poudre et de blanc. Que cet instant de lumière naissante est traître, que je vous aime ! Que je voudrais vous tenir en mes bras plutôt qu'en mon sein vide et vous entendre râler sous mes doigts plutôt que vous taire sous ma plume ! Voyez comme inlassablement elle vous revient, fourmi laborieuse, obstinée, prudente, qui de la source ne s'éloigne guère et d'habitude se trempe à votre voix. Mais votre voix est aujourd'hui perdue, si bien qu'au lieu de vous trouver elle ne trouve que rien. Elle aurait voulu faire goutter sur la trame des sons graves ! Si la bise s'était levée, je gage qu'au fil de votre absence encore on l'aurait vue sécher, mantille battant la brume, griffe noire et stérile apposée au ciel bas.

Je pars.
Je vais me jeter dans le premier avion.
J'ai appelé la Villa Médicis, j'ai dit que je désirais venir le plus tôt possible. Ils ont répondu que mon logement n'était pas encore prêt mais qu'on trouverait toujours quelque chambre pour m'héberger.
Je laisse à mon tour ce lit qui fut notre amarre, car disons que vous êtes chebec, disons que je suis voile : il a suffi d'une nuit pour que cède le mât et le voici, désormais, qui nous sépare.
Peut-être un cimetière quelque part attend notre épave, peut-être un continent nous ouvrira ses terres afin qu'au port
l'océan nous répare.

Suis-je veuve de paille ou amante délaissée ? J'ai du plomb dans les poumons, du foin dans le cœur, du désordre et de la peur. Si, quittant Paris, je vous perdais ? Si j'étais à jamais perdue ? Si, de votre côté, lâchant la quille vous cédiez aux courants ? Si je cédais aux vents ?

Il y a tant de routes folles par le monde, tant d'ivresses fécondes, tant de bas-côtés où le pied peut glisser et je n'ai plus à ma taille votre bras pour empêcher que je me brise ! Je n'ai jamais sans votre main sauté la douve ou franchi le gué,
je n'ai jamais aimé en dehors de vous, jamais voyagé ! Jusqu'à vous, je n'avais fait qu'écrire. Et encore ! Était-ce écrire puisque c'était en dehors de vous ?
Qu'emporterai-je en ma valise, outre mes cahiers tout à vous destinés, outre mes brouillons – mais qu'en ferai-je puisque je ne sais plus écrire –, outre ce foulard de soie rouge que vous m'avez rapporté de Baroda en me recommandant de ne le laver jamais afin que la crasse et la sueur dont vous l'aviez imprégné et la poussière et les odeurs de l'Inde continuent de me protéger,
outre ces roses de pain que Garance fabriquait à la hâte avant de débarrasser la table. Elle récupérait la mie sur le bord des assiettes « car c'est pécher que gâcher », elle la roulait sous ses doigts usés par la tâche, elle en faisait des roses pas plus hautes que le petit doigt et qui, me confiait-elle, portaient bonheur aux filles que Dieu ne marie pas. Qu'emporterai-je en ma valise outre la terreur de me tromper de chemin, d'avion, de pays, de destin, de rendez-vous,
et chacun attendrait l'autre dans son coin pour rien, et j'hériterais tout soudain pour moi seule d'un corps qui n'est jamais autant le mien que lorsqu'il est défini par vos mains, territoire où vous avez planté les crocs et qui pour longtemps encore je le crains,
vous appartient, aussi sûrement que si vous aviez pissé dessus comme un chien.

Je pars. Je voudrais hélas ! que cela me fût aussi simple que pour le roitelet s'élancer depuis la rambarde d'une fenêtre, battre des ailes et se laisser porter par le vent jusqu'à plus soif, se poser alors là où bon lui semble sans avoir à se soucier ni du contenu de ses bagages ni de celui de son cœur, ni d'avoir bien ou mal fermé sa maison, ni d'avoir prévenu ses amis de son absence, sa famille, sa mère, sa sœur. Ma mère, ma sœur… Je ne leur ai rien dit. Dois-je leur envoyer un mot ? Elles non plus ne m'ont rien dit à la publication de mon livre. L'ont-elles lu ? Ma sœur me déteste depuis ma naissance sans avoir jamais dit pourquoi. Ma mère me sourit depuis ma naissance tout autant qu'elle m'ignore et je crains de ne jamais élucider le mystère que constitue pour moi, sur un visage aimé, cette bonté croisée d'indifférence. Mais Garance ? Il faut au moins appeler Garance.
— Garance ?
— Oui ?
— Je pars en Italie.
— Oh mon Dieu ! Et pour quoi faire ?
— Pour écrire. Je viens d'être admise à la Villa Médicis.
Garance soupire. Que peut-elle y comprendre ?
— Garance, parle-moi de la Mordrière.
— Elle est en crue.
— Fais-tu toujours des roses de pain ?
— Je n'en ai plus fait ces temps-ci.
— Tu m'en feras, Garance ? Et quand je viendrai te voir, ensemble nous les peindrons.
— Quand viendras-tu si tu pars en Italie ?
Quand je raccroche, je suis presque en sanglots.

Je pars. Je ne veux plus prévenir personne. Je ne veux pas que cela se remarque. Je veux être un oiseau. Je jette dans ma valise un exemplaire du roman que j'ai publié l'an dernier aux Éditions du Renard Rouge. Sans cette publication qui a eu l'heur d'éveiller l'intérêt de plusieurs critiques et dont les droits sont en discussion pour une réalisation cinématographique, je n'aurais jamais été admise à la Villa Médicis.
Je pars.
À l'instant de franchir la porte, j'aperçois votre veste de cuir qui pend à la patère. Comment avez-vous pu la laisser là ? Vous ne vous en séparez jamais. Je l'attrape, je m'y engouffre, j'ai l'impression d'entrer chez vous par effraction. Je me goinfre de l'odeur du cuir qui se confond avec la vôtre, je gratte le fond des poches, j'y trouve du sable et des piécettes de cuivre d'une monnaie étrangère, et des cailloux translucides, ils sont peut-être précieux ? et dans la poche dite « portefeuille »
une de mes culottes.
Je l'y avais glissée lors d'un de vos précédents voyages. L'avez-vous jamais dénichée ? Y avez-vous mis le nez ? Avez-vous éprouvé la morsure du manque qui traverse le corps de haut en bas et vient se ficher dans la pointe du sexe et l'on ne parvient plus à s'en débarrasser ? On voudrait la cueillir mais c'est une fleur d'ortie, la brûler mais c'est elle qui nous brûle, la dépoter mais c'est dans le vide qu'elle prend racine. Je ne sais pas de quoi j'ai l'air avec votre veste sur le dos. D'un escargot maigrelet qui s'est trompé de maison et traîne sur son dos un ballon de rugby plutôt que sa coquille ? D'une tortue de jardin qui, suite à quelque coup malencontreux du

destin, se trouve affublée de l'envahissante carapace d'une tortue aquatique ? D'une seiche qui, ayant égaré son manteau, aurait emprunté celui de sa mère mais n'aurait pas pour le remplir l'ossature suffisamment développée et ceux qui la croisent ne peuvent réprimer un élan de pitié songeant malgré eux que, pour être si perdue dans son vêtement, elle doit être bien affamée.

Je ne suis affamée que de vous.
Vous êtes un crabe, je suis un parasite. Blottie sur la banquette arrière d'un taxi parisien qui m'emmène à l'aéroport, je suce les coutures de votre veste, je me nourris des restes que vous avez laissés dans votre carapace. La ville que je quitte est grise, elle trempe dans le gobelet d'un aquarelliste atteint de mélancolie qui, du ciel de plomb aux pavés parisiens en passant par les multiples nuances des toits d'ardoise, étudie le dégradé subtil de cette morosité que Paris, mieux qu'aucune autre ville au monde, sait porter avec élégance. Allongée sur les quais, en bord de Seine, elle semble négligemment vêtue d'un renard argenté.

J'ai raté mon entrée à la Villa Médicis.

Je suis arrivée en plein vernissage de l'exposition Balthus. Personne ne m'attendait. Tant pis pour moi, ils m'avaient prévenue.

J'avais imaginé un somptueux escalier de pierre blanche menant à un palais de sucre. J'ai trouvé une porte close dans un haut portail lui-même incrusté dans une haute façade elle-même si sombre que son sommet se confondait avec la nuit.

Je me suis souvenue du portail de l'institut Sainte-Marie-des-Anges, de cette certitude brutale d'être trop petite pour ne pas être dévorée, de cette sensation que le corps se vide par les pieds et simultanément s'emplit de terreur et dans les veines le sang se fige, me glace même les os, de cette confusion dans mon esprit où malgré tous mes efforts le mot « pensionnat » se confondait avec le mot « orphelinat ».

Puis je ne me suis plus souvenue de rien. J'ai fait une ellipse, comme vous aimez à dire, un de ces malaises qui désormais ne vous effraient plus, vos bras se tenant toujours prêts à me recueillir quand vous sortez avec moi. J'ai glissé contre la porte, j'ai atterri sur ma valise, je ne me suis pas fait mal, vous dites que je suis trop légère pour me blesser, que je ne fais pas plus de bruit en tombant qu'une poupée de chiffon. Un passant a fini par tirer la sonnette afin d'alerter.

Quand je suis revenue à moi, j'étais allongée à même le matelas dans un lit à baldaquin mais sans dais, sans ciel de lit, avec l'armature seulement, de sorte que j'ai cru d'abord être en pleine mer à bord d'un quatre-mâts privé de voilure. Puis un ange est entré dans mon champ de vision. Une angelle, c'est ce que je me suis dit, une angelle avec une auréole de cheveux crépus et blonds, des yeux ronds, un drôle de nez posé en virgule au milieu de la figure et une voix sonnant comme un grelot et s'exclamant :

— Ça va mieux ? Tu nous as fait peur. On t'a trouvée sur ta valise, on a cru d'abord que ce n'était qu'une veste de cuir jetée là puis on a vu que tu étais dedans. Tu es la nouvelle pensionnaire ? Je m'appelle Gwendoline. D'habitude, je suis pensionnaire restauratrice d'art. Oui, ça existe. Mais cette semaine, ils m'ont collée à l'accueil avec Gontran. Du coup on se retrouve à gérer le vernissage de l'expo Balthus. Je ne te dis pas le boulot ! C'est Matoso qui t'a montée jusqu'ici, le responsable de l'espace pensionnaire. Tu l'as vu ? C'est une armoire à glace avec que de la tendresse rangée sur les étagères. Il a dit que tu ne pesais rien. Remarque, ta valise non plus ne pèse rien. Tes affaires vont arriver par le train un jour prochain, je suppose ? Elle n'est pas très gaie cette chambre. Surtout depuis qu'ils ont descendu le mobilier

Balthus pour l'exposition. Mais tu ne vas pas y rester longtemps. Et puis tu verras, il y a une belle vue sur les jardins. Veux-tu que nous fassions venir un médecin ? Je dois redescendre au portail, j'ai laissé Gontran tout seul pour filtrer les entrées. Le pauvre ! Il doit s'ennuyer à mourir. Il est pensionnaire musicien. La seule chose qui l'intéresse dans la vie, ce sont les dièses et les bémols. Tiens, je te laisse la clé de la chambre.
Elle s'esquive ainsi que font les anges et le charme de son apparition est si prompt à s'effacer que je doute presque de sa réalité. J'ai froid. Je trouve dans ma valise un pantalon molletonné que j'enfile sous ma robe et un gilet de maille carmin, des grosses chaussettes tricotées par Garance, elle m'en envoie une paire chaque année à Noël, j'en ai toute une collection. Enfin, je chausse mes vieux godillots que j'emporte partout avec moi car ils sont mes bottes de sept lieues même si vous dites qu'ils me font des jambes de poulbot. J'ouvre la porte. Derrière moi, sur la table de chevet, la loupiote vacille et dans l'obscurité provoque des encyclies. Je ne l'éteins pas. Elle sera ma servante au même titre que cette ampoule qu'on laisse allumée sur toutes les scènes de théâtre après la fermeture et qui veille la nuit contre les fantômes et les ombres.

La chambre donne sur une drôle de passerelle qui de fait n'a pas l'air vrai, elle court à flanc de villa juste sous les cintres, on voit le vide sous les planches disjointes, on a très envie de tomber. J'ai l'impression d'avoir par mégarde, entre deux représentations, investi le décor d'une comédie de Goldoni. Des projecteurs vont m'aveugler, j'aurai beau raidir les jambes je perdrai l'équilibre, je basculerai par-dessus la balustrade. Ça fera un joli scandale. On dira que je me suis suicidée parce que vous m'avez abandonnée, on le dira forcément. Personne ne pourra témoigner que c'était un bête, un banal accident. Que j'ai été prise de vertige, non de désespoir, ce qui est infiniment moins romantique.

Je reviens dans la chambre, j'y retrouve la terre ferme, les tommettes correctement scellées, les murs épais. J'ouvre les volets de bois posés à l'intérieur de la fenêtre, je grimpe sur le rebord, je me colle à la vitre,

va-t-elle céder. Va-t-elle céder ?

C'est moi qui cède. J'ai le cœur au bord des lèvres. Je me couche sur le lit. Il ne me reste plus qu'à regarder la nuit et dormir. Mais ça houle toujours. Est-ce à cause du plafond trop haut, de la nuit infinie, du vide sous la passerelle ? Est-ce à cause de vous ? J'attrape votre veste, je me dis qu'elle va me donner du poids, me clouer au sol, m'interdire de tomber comme de voler. Je ressors. Ça tangue toujours. J'ai la marée en moi que la lune harangue et le tournis et l'amour de vous et ce foutu néant sous les pieds qui tire. Je me dis qu'il y faut de la méthode. Je colle d'un côté mon épaule au mur, de l'autre ma main à la rambarde, je la sens qui mollit sous ma poigne, fait des saillies vers les ténèbres béantes. J'atteins enfin l'escalier dont la structure de ferraille lâche au fil de ma descente laborieuse des couinements d'échelle mal accrochée. La terre soudain m'attrape aux chevilles, j'ai failli marcher sur un chat qui rauque et crache en s'éloignant. Il rejoint non loin ses compères qui miaulent et poussent des cris d'enfants soumis à quelque sinistre torture. On dirait un troupeau de limaces géantes dont le reflet bleuté épaissit encore la nuit déjà plus dense que le velours ou la poix.

Le roulis en moi peu à peu s'apaise. J'avance à tâtons et garde prudemment la main au mur. Je me dis qu'en procédant de la sorte, je finirai nécessairement par arriver quelque part. Subitement mes oreilles se débouchent, une membrane se déchire au profond du tympan et cède au mugissement de Rome que j'accueille, immobile, avec le soulagement de l'infirme qui guérit. Chaque ville a son râle comme chaque désert son silence. J'écoute en moi naître Rome, je la laisse me prendre dans sa gorge, me chahuter avec son rire de Gitane qui a été nourrie à la mamelle des louves.
Une porte grince, une lueur filtre et surprend Mercure faisant des cabrioles dans une vasque sur la loggia. J'entends que sur ma gauche on dispute une partie de billard, le choc des boules entre elles, leur roulement sur le tapis, le temps suspendu entre les coups. Je m'approche. Au moment d'entrer, j'ai une dernière hésitation. Je me dis qu'attifée comme je suis, je dois avoir l'air d'une clocharde. Je pousse la porte.

Il faudrait parler de la beauté des visages qu'on voit pour la première fois, de ce talent qu'ont certains à faire feu de toute lumière, à accrocher les éclairages les plus hasardeux et à surgir de l'ombre là où tout autre y resterait englouti. Il est accoudé au bar et l'on voit que ses mains lui pèsent. Est-ce le clair-obscur qui sculpte son profil, est-ce son profil qui sculpte le clair-obscur ?

Il a au corps cette fatigue que l'on peut voir aux insectes lorsqu'ils entreprennent de pousser devant eux une trop lourde charge. Il dit :

— Moi, c'est Mathys. Et toi ?

Il tient son regard baissé. Il faudrait parler des gouffres qui peuvent s'ouvrir en nous simplement pour un regard baissé, de ces crépuscules hideux que l'on traverse sans y penser mais qui nous dévorent puis jettent en pâture aux nuits glacées nos restes, nos dents lavées, notre force usée. Les victimes du crépuscule pour la plupart n'ont pas conscience d'avoir été mangées. Lorsque après le festin à nouveau elles accostent à la civilisation, elles se croient entières alors qu'elles ne sont que miettes. Si venait à se poser près d'elles un passereau noctambule, il s'y tromperait et se mettrait à les picorer. Mais elles n'en savent rien. Le crépuscule leur est une épreuve quotidienne qui les met en danger car il les pousse au bord d'un précipice où parfois l'une d'entre elles bascule avalant brusquement un surplus de médicaments, d'alcool, de drogues mélangées. On dit alors que cet être fragile s'est suicidé. Mais c'est un leurre. Cet être fragile était atteint d'un syndrome crépusculaire. C'est le crépuscule qui l'a tué aussi sûrement qu'un cancer.

N'est-ce pas au couchant que ma mère un jour voulut mourir ? C'était bien avant ma naissance, bien avant que mon père ne décide de l'enlever, de la faire sienne, de l'arracher à l'asile où on l'avait enfermée, à la ville qui tant la meurtrissait car elle y avait vécu l'indicible, l'innommable qui pourtant porte un nom.

Inceste.

Il y a des mots trop étroits pour le drame qu'ils contiennent.

Mon père l'épousa et lui offrit, sur les bords de la Mordrière où depuis des années déjà il s'était retiré pour peindre, sinon un havre d'amour fou du moins un havre d'amour. Il l'aimait follement. Mais sans doute avait-il compris que dans la vie de ma mère, l'amour ne ferait havre qu'à condition de n'être point troublé de folie. Mon père recueillit dans la forteresse de sa solitude cette libellule qui, de surcroît, dans ses ailes brisées, serrait une fillette de presque cinq ans dont le visage frappait par sa sauvagerie et dont l'œil gauche était masqué par une mèche blanche, de sorte qu'elle ne regardait jamais que de biais. Quand je vins au monde, j'admis en vrac un lot de préceptes qu'il n'était pas question de contester : cette fillette hostile avec une mèche vieille était ma sœur. Sa mère était notre mère. Mon père n'était pas son père. Les araignées avaient six pattes, on ne pouvait donc les confondre avec les insectes, les pâquerettes poussaient à Pâques dans le gazon, on pouvait donc les cueillir, les orties poussaient dans le fumier à n'importe quelle saison, on devait donc les fuir. Et le plus important, rabâché par mon père : on est beaucoup moins perdu dans la vie quand on sait nommer les choses.
Ainsi, invariablement, dès la tombée du jour, mon père surgissait de son atelier, traversait le pré d'un pas vif et criait « Arrière, crépuscule ! Arrière, elfes funestes,

farfadets et lutins de sinistre augure ! ». Je le guettais depuis la fenêtre du corridor, je voyais devant lui sauter les rainettes affolées – que j'appelai longtemps des elfes –, je riais. Il m'attrapait, me faisait sauter au bout de ses bras et répétait de sa voix forte : « C'est qui cette gamine qui ne pèse pas plus qu'une cacahuète ? » Nous avions des jeux bruyants, des fous rires, des éclats de tendresse et de joie. Ma sœur restait penchée sur ses cahiers et ses livres. Ma mère nous regardait en souriant. Trompée par ces épisodes d'euphorie journalière, je suis restée longtemps sans soupçonner que j'avais hérité de ma mère la morsure du crépuscule, et que si mon père s'acharnait chaque jour à faire pareil boucan, c'était pour faire diversion et détourner l'heure mauvaise, pour écarter le danger où j'étais, entre chien et loup, de faire un faux pas.

Je comprends qu'en m'adressant la parole, Mathys fait un effort de politesse et que mon nom, bien qu'il me le demande, ne l'intéresse pas.
Je ne sais pas pourquoi j'en suis blessée.
Il sent la vodka et le lait caillé.
Un groupe d'Italiens passablement éméchés surgit de je ne sais où. Ils interpellent Mathys, lui donnent de grandes claques sur les épaules, cherchent à l'entraîner avec eux. Il fait le dos rond, rit doucement, les évite. Par défaut, ils se rabattent sur moi, me chahutent, m'embarquent, me poussent devant eux ainsi qu'un ballot de paille. Je n'oppose ni volonté, ni résistance, ni aucune forme de complicité. Ils ne sont pas méchants. Simplement, je n'ai guère plus de valeur à leurs yeux qu'une bouteille de

chianti vidée par d'autres et abandonnée sur le bord du chemin. Ils braillent à tout-va que la Villa Médicis jouit d'une des plus belles vues sur Rome, qu'il ne faut pas rater ça. Ils me juchent sur un muret aussi large qu'une autoroute, bordé d'un haut parapet et assurément prévu pour contenir pareils débordements. Ils rient de me voir trembler et hurlent à mes oreilles que je dois regarder en contrebas toute cette beauté étalée. Quant à eux, ce jeu déjà les lasse. Sans ambages ils s'éloignent et me laissent plantée comme un piquet. Je regarde. Par-delà les acanthes, je regarde,

mais que ferai-je de ce que je vois ? Qu'aurai-je encore à faire lorsque j'aurai tout vu ? Il semble que partout ici les murs sont si vieux qu'on continue de les voir vieillir, les plafonds si hauts qu'on les oublie, on se croit juste sous la voûte céleste, si je m'étire, je vais toucher le ciel. Mais voilà : je ne m'étire pas. Je crois même que je me ratatine, que je rétrécis, que je m'étiole sous les ruines ambiantes, les fresques centenaires, les peintures jusqu'à la nausée, les statues qui prolifèrent et perdurent, nez et bras arrachés, gueules défoncées, seins becquetés par les siècles galeux.

Je saute du muret. À reculons je m'éloigne du point de vue sur Rome. Cette ville n'est-elle pas munie de tentacules et capable de m'égorger en traîtresse sitôt que j'aurai le dos tourné ? La fête se poursuit à la Villa mais fourbe, sans gaieté franche, sans débordements de sons ou de lumières qui éclabousseraient le parc au lieu de ne lui accorder pour tout éclairage que quelques flammèches au ras des pelouses. L'une d'elles ne va-t-elle pas m'attraper aux chevilles et me transformer en torche vivante ? Je recule, je trébuche, je veux courir, je me cogne. Je devine sur ma gauche les Italiens de tantôt qui cherchent à escalader les grilles vers la Villa Borghèse, tombent, se blessent et rient beaucoup. Le groupe se scinde. Les filles hurlent que le *bosco* est à portée de main et qu'il faut sans conteste en visiter les souterrains plus terrifiants, dit la rumeur, que le plus terrifiant des trains fantômes. Bizarrement, les garçons résistent. Ou bien ils disparaissent et nul ne saura jamais ce qu'ils sont devenus. Cela n'arrive-t-il que dans les films d'horreur ?

Je vois autour de moi grouiller des ombres que je n'identifie pas. Je voudrais retrouver mon lit à baldaquin, m'y jeter à plat ventre et ce serait demain sans que je pense à rien.

Mais ce n'est pas demain. C'est le *bosco.* Je viens d'y pénétrer malgré moi. Le drôle de bois surélevé qu'évoquaient à l'instant les Italiens. S'y sont-ils engouffrés ? Et dans l'état d'ébriété où ils étaient, se sont-ils risqués à emprunter cet escalier aux marches gluantes, couvertes de mousse qui, sans vergogne, invite à descendre vers ces souterrains qui défraient la chronique et exaltent les amateurs d'émotions fortes ?

J'y suis descendue. Sous le *bosco,* les souterrains sont pleins de membres, bustes, visages à bout desquels ni l'humidité ni le temps ne viennent. Immuables dans cette cave devenue leur tombeau pitoyable autant qu'impitoyable, ils continuent de luire dans l'obscurité avec leur chair trouée, ils veillent, ils se tiennent par les moignons, ils gardent grands ouverts leurs yeux

de marbre que rien n'émeut, pas même l'emprise des racines qui, par endroits, trouent la terre et s'agrippent à eux.
Au-dessus de ce caveau poussent les vélanis et les noisetiers, les fougères, les églantiers, les champignons qui pètent sous le pied et répandent une cendre malodorante. J'imagine qu'ici s'enlacent les amoureux, et se chahutent et se baisent et copulent dans la tourbe et les feuilles pourries,
puis se taisent et s'éloignent d'un pas désuni. La traversée du *bosco* lui-même ne prend que quelques minutes. Il faut, depuis le fond du parc, gravir quatre marches de pierre.
Aussitôt, la moiteur est suffocante. Elle prend aux poumons, au cœur, à l'intime du ventre, elle entrave les jambes, colle aux cheveux, s'insinue dans les cuisses, on se déplace soudain dans une eau tiède qui ralentit la marche et force à respirer comme on quémande à boire, elle glisse sa main forte dans le bas du dos et ses doigts coulent jusqu'à l'anus qui s'étrécit puis s'ouvre puis s'étrécit, prompt à gobelotter cette lampée de plaisir vers laquelle il se cabre en spasmes gourmands. Sous les ovaires, un étang se répand dont les lèvres se gorgent, un nénuphar déploie ses pétales alourdis de vase et de suc. La première fois que je suis entrée dans le *bosco*, c'était par hasard et j'ai failli fuir. Mais j'y suis venue une fois seconde. Exprès. Pour vous chercher,
m'emplir le nez de cette odeur de sève rancie qui jaillit de l'adiante quand on la piétine et rappelle celle de votre verge quand à l'intérieur le sperme la cogne, qu'elle lutte pour le contenir et qu'il perle goutte à goutte en

son extrémité tendre. De toute ma langue je le tète, le mêle de sueur et de salive, le malaxe, l'épaissis. De toutes mes narines, je le renifle par longues goulées qui coulent dans mes poumons et je sens mes mamelons qui s'ouvrent en corolles, s'étirent, s'agrippent à la chair et veulent l'engloutir, ancolies brutalement transformées en trompettes jaunes qui me mâchent les seins. Je sniffe votre sève, j'en ai le nez gonflé, presque tuméfié et cette brûlure où musc et morve se conjuguent, m'enivre. Je deviens, au passage de vos mains qui me bêchent de bout en bout, une terre grasse coupée en deux par un liman putrescent, une glaise tranchée d'un sillon de larve, une seiche dont vous avez arraché l'os et qui baigne vive dans son encre.
Seule dans le *bosco*, j'ai vu la nuit se vautrer sur les cimes. J'ai rêvé de votre poids sur moi, de votre paume appuyée sur ma nuque et enfonçant mon visage dans l'humus puant, de votre sexe travaillant mes entrailles jusqu'au sang, les labourant à grands coups, attendant patiemment et furieusement que mon corps éructe, j'ai rêvé que vous vous acharniez à m'emplir la bouche de terre croquante et de champignons en décomposition et de coléoptères traînant à la lueur des étoiles, afin que nul autre que vous n'entende ce feulement que vous m'arrachez quand de toute votre masse d'homme vous me faites si fort enfler la chair que la peau craquelle et finit par céder.
La déchirure provoque en moi un silence immense.
Vous dites que je crie, mais que ce n'est pas moi qui crie, c'est quelque chose en moi qui vous rend fou, qui vous a appelé dès la première seconde où vous avez posé les

yeux sur moi, et pour me l'arracher il y faut toute votre puissance, tout votre corps jeté dans l'oubli de tout si ce n'est la quête de ce cri. Vous dites que chaque fois vous vous jurez d'attraper cet oiseau aussitôt qu'il jaillira de moi, de le mettre en cage entre vos doigts afin de pouvoir plus tard calmement l'écouter, comprendre de quoi il est fait et rompre le sortilège dont vous êtes victime. Mais le cri a trop de pouvoir, dites-vous. Tandis qu'il fuse, tout votre être se soumet. Votre cerveau, votre moelle épinière, vos cartilages se liquéfient et dégringolent d'un coup dans vos testicules. À cause du cri, dites-vous, vous lâchez un sperme si épais qu'il vous semble parfois que votre verge va se fendre sur toute la longueur et le hurlement de votre jouissance est aussi celui de votre frayeur.
Vous dites que même si je m'en défends, je connais le chant des sirènes, que vous l'entendez sourdre en moi, que j'ai fait de vous, homme passionné de contrées ensablées et de terres que l'eau n'a jamais atteintes,
un marin qui inexorablement retourne à la mer
dans l'espoir de s'y noyer.
Où êtes-vous ?
Sur le chemin du puits, assoiffée, je me suis égarée. J'ai laissé s'éloigner les femmes et les dromadaires,
les outres pleines,
les psalmodies solitaires,
les voix tremblées,
les silhouettes bleu de nuit qu'estompaient la poussière et la lumière tombante,
j'ai laissé s'éteindre la chanson triste de l'imzad, et les poèmes et les légendes qu'à la veillée récitaient les

plus anciennes et les hommes autour buvaient un thé brûlant,
j'ai coulé de votre dos où je me croyais à jamais échouée, était-ce pendant votre sommeil ? J'ouvre les yeux sur une ville étrangère qui rugit dans le val et lance au ciel des éclats rougeoyants et me brûle si je tends la main, fraisil rescapé d'une histoire trop ancienne pour ne pas être à demi inventée et à demi perdue.
Où êtes-vous ?
Les tertres se sont aplanis, le désert m'apparaît sans substance
et sans sel, sans écho et sans voix. Pour me souvenir de vous je n'ai que le creux de mes bras qui, posé sur mon ventre, est comme un linge froid.

Je pousse les lourds volets de mon nouveau logement. J'écoute sur les vélanèdes tomber la pluie et s'enfuir les mulots. Au pied des fenêtres, une sentine recueille un jus marron où barbotent punaises, limicoles et pucerons. Telle est ma demeure. Telle je suis. Non pas princesse mais souillon, recluse à la lisière d'un bois où la meute des chats même ne vient pas. Une crécelle s'embourbe dans le sol pourri puis s'élève ayant encore aux pattes une feuille collée. Là-haut, deux ou trois cimes effilochées accusent le triste état de cette futaie reculée, toute livrée au hurlement continu de Rome qui, nuit et jour, cogne les murailles de la Villa et les érode et leur ôte parfois de si lourdes écailles qu'en la marne molle et noire, on les entend tomber.
Dès le lendemain de mon arrivée, on m'a fait quitter la chambre de la passerelle pour m'installer ici. Loin de tout. Loin du palais surtout, avec ses hauts salons, ses lustres, ses lambris, ses murs décorés par Balthus, ses salles de bal délaissées comme de vieilles demoiselles

que la danse aurait oubliées et qui, sur le bord de la piste et sous les lampions, pour plusieurs siècles
se seraient endormies,
imaginant dans leur infantile crédulité qu'un prince, d'un baiser, viendrait leur rendre vie.
Le prince n'est pas venu, ne viendra plus. Les salles ne bourdonnent que de leur propre vacance et lorsqu'un pas les traverse ou un rire ou parfois même un concert, une fête menue,
ils n'y laissent pas plus de traces que n'en laisserait, dans la soute d'un paquebot échoué,
un clavecin dont les cordes, dévorées par les algues, la léchure de l'océan et la râpe du temps, une à une céderaient crevant la vase d'un misérable remous.
Tête renversée en arrière, je me suis étonnée de cette négligence de l'être humain, de son indifférence quand sous ses yeux lentement se délabre une œuvre que son propre génie avait sortie du néant, de ces coins de palais qui pèlent depuis le plafond jusqu'aux fondations, de ces soffites bretaudés alors qu'ils furent, à l'origine, conçus au plus haut afin que la noblesse éprouve sa proximité avec les cieux et, devinant le paradis à portée de main, s'en apaise.
Aujourd'hui, la gale a tout envahi. Sous la virulence de son eczéma le paradis a disparu.
Ne reste qu'une métaphore de l'enfer.

Je fréquente peu ces pièces gigantesques. Je reste en mon logis. J'essaie depuis ici de traverser les terres, de recoudre ensemble nos vies séparées, de recréer les veinules par où je tenais à vous tantôt

et vous à moi,
croyais-je.
J'ai déplié sur mon carrelage une mappemonde, j'y passe mes nuits à genoux, et quand surgit l'aurore,
je découvre étonnée que le Hoggar est usé, l'ocre gris, les frontières exaspérées, et l'Afrique entière d'un fanage avancé.
La pensée m'envahit soudain qu'au lieu de vous donner chair sous ma main impatiente, je suis en train de vous gommer du monde, j'efface avec mes ongles les traces de vos pas, les kilomètres que vous parcourez loin de moi, les mirages mouvants que les dunes vous donnent,
le rire des femmes derrière leurs doigts bagués,
le regard qu'elles posent sur vos épaules,
chacune rêvant aussitôt de s'y poser toute,
l'horizon blanc,
la tentation fulgurante que vous avez chaque jour de vous y fondre à tout jamais et le sirocco rapporterait au camp les lambeaux ensablés de votre tunique bleu passé.

Je jette sur la mappemonde notre foulard de Baroda, mer rouge qui engloutit le Hoggar en une brève et majestueuse palpitation. Je m'y vautre, certaine de trouver dans les fibres votre éther emprisonné. Je cherche les plissures où vous aurez le mieux trempé, je les renifle, je les creuse, je voudrais y sombrer, me mettre de la soie rouge jusqu'au fond des poumons, m'en emplir le gosier,
pocharder,
puis m'asseoir sous un porche et cuver, sentir brûler en moi l'alcool de votre peau, régurgiter vos odeurs fades

et crever.
Au lieu de quoi j'éternue,
à cause de la poussière et du froid et des ondées incessantes,
et du carrelage sous mes pieds nus,
et de l'ombre que fait le bois.

La sonnerie du téléphone surgit dans la pièce et son bourdonnement, son incongruité dans le silence mouillé dont je suis depuis plusieurs jours entourée me paralysent.
Quand je bondis pour répondre, il est trop tard, la ligne est vide.
L'appareil n'a pas plus d'intérêt qu'un scarabée mort.

Je me souviens d'un temps cruel où se forgeait notre amour débutant. Je n'avais plus de vie que pour escompter vos appels, je demeurais des nuits entières assise sur ma chaise en bois, supportant à peine mon propre souffle,
n'osant ni me coucher, ni dormir, ni même lire, car toute occupation me semblait une insomnie faite à cet amour que je n'osais encore nommer de crainte qu'il s'en trouve fracassé,
une sorte de transgression à laquelle en l'occurrence je ne serais pas parvenue à m'astreindre tant m'opprimait mon cœur fou, vorace, opiacé par le besoin de vous.
Lorsque enfin votre voix venait, c'était la fin de la matinée, je vous avais tant espéré qu'en ma gorge les mots se brouillaient, l'émotion m'étouffait et se mêlait d'une rage impuissante à vous retenir, déjà vous raccrochiez !

Je n'avais rien su vous dire.
Je m'écroulais sur mon lit. Je ne sentais rien, sinon mes yeux qui brûlaient, l'odieuse attente les ayant asséchés, et mes paupières qui, revenant du puits, s'acharnaient à les vouloir fraîchir. Mais l'eau versée sur l'incendie ne faisait qu'outrer la fumée et exacerber la brûlure.
Vos lèvres plus tard m'éveillaient,
larges, gourmandes,
plissant mon oreille et la faisant rouler sur la langue.
Je réclamais de l'eau,
le soir était venu, vous vous inquiétiez de me trouver à cette heure pliée sous les couvertures et toute chiffonnée d'un mauvais sommeil, vous demandiez si j'avais mal, je m'étonnais de votre innocence qui secrètement me ravissait, mais je me gardais de répondre, je me méfiais des mots et de leurs trahisons, je prenais votre main, je la chauffais dans le haut de mes cuisses, n'était-ce pas assez avouer le manque qui me dévorait et que votre présence allait pour quelques heures trompeusement combler. Toujours, dès le premier instant, je craignais le dernier. Dès le début de la nuit j'appréhendais l'aube qui l'achèverait et vous verrait partir sans préciser si c'était pour longtemps, je redoutais le frottement du pantalon hâtivement enfilé, le veston avec ses pièces de monnaie, la barbe débutante et dure sur mon ventre où vous laisseriez un moment votre joue avant de mordiller ma touffe et d'y poser un ultime baiser.

Que faire ?
Dès le sortir de vos étreintes mon imagination combattait ma mémoire, la mettait en doute, la troublait. Ce n'est

pas en vous quittant que je me lavais mais en vous accueillant, tant nos deux odeurs mélangées sur mes doigts, sur ma peau, sur mes aines bleuies constituaient en votre absence la seule preuve tangible d'un amour partagé,
encore était-ce la preuve d'un acte, non d'une émotion,
encore était-ce un acte passé,
une occasion de renifler par la chair même combien douloureux, palpable, déchirant serait un renoncement.
Mais renoncer à quoi,
me disais-je ? À une histoire à peine amorcée ? À un goût nouveau dans la bouche, et partout ailleurs des courbatures, et mes bras morts car ne connaissant plus leur usage qu'au contact des vôtres, et mes mâchoires dessoudées, et le lit constamment en désordre, et le néant tout autour, et mon fade passé et mon avenir soudainement radiés, et mon présent limitant brutalement, arbitrairement, toutes ses exigences à vos seuls contours, tout son devenir à votre seul amour ?

Renoncer à quoi, me disais-je ? À quelques jours, osselets qui brûlent les paumes, on y joue, on est nul, on en rit, les osselets se perdent dans la literie. L'histoire est si récente qu'il n'y a pas d'osselets de rechange, pas de souvenirs, pas de collection où piocher.
Renoncer à quoi, me disais-je ? À ce baiser du premier soir venu interrompre sur ma bouche le babillage affolé dont j'essayais de me couvrir, et vous l'avez ce soir-là si bien interrompu, si bien bu que mes lèvres en sont demeurées sèches, pierreuses,
ne sachant plus s'ouvrir que pour revenir aux vôtres

et s'étonner d'y trouver encore de ces mêmes baisers, tranquilles et ronds comme des mondes clos sous lesquels je m'ouvrais, coque de noix trahie par son fruit et dont le pourtour en un langoureux craquement se fêle.
Renoncer au baiser premier ! Mais oui sans doute ! Que ne l'ai-je osé ! Vous-même ne l'avez-vous pas tenté ? Ce soir premier, n'avez-vous pas tenté de renoncer ?

Malgré la pluie diluvienne, malgré la ferme froissure des vêtements,
n'entendiez-vous pas sous vos mains craquer mon bassin, toute une digue en moi cédait, mon sexe gonflait, les lèvres me sortaient du corps et l'offraient tout entier.
Qu'avez-vous fait ?
Vous ne l'avez pas pris.
Vous m'avez laissée devant ma porte close avec mes jambes écartées, mes poils mouillés, mon bout de trottoir qui chancelait à cause du séisme que vous aviez déclenché et que j'allais devoir maintenant,
seule,
ou assouvir ou contenir.

Dans l'escalier de mon immeuble j'ai arraché ma culotte et je me suis frottée. Je voulais,
dès le paillasson,
m'accroupir sur ma main dressée et malgré mes larmes achever de jouir. Mais autant j'avais, sous le feu de votre haleine, senti mes lèvres se tendre, autant je les sentais sous mes doigts, s'ensommeiller. Cramponnée à

la rampe, courbée sur les marches qui sentaient la cire,
je ne parvenais pas à aboutir sans vous
le plaisir énoncé par vous.

Ne m'aviez-vous pas, au moment de fuir, avoué qu'une autre femme depuis longtemps partageait votre vie...
Qu'importe ! aurais-je voulu dire, je ne veux pas vous épouser, je veux vous avoir une fois dans mon lit, et continuer de vous sucer la langue, et connaître aussi le goût de votre phallus, de l'intérieur de vos oreilles, de votre cou sous les cheveux, et de tout votre corps lorsqu'il laisse aller le désir au lieu de le retenir, et ne pas décrocher de vous jusqu'à demain matin, et vous dire adieu si vous voulez, et ne garder de vous que vos odeurs ramassées dans mes paumes, que votre sperme, que votre sueur.
Juste une fois.
Mais il était déjà trop tard pour ce grossier mensonge,
c'est ce que sans m'en rien dire vous veniez de comprendre,
trop tard pour ignorer que la brèche ouverte par nos lèvres exigeait davantage qu'une simple nuit de plaisir.

La pluie mettait entre nous un fin rideau, nous étions de chaque côté muets, punis, désemparés, stupéfaits que se priver l'un de l'autre soit déjà si grave, chacun luttant pour garder ses mains, ne pas faire un pas, ne pas déchirer cette membrane d'eau qui nous unissait et nous désunissait, chacun appelant à lui toutes ses aventures passées, toutes ses défenses pour alléger ce sacrifice qu'il fallait faire,

après s'être si violemment connus, bus, voulus,
de ne plus s'en souvenir.
Mon collier avait glissé sous ma robe et demeurait posé sur ma hanche où vous ne viendriez pas le chercher. Je sentais les perles noires sur ma chair blanche et la chaleur que mon corps leur donnait.
M'écartant de vous, vous auriez voulu m'effacer ou vous effacer vous-même, que l'un de nous deux manque et que l'histoire jamais ne commence, que disparaisse cette ennuyeuse soirée que nous venions de passer dans un salon du XVIe et dont la seule distraction avait été pour vous de me tenir au bout de vos yeux, d'emplir mon verre toujours plein tandis que le vôtre se vidait, de rattraper sur mes épaules ou sur mes reins ou à mes pieds mon foulard, mon peigne, mon collier d'ébène qui constamment glissaient, de me tourner le dos et aussitôt mon regard venait flotter sur vous,
vous permettant de vérifier dans le miroir auquel je ne prenais pas garde que j'avais, sans en rien montrer, depuis le début deviné votre manège, que même j'en étais complice. Je m'attardais sur vos épaules, j'y errais, je creusais les miennes à la forme des vôtres, et c'est en plein désir que je découvrais le reflet de vos yeux qui n'avaient pas cessé de m'épier, et de votre sourire dont l'ironique douceur me bouleversait,
je me détournais consciente d'avoir jusqu'en bas du dos de traîtres rougeurs, je posais mon verre, vous le saisissiez au vol car c'était bien sûr dans le vide que je l'avais posé, je voulus me sauver, je me tordis les pieds, je faillis tomber. Vous m'avez rattrapée.
Dès notre premier soir,

avant de me parler avant que je vous parle,
vous m'avez rattrapée.
Je perdis à nouveau foulard, peigne, collier d'ébène,
« Manteau ! »
avez-vous lancé vers le vestiaire.
Vous n'auriez pas dû. Ah, votre voix ! Si j'avais eu jusque-là une chance, luciole trop fine, de vous échapper ou si j'avais pu ne pas cesser de m'en persuader, c'en était fait désormais, votre « Manteau ! », tandis que nous marchions vers chez moi, me restait planté dans le cœur et je sentais déjà l'effet de son venin dans mes veines amollies, mes jambes gourdes, mes seins anormalement indisciplinés et aiguisant soudain leur flirt avec l'étoffe, le tout traduit par une parole débridée dont seul le son, mais bien malgré moi,
demeurait un tant soit peu contenu.
Est-ce pour me faire taire que vous m'avez ce soir-là embrassée ou bien
ce murmure enrayé qui trébuchait sur mes dents, les franchissant à peine, vous a si fort attiré que vous avez voulu le suivre jusqu'en sa racine, l'enrouler sur votre langue, l'extraire de ma gorge qui n'arrivait pas à le lâcher ?
Vous avez connu mes lèvres avant de connaître ma voix et moi,
j'étais si fort atteinte par la vôtre qu'embrassée ou non,
j'ai su que je souffrirais avant de savoir que je vous aimerais.

Chez moi, debout devant mon miroir, tenant entre mes dents ma jupe par l'ourlet, nue sous elle, n'ayant plus à mes chevilles que mes bas enroulés, et consolant d'une main plate mon sexe endolori,

le tapotant, le flattant comme on flatte un cheval vaincu, lorgnant de temps à autre au-dessus de mon lit la lune ronde et brune,

je passais donc notre nuit première à me priver de vous, à expérimenter sur ma propre personne toutes les tonalités du mensonge. À voix haute, à voix basse, à voix blanche parfois, je le lançais à mon image, épiant l'intonation qui altérerait mes traits, m'indiquant que je pouvais être dupe et considérer cette soirée et votre ombre dedans

comme ordinaires, banales, dignes d'indifférence aujourd'hui et plus tard de mépris. J'étais en plein sauvetage, je prétendais arracher du fond de moi cette palpitation neuve, cette envie de vivre outrée que vous y aviez mise et, sans perdre de temps, par-dessus les toits d'ardoise et la ville endormie,

la jeter, la regarder flotter, hésiter, tourbillonner sous la pluie, tomber, se disloquer, papillon mort ou coquelicot coupé à la racine. Durant plusieurs heures, je m'épuisais à vous entourer de détails insignifiants auxquels j'eusse voulu vous confondre afin qu'en moi vous perdiez de votre relief et de votre importance. J'énumérais platement les circonstances les plus frivoles de la soirée dans le XVIe, les accessoires, les broutilles,

la bagatelle.

Avec application, je me remémorais un bas de soie filé, une cheville, un escarpin brodé, une broche de laque, un rire, le frôlement d'une mousseline, le ronflement des voix qui s'ennuient dans l'enfilade des salons, le

tintement du cristal, le doux orangé des lampes, les fesses d'un ange suspendu au plafond, le doré des serrures, la lourde passementerie des rideaux de brocart,
des chaussettes de laine rouge dans des mocassins vernis, une émeraude, une chevalière, une toux encombrée, un cri, un sautoir qui casse, des perles qui bondissent et roulent, un silence, un rire fou… J'en étais à la subite courbure d'un arôme sur la cheminée quand je revis, immense,
déployé comme une dernière plage avant le désespoir, votre dos
où j'avais tout à l'heure si fort rêvé de me coucher que vous en aviez souri.

Le souvenir du désir a souvent plus de vacherie que le désir n'en avait eu. Pesant sur ma nuque et mon ventre, il me souffla, il m'arc-bouta, et dans ma chambre où traînaient encore des peluches et des caramels mous, il me fit longuement garder cette posture humiliante que je n'avais auparavant jamais prise que pour vomir,
et que depuis vous m'avez initiée à prendre pour jouir.

Je m'appuyais au miroir.

À travers mes cheveux, je vis mes lèvres rouges, je vis mon cœur brûlé, je perdis résistance. Je me résolus enfin à comprendre que, sur mes yeux agrandis de stupeur, sur ma peau, sur mes joues en feu, sur la cornée mate autour des pupilles, sur le cartilage du nez, sur la bouche écarlate où brillait une cavité sombre,
aucun masque cette nuit-là ne tiendrait, aucun artifice,

aucune grimace propre à me duper ou à me soulager du poids de vous avoir rencontré. À tous mes efforts, mon visage et mon cœur opposaient une indifférence de marbre et je sentais confusément que ce nouveau matériau dont ils semblaient être faits leur avait été insufflé par vos baisers.
Lasse, j'attrapais à mes pieds un cahier jusque-là sans usage.
Après tout, ne venions-nous pas en un seul temps de nous connaître et de rompre ?
L'histoire était écrite,
parfaite, lisse, infime,
précieuse à cacher autant que belle à dire. Mise en mots, elle n'aurait pas plus de poids qu'un caillou sous un mouchoir, une perle au bout d'un lacet, une dragée, pas d'autre valeur que celle de l'encre et du papier, elle retrouverait sa futilité, son indépendance, sa fraîcheur et sa légèreté.
Ne suffisait-il pas d'en faire une nouvelle et mes copines, rieuses sous l'eye-liner et envieuses, tâcheraient de savoir si j'avais tout inventé ?
L'eye-liner resta bien au sec sur les paupières et mes copines n'eurent guère ici l'occasion de jouer les enquiquineuses car l'écriture,
pas davantage que mon visage ou que vos baisers tout à l'heure ou que vos mains affolées cherchant sur le trottoir à dégrafer ma robe,
ne fut dupe de mes mensonges.

Un court moment pourtant je me crus victorieuse, les phrases cavalaient, l'encre se répandait en signes noirs

et rapides, les images se bousculaient et culbutaient en un joyeux désordre sur mes petits carreaux, vite je tournais les pages qui claquaient
et ce ramage égayait la chambre.
Certainement je saurais vous contenir tout entier dans mon cahier d'écolière et sans m'interrompre filer jusqu'au dernier feuillet et sans même me relire vous ranger sur mes étagères parmi mes brouillons, mes notes, mes idées dormantes et ne jamais revenir à vous si ce n'est, disons, à la Saint-Nicolas, du bout de l'index, juste pour contrôler la poussière et passer le plumeau car chaque année, à cette date précise, ma mère et ma sœur, obéissant à je ne sais quelle injonction ancrée dans je ne sais quelle tradition familiale, me rendent visite, l'une apportant le vin à la cannelle, l'autre le bonhomme en pain d'épices, toujours siamoises, condamnées à l'unicité par leur triste histoire,
et ma mère est prise d'éternuements compulsifs lorsque traînent des minous dans les coins et ma sœur m'agonirait de réflexions assassines si cela venait à se produire dans mon antre.
— C'est petit chez toi, tu pourrais faire le ménage !

En cette première nuit que je passais seule avec vous sans vous, instant prémonitoire de ce que vous me donnez à vivre aujourd'hui, je surpris soudain ma main suspendue au-dessus du cahier qui s'étirait, déployait ses pages, félin guettant les caresses et commençant de s'ennuyer car plus rien ne venait. Hélas ! J'avais prétendu vous vaincre en quelques coups de plume et voici que la plume demeurait inerte. Je n'avais rien à dire de vous.

Je venais de vous rencontrer,
vous veniez de vous sauver.
Je ne savais que ce que vous m'aviez laissée deviner, au-delà de quoi mon imagination refusait de vous inventer. Qu'aviez-vous fait ? Qui étiez-vous ? Comment aviez-vous procédé pour qu'ainsi, contre ma propre volonté, l'écriture se défausse ? Comment étiez-vous entré en moi, en cette intimité de moi à laquelle nul autre que moi n'accède, ne doit accéder car écrire est mon poumon, mon encéphale, mon aile de papillon, si on la piétine on me piétine et je meurs. Le cahier glissa de mes cuisses et, avec la grâce insolente d'un cygne qui atterrit sur l'eau, au plancher se ferma.
Le vide fut immense.

J'étais si petite quand mon père m'apprit à écrire, que je ne m'en souviens pas. Ce serait comme vouloir se souvenir qu'on a appris à respirer, à élaborer des rêves en dormant, à regarder le monde en s'éveillant. Il m'offrait des cahiers que je glissais sous mon oreiller. Je m'appliquais à collectionner les mots qui tombaient de sa bouche par cascades, surtout lorsqu'il parlait de sa peinture avec d'autres artistes venus de la ville pour lui rendre visite ou des acheteurs qui observaient les toiles avec d'impénétrables silences. Mon père avait le verbe haut, disait ma mère. Je me hissais sur la pointe des pieds pour en attraper des bribes et les consigner.

Vous m'aviez mise en feu ce soir-là mais la disparition subite de l'écriture, la découverte que cette disparition pouvait être, me glaçait. Pour me réchauffer, je soufflais

mécaniquement sur mes doigts, j'y attisais malgré moi un reste de votre odeur, de votre goût, et cela réveilla en moi
le souvenir de votre voix.
« Manteau ! » résonnait au fond de moi. Mais en se répétant, l'injonction s'effaçait, disparaissant en des corridors où je savais ne pas pouvoir la rattraper.
J'aurais voulu, pour en éprouver le secours et pour me donner patience et pour croire à votre existence ailleurs qu'en mon seul désarroi, prononcer votre nom, le mouiller de ma voix.
Mais je ne le connaissais pas.
La lune là-haut continuait de suivre les caprices des giboulées. Entre deux brumes, elle jetait sur mes jambes de sa rousseur et de sa pâleur. J'avais froid. Je tirais des couvertures, je m'enfonçais dans mes draps, j'espérais m'endormir pour plusieurs mois.

Pouvais-je deviner que cette nuit première passée toute avec vous sans vous, en présageait une autre, beaucoup plus lointaine, pendant laquelle vous profiteriez de mon sommeil pour fuir, partir en voyage sans m'en avoir avertie, sans un au revoir, au prétexte fallacieux que j'avais « mal vécu vos précédents départs » ? Si cela est, ne fallait-il pas vous interroger ? Votre premier départ n'eut-il pas lieu cette toute première nuit ? Ne m'aviez-vous pas dès alors abandonnée en bas de chez moi quand tout disait que vous alliez monter ? N'était-ce pas fuir déjà ? La conséquence instantanée ne fut-elle pas pour moi, déjà,
la perte de l'écriture ?

Le quatrième jour vous avez monté l'escalier, vous avez frappé à ma porte, l'histoire a enfin pu commencer, je me suis remise à écrire. Sans que je puisse aucunement comprendre par quoi cela passait, vous vous posiez donc d'emblée dans mon quotidien comme le garant de ma capacité d'écrire, autant dire de respirer, de vivre ? Autant dire de créer, de gagner ma vie, d'exister ? Si cette réalité demeure un mystère, avez-vous pu penser la contourner par la dérobade, la trahison, la fugue ? Avez-vous pu oser me faire prendre malgré moi un risque aussi inconsidéré ?

Je me souviens que, tard dans cette nuit première,
celle de notre rencontre, le téléphone sonna.
Comme aujourd'hui, je ne répondis pas.
La terreur que ce soit vous, la terreur que ce ne le soit pas.
Minuscule sur mon oreiller, j'évaluais quel instrument de torture menaçait de devenir dans les jours à venir cet objet de bakélite noire qui possédait l'inconcevable pouvoir d'amener ou de ne pas amener jusqu'à mon lit votre voix
par petits paquets.
L'objet se tut.
Puis il se mit à sonner une seconde fois,
ce qu'aujourd'hui il ne fait pas, et cela suffirait à prouver si besoin était qu'à l'instant,
ce n'est pas vous qui tentiez de me joindre, ça ne peut être vous,
vous êtes au plus profond du désert, m'avez-vous dit,
en l'un de ces ultimes morceaux d'Éden que garde la

planète et sur lesquels chaque soir le ciel se couche et chaque matin se lève sans jamais être entravé dans sa vibration amoureuse par des fils électriques, des pylônes et des cabines téléphoniques.
Votre exil est absolu.
Ce téléphone, qui par ailleurs m'est encore étranger, n'a peut-être sonné que pour me le rappeler.

L'automne cogne aux vitres. Il y bave un jus brun.
Le monde est à portée de main.

N'ai-je quitté mon domicile parisien,
n'ai-je fait ce chemin
que pour reproduire ici ce que là-bas je ferais aussi bien,
que pour passer mes nuits à gratter de mes ongles les ocres d'une carte du monde,
que pour jouer la Conchita éplorée qui se drape dans son foulard rouge sang et jure que ce linceul est aussi son salut,
que pour mimer et galvauder les lettres de la religieuse portugaise qui sont sublimes à lire mais ridicules à vivre sous l'œil apitoyé d'une thomise qui, de biais, tire son fil et tente d'atteindre un coin d'obscurité derrière le miroir au tain piqué ?

Je m'étonne enfin d'avoir passé tous ces jours à les perdre.
Suis-je empotée parfois quand il s'agit de vous aimer,
suis-je immobile, casanière, obstinée dirait-on à réincarner malgré moi ces maudites Pénélope que la légende décrit soudées à l'attente autant qu'à la demeure et trouvant

dans cette sédentarité une identité d'amante qui, dans l'esprit des hommes inquiets, continue bien souvent de symboliser notre part d'amour et notre part de folie !
Quelle étrange personne vous seriez au terme de votre absence si, trouvant en ma place sur l'oreiller un légume racorni, une bourse-à-pasteur sèche et désolée,
vous vous en réjouissiez !

La pluie cesse.
Un rayon falot fait gigoter les feuilles et luire les troncs.
Je ris tout à coup de cette comédie que nous nous sommes jouée durant plusieurs jours de vivre côte à côte et d'échafauder, chacun se cachant de l'autre, des rêves de solitude et de séparation.
Vous m'avez coupé le souffle avec votre départ sous cape.
J'avais imaginé
pour le mien
une fête, une aventure douce,
je vous prenais par la main, je vous menais jusqu'au seuil de ma nouvelle chambre, je partageais avec vous ma première nuit en baldaquin, lequel depuis s'est révélé n'être qu'un lit de fer blanc avec des ressorts rouillés,
et puis dès le matin :
« Adieu » vous aurais-je dit ayant discrètement disposé en pochette sur la poitrine de votre veston ma culotte en dentelle,
« Adieu,
j'ai à vivre, j'ai à écrire,
j'ai à découvrir en ces deux occupations ce qui dépend de vous,

ce qui n'en dépend point. Je vous aimerai jusqu'au bout de mes jours et je vois bien qu'à petit feu cela me fait mourir, est-ce que je vous aime mal ? Mes mains deviennent stériles,
mes cahiers se taisent,
chacune de vos absences est un arrachement plus douloureux que le précédent,
vous êtes devenu je crois le seul arbre dont l'ombre m'est douce, si bien qu'au premier orage je périrai, au premier vent qui vous cassera les branches,
comme si je n'avais jamais été qu'un fruit tombé de vous, comme si je ne possédais ni existence propre, ni écriture, ni petite âme, ni talent, ni rien d'autre que vous qui me maintienne en vie, adieu »,
vous aurais-je dit si le temps m'en avait été imparti.
Hélas !
Je m'endormis sous l'arbre et voici que celui-ci s'envola !
J'allais m'extraire de son ombrage, il retira lui-même son feuillage.

Partir est votre métier mais décamper ? vous éclipser tête basse ? fermer votre valise sur la pointe des pieds ? descendre l'escalier en chaussettes trouées ?
Vous avez choisi, pour vous reposer de votre amante,
le Sahara, les scorpions, les vipères cornues, les tarentules, les plaques de sel gris qu'on lèche auprès des chèvres et des dromadaires, les cuvettes de terre, le sorgho, les températures vertigineuses,
les nuits jetées à l'infini sur les arbustes pétrifiés et les ossements blanchis, les femmes brûlées par l'âge et le soleil et le sable et le vent, les hommes voilés,

le crâne rasé des enfants.
Il n'y aura jusqu'à votre retour qu'un long trait de silence.

Lorsque vous ramènerez sur moi votre ramure, j'emplirai mes mains des gemmes d'une amarante, je les ferai crever au soleil,
et j'éclabousserai vos reins de ses grappes de fleurs saignantes.

Le bois dégoutte si fort qu'on croirait à l'entendre qu'il continue de pleuvoir. J'ai à peine encore regardé cet automne dont les odeurs et les sons pourtant reflètent d'assez près
ceux de mon enfance.

« Je veux du bonheur bête »,
disait mon père et, saisissant son bâton de montagne, il houspillait Garance, qui, peu habituée à ces familiarités, s'en trouvait gênée et pouffait dans sa paume. Pour l'assurer de ma complicité face à cette feinte adversité, je me plaquais contre elle et riais à mon tour. Son giron fleurait bon la pâte levée, la châtaigne, la vanille grattée au fond des gousses qui tant ressemble au poivre mais ne fait pas éternuer. Oserai-je avouer que Garance était alors dans ma vie comme un meuble de famille auquel on ne prend pas garde mais dont on ne saurait se passer. On y grimpe pour écouter une histoire, sucer son pouce, croquer un carré de chocolat, pour un peu de sommeil ou de douceur, pour le bonheur d'être en vie mais cela, lorsqu'on est enfant, on ne le sait pas. Ce que je ne

savais pas non plus, c'est que Garance était en réalité une vieille fille du village de La Mordrière, venue là dès ma naissance pour seconder ma mère longtemps alitée après l'accouchement si bien que, les jours passant, ce fut bientôt mon père que Garance seconda. Ce furent ces deux visages, dépareillés et complémentaires, qui se tendirent en un même élan vers mes premiers cris et ce fut sur la nacre de ce bivalve incongru que je vis se refléter les premiers gestes de l'amour. Les caresses, les chiquenaudes, les baisers de la dévoration, les rires à s'en étouffer, les chatouilles à corps perdu. Ma mère m'a-t-elle jamais prise dans ses bras ? Qui le lui aurait appris ? Qui m'aurait appris que j'y pouvais trouver quelque place ? Ma sœur n'en occupait-elle pas tout l'espace ?

Mon père houspillait Garance afin qu'elle me couvre de laine épaisse. Après les rires et le giron sucré, vite il m'enlevait, il m'emportait dans le hameau désert, longeant le bois à grands coups de bottes dans les feuilles mortes. Il ramassait les plus belles, les mélangeait à mes cheveux jurant qu'ainsi j'étais tout son portrait,
moi dont chacun s'accordait à dire que j'étais la réplique en minuscule de ma mère majuscule.
Avec lui
je riais depuis le ventre jusqu'aux oreilles, il me transformait en grelot, il avait le don de me verser des bulles dans les veines et si c'était cela le bonheur bête, je le voulais autant que lui et faisais foin des épiphonèmes divers dont ma mère ne manquerait pas de m'abreuver dès le retour à la vue de ma coiffure dévastée, de mes

ongles terreux, sans parler des poches de mon anorak où j'aimais consigner toutes sortes de trésors, vers de terre, escargots, baies et glands qui se broyaient en une infâme bouillie.
C'était aux premiers soirs de l'automne.
Dès le bout de la sente, à l'orée du bois, mon père arrachait ma moufle et serrait fort ma main nue dans la sienne, il riait de mes petits os
ou parfois s'assombrissait
car j'ai les phalanges de ma mère. Aussi loin que je me souvienne, je vois passer sur les traits de mon père ces intempéries alternant orages fulgurants et éclats de soleil. Aussi loin que je me souvienne, je sais, noisette à peine éclose au monde, que dans le lien qui unit mes parents, il y a du chagrin autant que de l'amour, du vertige autant que de la raison, de la compréhension autant que de l'incompréhensible,
des choses tues, sans doute,
mais des choses dites aussi. De la désespérance autant que de la jouissance. Car les enfants qui dans leurs premiers jours n'ont rien à envier aux anges, ont conscience de ces mystères qui ne les effraient pas. C'est pour les raconter qu'ils cherchent à parler. Mais dès qu'ils accèdent aux mots, la fresque s'efface comme brûlée d'une lumière trop vive et ne laisse, sur l'obscure paroi des souvenirs inconscients, qu'une brèche fuligineuse qui attire et menace. L'enfant connaît là sa première terreur. Il recule, se détourne,
perd ses ailes d'ange. Toute sa vie s'inscrira désormais sur ce fil qui prend racine dans les profondeurs du gouffre à l'intérieur de lui, auquel en cet instant

primaire il tourne le dos, et dont l'autre extrémité se trouve accrochée au lointain très mouvant, très indéfini de ce qu'après lui l'on nommera sa mort.

Mon père me soulevait de terre. Je collais mon nez dans les plis de son cou. Il sentait le feu de cheminée, le genièvre et un mélange d'huile siccative et d'essence de térébenthine
car il était artiste peintre. Dès que je le pouvais, je lui attrapais un doigt et je le frottais contre mes gencives. J'en aimais le goût indéfinissable qui me faisait tourner la tête. Silencieux,
nous écoutions sous le ponceau sourdre la Mordrière qui taquinait les bromes tandis qu'au loin
dans la boulaie
la sittelle tapait.

Dites-moi,
est-ce possible chaque matin de se tenir debout lorsqu'on a, en travers du corps, la marque creuse d'un homme absent ?

On glisse sous ma porte une enveloppe blanche.
— Qui est là ? dis-je en ouvrant, mais il n'y a personne.
Depuis combien de jours suis-je à la Villa Médicis ? Deux ? Trois jours ? D'ailleurs suis-je à la Villa Médicis ? Qu'est-ce que ce bois qui déglutit sur mes volets froideur autant que touffeur ? J'entends des elfes qui se moquent, à moins que ces hoquets soient des pleurs ? Ai-je dormi, tant dormi que les jours se sont écoulés sans qu'en ouvrant les yeux j'en attrape aucun ? Je me souviens d'avoir erré et de l'eau dégoulinait sur mes murs et j'avais soif et je ne trouvais pas la cuisine, pas l'évier, pas le robinet, pas de verre. Tout le corps me fait mal. Ai-je été battue ? Tous mes muscles sont devenus des os ou alors je n'ai plus de muscles, seulement la peau sur les os au sens propre de l'expression, la peau collée sur le squelette et à chaque mouvement, je sens que ça veut se déchirer. Ai-je dormi, tant dormi, que je me réveille momie et le sang trop longtemps figé peine à rouvrir les canaux par où la vie reprend ?
J'ouvre l'enveloppe. Elle est sale à cause de la terre sur

mon carrelage mais il y a aussi des traces de doigts. Ce ne sont pas des mains soignées qui l'ont apportée. À l'intérieur, un morceau de papier grossièrement arraché à un carnet et quelques mots :

Matoso tient le bistro,
Cœur sur la main, mains au dos.
Eva, femme et bonne mère,
Fait ses prières,
Elle est en rut, gros seins gros derrière.
Pedro est jardinier, Eva lingère,
Et Pélope bibliothécaire,
Elle a tout lu sauf le bréviaire.

C'est signé *Mathys* au crayon vert.
— Mathys ? dis-je à voix haute.
— Oui ? répond le bois.
J'écoute, ma porte est fermée mais les fenêtres béent, la futaie bruisse et sent l'éponge. Je me dis : ce n'est pas très prudent d'habiter l'orée d'un bois.
J'avise un étroit fauteuil et tremblante, je m'assois.
— Oui ? répète la même voix
mais cette fois plus près de moi.
Je bondis, il est là, juste au bout de mon doigt, adossé au volet, il épluche une baguette de noisetier et la chair verte apparaît.
Toujours il garde ses yeux bas.
Toujours il a de lourdes mains, des raves, et les poignets sont fins.
Son visage étrangement tourné semble désirer l'ombre, ses paupières lasses, ses lèvres, son front si haut que

le quart du globe s'y voit, ses épaules courbes comme en ont parfois les enfants que l'on bat. Jeté sur le chambranle, occupé à tailler des rameaux, il a l'air mal dégauchi, victime d'une ossature prématurément vieillie et qui, plutôt que de rompre, ploie sous lui.

— Qui es-tu ? dis-je et soudain très bourgeoise, je prends conscience que je suis presque nue.

J'attrape du bout du pied le foulard de Baroda qui se confirme comme mon sauveteur privilégié et dont je me drape avec le sentiment de ma dignité retrouvée. Très brièvement, il lève les yeux sur moi.

— C'est beau, ce rouge. Ça vient des Indes ?

Il a un œil jaune, je crois, et l'autre brun. Il sourit mais ça ne dépasse pas le visage, ça reste dedans, suspendu et aussitôt éteint. J'implore qu'une pie surgisse, lâche sur lui sa fiente et s'éloigne en riant.

— Je suis venu tous les jours, dit-il, tu as été longue à ouvrir tes volets, tu étais malade ?

— Qui es-tu ? dis-je,

et je regrette de ne l'avoir pas d'abord vouvoyé, même s'il lui reste des odeurs de lactose, même s'il a le cou blanc et la bouche à peine éclose, même s'il aime encore jouer avec les cailloux, faire des ricochets et tailler les branches.

— Mathys, je m'appelle Mathys, dit-il comme une évidence, tu ne te souviens pas ? On s'est croisés l'autre soir. Remarque, tu venais de tourner de l'œil et moi j'étais bourré. Tu as raison, il vaut peut-être mieux oublier.

Il coupe plusieurs fois le rameau dans sa longueur, ça fait une gerbe, il y pique des épiaires qu'il avait à ses pieds et des fleurs empourprées.

— Je ne te demande pas ton nom, je te demande qui tu es. Qu'est-ce que tu fais à la Villa ?
— Je suis stagiaire. Bon à rien sauf à tout faire. Tiens !
Il me tend son bouquet. Il y a même, qui rebique comiquement au milieu des branches et des tiges coupées, un épi d'avoine ébouriffé.
— J'ai, entre autres obligations, celle d'accueillir les nouveaux arrivants. Je suis censé leur faire faire leurs premiers pas dans la Villa : visite guidée, présentation du personnel…
Il se détourne et entonne une romance qu'aussitôt je reconnais.
— *Per amore di una donzella,* prononcé-je avec lui.
Il se tait.

C'est une chanson que Garance, pour m'endormir, murmurait au chevet de mon lit. Dans le pré voisin s'éloignait le chuintement de la boulbène sous les bottes de mon père qui, après m'avoir mise au lit et croqué les orteils, après m'avoir épelé à l'oreille deux ou trois mots nouveaux tout exprès choisis pour me plaire, retournait à son atelier où il peindrait toute une partie de la nuit. Avant qu'il me kidnappe pour m'emmener dans ma chambre, j'avais vu ma mère et ma sœur ouvrir à même la nappe, sans attendre que Garance ait ôté le couvert, des livres de sciences, mathématiques et physique, qui les avaient aussitôt absorbées. Chaque soir, pleine de curiosité, je tendais le cou vers ces manuels mais je n'y décelais, de loin, que sombres figures, chiffres bizarrement alignés et formules d'autant plus hermétiques que nul ne me proposait d'en découvrir la clé. Je me demandais quel secret les unissait. Mon père m'attrapait, me coinçait dans le nid de ses bras, m'emportait à l'étage où, voyant mon visage assombri, il m'accaparait de mille bêtises afin que j'en rie. Mais j'avais eu le temps d'observer que dès le premier manuel ouvert, les pommettes de ma mère avaient rosi et ma sœur s'était mise à triturer sa mèche blanche. Dans l'escalier j'avais espéré autant qu'appréhendé le moment où la mèche se détacherait du crâne telle une mauvaise herbe qui emporte dans ses racines un peu de terre dont la couleur est celle du sang coagulé.

— Tu sais que tu n'es pas une pensionnaire facile, poursuit Mathys. On se présente, tu ne réponds pas. On t'installe le téléphone, tu ne l'utilises pas. On essaie de te joindre, tu ne décroches pas… J'ai résolu ce matin de venir sur place, d'essayer le poème, le bouquet…

Je ne sais pas quoi en faire de son drôle de bouquet. À mes pieds, sous les feuilles, un animal glisse. La pluie recommence à tomber.

— Tu arrives à écrire, ici ?

Il se penche légèrement vers l'intérieur mais avant que j'aie pu répondre, il redresse son col et s'enfuit. Mue par un drôle de ressort,

je bondis. Pas de culotte, tant pis. J'attrape la première robe qui me tombe sous la main, votre veste en cuir, des bottes en caoutchouc qui ne m'appartiennent pas, elles traînent là, oubliées sans doute par mon prédécesseur, elles sont trop grandes, j'aurai des ampoules. J'enroule le foulard autour de mon cou.

Courir sous la pluie, exaspérer l'odeur mouillée de cette veste qu'à votre retour vous chercherez vainement ne pouvant concevoir que je vous l'aie volée, chavirer dans cet automne qui me renvoie aux heures simples de mon enfance où, dès le saut du lit, morveuse et pleine de vie, je déjouais la surveillance de Garance et, prenant soin de ne pas me chausser,
je gambadais dans les champs de pissenlits sauvages,
je cherchais sous l'esparcette et le serpolet les reinettes crevées de vers, j'en avalais la chair sans la croquer, entre mes dents je coinçais les pépins puis je les dépeçais, je faisais durer sur ma langue le goût de l'amande blanche.
Courir,
là-bas, au bout du pré, les palombes roucoulaient et mon père peignait, l'ampoule de l'atelier faisait sur le bleu de l'aurore un rond pâle et frileux,
je filais dans la luzerne, j'y mouillais le bas de ma chemise, j'emportais dans mes orteils la lupuline jaune, d'avance je me régalais des frissons que me procurerait la violente chaleur de mon père lorsque, surpris en plein travail, il m'écraserait dans ses bras et me mordrait la nuque et me gronderait et coincerait mes pieds glacés sous ses aisselles chaudes et moi, feignant d'être enrhumée, je reniflerais, dans le creux de ses épaules, sa forte odeur de père que le labeur toute une nuit devant sa toile a tenu enfermé, puis je le questionnerais sur ce qu'il aurait peint, je l'envierais d'avoir pour parler de son œuvre si peu de mots et de si beaux,
toute la journée je me les répéterais et ce n'est qu'au soir tombé, lorsque Garance me croyant endormie aurait quitté ma chambre, que de dessous mon oreiller

je tirerais mon cahier fermé d'une clé et qu'à la lueur de la lune,
je les recopierais.
Courir, m'accrocher à Mathys. Qu'il me serve de poulie pour m'extraire de vous et de guide pour aborder le monde, qu'il me présente en cette Villa Médicis les êtres dont il fait des poèmes scabreux tel celui qu'il a glissé sous ma porte et que j'eusse été moins surprise de découvrir gravé sur le crépi de chiottes à la turque où je l'aurais déchiffré en arrosant d'urine mes mollets,
qu'il me présente le personnel comme il dit, qu'à mon tour je les pille, ces Eva, Pélope, Pedro, ce Matoso débonnaire, que je les renverse sur ce cahier, que je leur retrousse le jupon sur la tête et le pantalon sur les chaussettes, que j'abuse de leur réalité,
que je les réinvente,
et qu'en me souciant d'eux enfin
je ne songe plus à vous !
Que je les réduise en pattes de mouche et que leurs petites vies, mixées par l'écriture, deviennent un roman que peut-être vous parviendrez à lire puisqu'il n'y sera plus exclusivement question de vous !

Courir,
et retrouver Mathys,
qu'enfin sur moi ses yeux se posent,
qu'il me donne à contempler ces deux planètes qui habitent
son visage, l'une terre et l'autre soleil,
ces deux corps célestes conjugués en un unique regard.
Mathys a l'âge que l'on attribue d'ordinaire à Rimbaud

mais quel âge ont ses mains, quel âge ses cernes gris et ses paupières closes et sa poitrine creuse et ses bras et ses épaules fatiguées. Quel âge ses silences d'enfant et ce guillemet aux commissures et ce tremblement de gorge lorsque s'envole un étourneau et ce repli du corps quand j'entonne avec lui une romance ancienne, italienne de surcroît, dont il croyait être le seul à ne pas ignorer les rimes et les couplets ? Sa jeunesse ici-bas n'est-elle pas une imposture, une sorte de supercherie qui le perturbe et façonne sa solitude
mais qui attire,
une mystérieuse anomalie ? Quel écrivain ne rêverait de s'inspirer de lui pour écrire ? Qu'écrirais-je sur Mathys si un autre que lui ne m'avait pas dérobé l'écriture ? Cette fulgurance qui me traverse l'esprit, brûlant toute autre pensée sur son passage et laissant après elle une cicatrice stérile,
me coupe le souffle.
Vous êtes un criminel avec votre larcin.

— Mathys !
Il s'arrête, appuie sa joue sur son épaule, laisse la pluie couler à l'intérieur de son manteau, attend que je le rejoigne et lâche :
— Je t'ai eue ! puis aussitôt bifurque sur le côté du chemin et dévale le talus vers une maison en contrebas.
— Où tu vas ?
— Suis-moi, dit-il. Je vais te présenter Eva…
— Eva, femme et bonne mère, gros seins gros derrière ?
— Celle-là même ! Tu me diras ce que tu en penses…

Dès le couloir de la buanderie nous parvient le fredonnement d'une voix de femme assourdi par le bruit des machines. Une porte bat contre laquelle se frottent des chats et qui délivre en son embrasure un rai de lumière jaune. Nous écoutons.
Mathys, selon son habitude, tient son visage baissé.
— Rince-toi l'œil, dit-il à voix contenue. Je te présente Eva, responsable du nettoyage et de l'entretien du linge. Ce disant, il écarte légèrement la porte, un chat se glisse et miaule, la moiteur s'engouffre et me prend la gorge, Eva brasse des draps, la vapeur roule sur ses bras, elle a aux tempes et sur le duvet des lèvres de la sueur qu'elle lèche ou essuie avec le dos des mains.
— Tu vois ce corps, dit Mathys, ça n'est que du lait. Cinq enfants y sont passés, cinq garçons. Le dernier lui bouffe encore les seins.
Eva nous crie d'entrer. Nos apartés semblent à la fois l'irriter et l'amuser. Non seulement elle ne comprend pas notre langue mais nous parlons bas et nous posons en comploteurs. Elle a la voix rauque et le ton bourru, elle a le cœur qui lui déborde, elle essaie de le contenir, elle fronce les sourcils, elle claque les draps de lin. Il y a de la brutalité dans ce corps de mère, presque de la colère. Je suis certaine que Mathys le perçoit. Il darde sur elle ses prunelles dissonantes, il veut qu'elle se trouble, qu'elle fléchisse, qu'elle tremble, qu'elle lui cède quelque chose, mais quoi ? Soudain, comme si elle acceptait le défi, elle repose le fer qu'elle vient d'empoigner, elle relève ses yeux qui brillent comme des châtaignes saisies par le feu, elle les lance sur lui et elle lui rit au visage. Il se détourne, s'assoit au sol, ne la

regarde plus. Il me semble qu'elle rougit. Sur ses traits je devine la satisfaction d'avoir gagné une première manche mais aussi l'irritation d'avoir été assez bête pour accepter de la disputer.
Les machines se sont tues. Elle y enfonce ses bras, elle tire des peignoirs et des sorties de bain qui fument, elle les baratte dans de larges cuves d'aluminium puis elle les roule et les empile grossièrement dans des hottes d'osier. En chacun de ses gestes elle verse son corps entier. Elle se penche sur une panière pleine de nappes et de serviettes. Par le haut de sa blouse, je vois branler les mamelles généreuses et molles.

Garance, pour mon petit déjeuner, me préparait de la mie de pain trempée dans du lait, mon père y ajoutait du beurre, ça faisait en surface des cloques jaunes qu'en étirant les lèvres, je tentais de gober.

Mathys fait mine de s'essuyer le front mais je vois à travers ses doigts disjoints son œil jaune qui suçote les seins d'Eva et descend jusqu'à la courbe des reins. Puis il fait glisser sa main comme on le fait sur le visage d'un mort, il s'applique à l'indifférence, il voudrait adopter un air vague, il n'obtient qu'une expression de poète à trois sous que le monde désabuse et ennuie. Qu'est-il après tout sinon un adolescent qui ne fait pas sa toilette tous les jours et qui, lorsqu'on se penche, sent la crasse et la laine et le cheveu poisseux ? Il a chaud, il n'enlève pas son manteau. Le désenchantement, l'innocence un peu gauche qui tout à l'heure m'intriguèrent et me le firent paraître grave alors qu'il n'était peut-être que distrait se sont effacés. Il a la peau qui brille.

— Assieds-toi ! dit-il.

Eva pousse dans la repasseuse des taies et des draps puis, en trois mouvements parfaitement rythmés, elle les plie et les empile dans les hauts placards. Je me juche sur un tabouret en formica qui boite sur le carrelage et fait un bruit de pied-bot. J'appuie mon crâne au mur. Je cherche à respirer, qui viendraient du couloir et troueraient la moiteur, des bouffées d'air froid. À travers mes cils, je reluque Eva, ses dessous-de-bras qui ruissellent, ses poils en boucles, l'auréole humide sur le nylon de la blouse, l'odeur qui prend le nez. Par éclairs, je la vois nue, mais l'abondance des chairs alors continue de l'habiller.

Mathys cherche à attirer mon attention, il étire une jambe, fait hocher mon tabouret. Il me désigne sur la dernière étagère une paire d'édredons rouges serrés dans des liens de cuir et gonflés de duvet qui teintent de vermillon les buées s'étiolant au plafond.

— Elle ne voudra pas les lâcher, dit-il entre ses dents, il faudra les voler.

Serait-ce la vraie raison de notre présence ici ? A-t-il sérieusement pris pour acquis que j'allais être sa complice sur pareil mauvais coup ? Vais-je, pour ses beaux yeux désaccordés, me hisser sur mon tabouret branlant, saisir les édredons, bondir parmi les chats et sans ambages prendre la poudre d'escampette ? Vais-je, au coin du bois, près du noisetier, l'attendre et lui céder de mes bras ce qu'il convoite et qu'Eva, c'est en tout cas ce qu'il dit,

ne lui accordera pas ?

Moi qui suis incapable de prendre un bonbon dans une salle d'attente sans demander si j'ai la permission, vais-je avec lui m'affranchir, commettre ma première carambouille, singer, côté jupons et escarpins, le personnage d'Arsène Lupin ?
La tête me tourne.
Il me semble si je bouge, que la buanderie bougera avec moi, elle me glissera sous les pieds, nous nous retrouverons tous les trois collés au plafond et le poids de nos cervelles nous tirera vers le bas.
Mathys, vexé de mon peu d'enthousiasme, harponne directement Eva et sans détour, avec une impudence désarmante, quémande les édredons. L'effet produit sur Eva est spectaculaire et je comprends que cette histoire d'édredons n'est pas nouvelle, que sur ce sujet traîne entre eux un certain passif. Sans doute a-t-il déjà formulé cette demande, sans doute a-t-elle déjà refusé de le satisfaire.
— Voyez-vous ça, s'exclame-t-elle courroucée, jusqu'où ira-t-il ce blanc-bec, ce chenapan au parler tendre qui l'autre semaine proposait de plier les draps avec moi ! Quelle honte si j'avais accepté, ne connaît-il donc aucun sentiment d'honneur ni de virilité ? Est-ce une saine besogne de s'occuper de la lessive quand on est presque un homme et instruit et brillant et connaisseur en tout, et si conforme à ce que toute mère rêve d'avoir pour fils ?
Son décolleté se couvre de plaques rosacées. Par-dessus son épaule, elle me décoche une œillade, elle cherche ma complicité, elle attend que j'opine du bonnet. Mais je suis tout absorbée par cette langue italienne qu'elle

vient de balancer à pleins poumons dans la pièce, par ce bel allegretto qu'elle utilise, par les couleurs que l'accent romain lui confère, et surtout par la surprise de comprendre ce qu'elle dit.

Garance inlassablement, tout en me nourrissant de tendresse et de lait, me fredonnait des berceuses que dans ma naïveté d'enfant friande de mots nouveaux autant que de musique, je répétais en boucle et déformais à l'envi. Me surprenant en cet exercice, Garance riait et je riais de la faire rire, cela suffisait à mon plaisir. Je n'avais pas conscience que ces sonorités joyeuses que j'aimais faire rouler sur ma langue et cogner contre mes dents de lait, étaient d'une autre langue que le français. Garance était d'origine italienne. Et même quand elle parlait français, elle semblait toujours chanter. J'ignorais que cela se nommât un accent ! que cette permanence de joie dans l'expression était davantage le fait de ses origines que de son tempérament !

Eva, tendue vers moi, attend que je l'approuve mais moi, de mon côté, je suis atterrée de si mal connaître Garance à qui je dois tant.

Je ne bronche pas.
Eva se rembrunit et se détourne, elle retape sur une chaise paillée une pile de torchons qui ne menaçait pas de tomber.
— Par tradition les édredons de satin sont le privilège des hôtes d'honneur, reprend-elle avec la lassitude de celle qui répète ce qu'elle a déjà dit. Qu'y a-t-il là de si

compliqué que Mathys ne comprenne pas ? Même les pensionnaires n'y ont pas droit, j'aurais belle allure de les livrer à un stagiaire qui ne songe qu'à fureter de tous côtés et n'emploie à rien ses journées ! Et quelle utilité prétend-il en avoir, de ces édredons de plume, lui qui gîte au palais juste à côté du bar où il fait toujours une chaleur de gueux. Les nuits sont-elles si fraîches là-bas que les couvertures de laine ne lui suffisent pas ?
Elle s'éponge à la saignée du coude, elle continue de guetter si je la regarde, elle n'a pas encore décidé si je lui plais ou si je lui déplais mais il est clair que mon mutisme ne lui convient pas.
Et voilà que soudain, sans transition, mue par je ne sais quelle lubie, elle attrape un escabeau, le plante sous l'étagère, se hisse, s'empare des édredons et les envoie aux pieds de Mathys comme s'il s'agissait de vieux sacs de jute dont elle serait impatiente de se débarrasser. Mathys en reste saisi. D'où vient le prodige ? Sans la quitter des yeux, il prend dans ses bras l'objet de sa convoitise et ne remercie pas.
Eva le toise. Elle a aux lèvres un mauvais rictus. Elle sent la levure et la crème brûlée. La transpiration et la vapeur mouillent continûment son visage. Si elle pleure, cela ne se voit pas. En grimpant sur l'escabeau, elle a un peu déchiré la dernière boutonnière au bas de sa blouse.
On devine de l'ombre entre les pans.
Elle trempe ses doigts dans une écuelle d'eau, elle saupoudre le linge, elle a sous les néons des gestes de semeuse. Cependant la crispation des lèvres, le frémissement de la mâchoire dénoncent d'une part le reproche intérieur qu'elle se fait d'être toujours faible

et de toujours céder, d'autre part le chagrin qu'elle éprouve parce que ce garnement ne l'a même pas remerciée. Avait-elle le choix ? Résiste-t-on à Mathys ? Ne revient-il pas inlassablement avec sa morgue, ses affres, son regard où l'on se voit autant que l'on est vu et qui nous prend en tenailles,

avec cette présence serpentale, ces soupirs, ces assauts de voix qui, particulièrement lorsqu'il parle italien, charrient sous le palais des pépites d'or, des orvets nonchalants, des excédents de salive qui crépitent autour des syllabes et meurent aux commissures ? Je soupçonne Mathys d'être de ceux qui, quelle que soit la langue, savent se faire comprendre. Je perçois sous le phrasé auquel il s'applique, sous l'élaboration de la grammaire, sous la saveur du vocabulaire dont il goûte les épices

– ce qui alentit la prononciation des mots –,

un autre sens que celui que la seule dialectique engendre, la trace diffuse d'une tragédie qui n'est pas énoncée mais qui dans toute énonciation est présente, écho auquel mon oreille se cramponne comme se cramponne à la baguette de coudrier le sourcier convaincu que celle-ci le conduira au jaillissement souterrain de l'eau. Cette sensation, cette certitude d'un flux secret enfoui sous la parole de Mathys, provoque une sorte d'envoûtement.

Eva ploie. Peut-être ressent-elle trop cruellement cette attirance, trouble quoique toute maternelle, pour ce garçon encore mal dégrossi ? Peut-être n'a-t-elle pour s'en défendre que cette faiblesse même qui à l'instant la tracasse et qui consiste à tendre la pomme plutôt qu'à l'interdire car après tout, est-elle bien légitime cette interdiction qui autorise certains à jouir d'un simple édredon alors que d'autres sont sommés de s'en priver ? Peut-être en cédant au caprice de Mathys résiste-t-elle à la tentation de prolonger avec lui un combat quotidien auquel elle sent bien qu'elle prend depuis plusieurs semaines plaisir autant que tourment ? Ne sont-ce pas là les attributs du diable ? Dès lors, peut-on lui reprocher de lui jeter un biscuit afin qu'il s'éloigne et la laisse à son labeur de lingère ?

Mais il ne s'éloigne pas. Il contemple les édredons déroulés devant lui ainsi qu'un tapis rouge. Ne devrait-il pas, jeune coq, éprouver ce don comme une victoire, s'en satisfaire et s'échapper,

libérer la lingère en effet, lui foutre la paix ? Enfin seule derrière la porte tirée, elle achèverait de bénir le linge, elle lui cracherait dessus, elle l'aplatirait, elle en ferait le linceul de ce diablotin entré dans sa vie telle la mouche dans le coche, elle le coucherait sous les dalles, elle y taperait ses semelles afin de tasser la terre dessous et que rien de visible ne demeure puis, debout sur cette sépulture, elle reprendrait sa besogne de servante et son sourire de mère.

Mathys, loin d'emporter vivement son butin, sans se presser le roule, le coince sous son bras et le tapote du bout des doigts comme s'il s'agissait d'un sac de marin ou du dos d'un chien.

Eva écrase avec le fer brûlant les serviettes de coton fin. Je lui vois tant de solitude en cet instant, que je dois prendre sur moi pour ne pas lui prêter main et lisser avec elle, sur la jeannette, la batiste et le calicot.

Assurément ce serait du bel ouvrage ! Je n'ai aucun goût

pour les tâches ménagères. Bientôt, laissant le fer posé, je bayerais aux corneilles. Inspirée par l'odeur chaude, je me mettrais à rêver aux tranches de pain perdu que mon père badigeonnait d'œuf, jetait dans l'huile et arrosait de sucre. La poêle en fonte grésillait. C'était mon goûter préféré.
Tout engourdie de mélancolie, je m'étonnerais soudain de déceler dans l'air de la buanderie ce que j'identifierais comme l'odeur du caramel brûlé avant de comprendre qu'il s'agit plus prosaïquement de celle du tissu carbonisé.
Eva revient au placard. Elle aligne ses piles. Elle a des gestes secs. Elle rumine. Après le remords, c'est la colère qui l'anime, alimentée sans doute par une crainte sournoise car enfin, sa complaisance envers Mathys ne l'expose-t-elle pas aux réprimandes ? En escomptant la discrétion de cet effronté ou sa reconnaissance, n'est-elle pas naïve autant qu'imprudente ? S'il allait la dénoncer, imagine-t-on ce que la cruauté inspire ? Si d'étourderie un matin il secouait les édredons par sa fenêtre ? La satinette ferait sur le blanc de la façade une tache vive qui ne manquerait pas d'intriguer ! Si l'idée lui venait de se pavaner, de répandre le bruit que la lingère est séduite et qu'il n'a été besoin que de charme et de dérision pour lui dérober la literie défendue ?
Si je m'amusais moi-même à divulguer l'histoire,
si je l'écrivais ? Tiens, c'est une idée cela ! Si je l'écrivais ?

Je crois qu'Eva, contée par moi, perdrait du linge et gagnerait des émois. Comment résisterais-je en effet au désir de l'épingler à sa table de repassage, Kallima de l'Inde aux ailes déployées dont un prédateur nommé

Mathys grignoterait à coups de canine les ocelles, les nervures et le factice pédoncule ?
Eva s'ébroue. Elle lève vers la pluie un œil las. À cause de ses mains toujours à l'ouvrage, à cause de ce travail qui prend le corps et jamais l'âme, à cause de Mathys qui n'est même pas poli, et puis à cause de moi qui ne prononce pas une phrase,
elle se sent d'humeur bougonne, elle n'arrive pas à se secouer le caractère et à se brider la pensée, elle n'est pourtant pas femme à se complaire dans les idées noires mais voilà, elle se laisse emmener, elle oublie d'être gaie. Elle frappe les traversins, elle les ballotte sur les claies. Et puis soudain elle se redresse, elle écarte une mèche et elle me lâche un sourire, allez, il faut bien vivre, Dieu ne l'exige-t-Il pas ?
On dirait que Dieu, ça lui donne du courage.
Elle regarde de côté Mathys qui s'est mis à chantonner et qui frotte sur le satin vermillon sa joue vaguement ombrée.
— *Per amore di una donzella,* fredonne à son tour Eva.
Elle déloge une chatte rousse, elle extirpe d'une panière une toile bise qu'elle étend par terre afin que Mathys y roule ses édredons, elle perd sur l'étoffe une épingle à chignon, elle dénoue son fichu, elle essuie ses aisselles, ses seins, sa nuque, ses mains, puis elle serre à nouveau sa natte dans le carré de coton.
Mathys cesse de chanter. Il demeure immobile. Tandis qu'Eva rassemblant ses cheveux se cambre forçant le nylon de sa blouse, Mathys darde le faisceau précis de son œil jaune sur la dernière boutonnière qui achève de se déchirer. Le tissu cède.

La blouse laisse entrevoir sur la blancheur des cuisses, des poils noirs et luisants.
Je m'écroule.

Sur le carrelage où mon front cogne, un récipient d'émail tombe et résonne en tournant sur lui-même. Je reçois sur le visage quelque chose de mou qui sent l'amidon et le bois. Un chat siffle. Une porte bat. Eva a poussé un cri aussitôt suivi d'une litanie où la Vierge Marie, sainte Thérèse de l'Enfant Jésus, Dieu notre père, la misère du monde, mon teint livide et les Françaises qui refusent la nourriture sont évoqués en vrac. Elle a été chercher une bouteille. Elle la renverse sur son pouce qu'elle introduit dans ma bouche. Elle frotte mes gencives, elle masse mes lèvres par le dedans, la liqueur brûle ma langue et m'écœure,
un premier spasme m'emplit de salive, je n'aime pas ce frôlement des chats, je vais vomir.
Mathys se glisse derrière moi, il me soulève, il appuie ses genoux sur mes reins et sa main gauche sur mon sein, il me courbe vers le sol, je sens dans mes cheveux la pression de sa main, je me vide. Sans attendre, psalmodiant toujours, Eva nettoie. L'odeur de la serpillière avive mes nausées. J'ai le ventre durci par les crampes.

Garance, quand j'avais mes petits malaises, pressait sur mes tempes son mouchoir qu'elle imbibait d'eau de mélisse et qui embaumait la coriandre, le clou de girofle et l'angélique. Mon père accourait. Il essuyait ses mains au torchon de lin, il pestait que la cuisine était sombre et qu'elle sentait fort le caillé de brebis ou la patate bouillie,

il se penchait, son corps bouchait la porte et son ombre couvrait le banc où j'étais étendue, il tapotait mes joues. Pour mieux paraître malade, je les creusais encore en les mordant du dedans, il maugréait des paroles inaudibles mais que je lisais sur ses lèvres brunes,
il y était question de la fragilité de ma mère, et de ma ressemblance avec elle,
et de mes yeux noirs qui auraient forcé à se repentir les plus innocents, disait-il, et les pires brigands.
— Ce n'est rien, disait Garance.
— Taisez-vous donc ! disait mon père.
Je rêvais de m'évanouir une seconde fois, juste là, sous le grondement de sa voix, que pour me secourir il ouvre grands ses bras et me soulève, que je sente sous moi s'éloigner le sol et le monde et le banc de cuisine et Garance et la cocotte en fonte, qu'il m'emmène en son château comme font les rois lorsque les princesses succombent et qu'on prescrit pour les réanimer
de l'eau, du sucre, des pêches s'il fait chaud, du navet si l'hiver se prolonge.
Mais cela n'arriva pas.
Le roi n'emmena pas en son château la princesse aux joues creuses et aux yeux de braise,
la noisette fraîchement éclose qui se croyait pour longtemps protégée par la coquille de l'enfance.

Ce qui arriva, c'est que Garance un matin, dans l'atelier là-bas au bout du pré, me trouva couchée sur mon père et lui sur la terre et sa dernière toile
retournée sur le sol.
Les pigments n'avaient pas eu le temps de sécher.

Elle n'eut pas un cri.
Elle m'arracha de lui et me serra dans ses bras me tâtant en tous sens, vérifiant je crois si j'étais bien vivante. J'étais là depuis le milieu de la nuit. L'appel du hibou, la lune absente, l'orage menaçant
m'avaient tirée du lit. J'avais trouvé, gisant sous l'ampoule qu'un vent léger battait,
mon père mort,
avec ses bras ouverts et ses yeux retournés
et sa foutue chaleur qui se barrait et ses mains vides que j'avais vues si souvent s'emplir de couleuvres
ou de rainettes en septembre
aux abords de l'étang,
et son rire, et sa voix qui ne m'avait pas prévenue de ce départ subit et qui me trahissait pour la première fois, qu'aurais-je ce soir à transcrire en mon cahier secret, quelle parole précieuse, quel verbe lumineux ?
— Saloperie ! fit Garance.
Je me mis à hurler.

Mathys m'allonge, il remet droits mes membres, il demande si j'ai froid. Il rince un verre et, pour m'aider à boire, il me prend dans ses bras.
Votre veste de cuir tombe à côté de moi.
Où êtes-vous ?
Où est votre désert ?
Vous m'avez déroulé un carré de sable sous les poumons. Ce n'est pas seulement votre présence ou votre absence qui me consument, c'est ici ou ailleurs votre simple existence. Je ne sais pas vivre sans vous, m'entendez-vous,

je ne sais pas aimer, je ne sais pas écrire, je ne sais pas vivre parmi des étrangers et tenir debout, est-ce que cela s'apprend ?
Vous partez, aussitôt ma substance vous suit, je m'étonne même de demeurer visible, je m'étonne lorsqu'on me tend la main d'avoir à mon tour une main qui se présente, lorsqu'on prend de mes nouvelles d'avoir une voix qui répond et des lèvres qui s'écartent et se serrent pour un autre usage que celui de vous baiser.

Mourez.
Disparaissez du monde et de la sphère céleste.
Rejoignez un néant absolu dont aucune mémoire ne saura vous extraire.
Quittez mon passé, mon présent, mon avenir.
N'ayez jamais existé.
Alors je vivrai,
alors je connaîtrai mon nom et je saurai l'épeler,
alors je me tiendrai droite sur mes deux jambes fût-ce devant Dieu ou devant le diable, fût-ce en pleine mer quand le typhon s'empare des vagues et des plages, fût-ce devant la mort qui s'invite aux naufrages comme on s'attable à un festin et n'hésite pas à faucher le père quand l'enfant n'est encore qu'une graine à la chair tendre et aux cheveux de lin,
fût-ce devant vous,
dont je ne tire aujourd'hui que douleur et faim.

— Reviens, dit Mathys.
Quand un enfant s'est cogné à l'angle du buffet et qu'il menace de repartir du côté des anges, il faut pour

le tenir en éveil, disait Garance, lui donner à dire un poème
ou à mâcher de la guimauve.
— Reviens, dit Mathys.
Mais surtout ne pas le gifler, ne pas brusquer ceux qui s'absentent, disait-elle, au besoin leur pincer le nez et froisser devant eux des simples par poignées qui leur redonneront le goût de respirer, elle en avait toujours en son tablier.

— Reviens, dit Mathys.
Dans l'allée du cimetière, il n'y avait plus, agenouillé près de moi, que mon oncle. Le frère tant aimé de mon père. Las des habits noirs et des mantilles et des sanglots bruyants, il avait traîné à l'arrière du cortège et m'avait vue tomber.
— Reviens, disait-il.
Il s'était agenouillé dans le gravier humide. Je sentais contre ma joue le frôlement de son manteau de cachemire et sous mon crâne, sa main gantée de cuir qu'il avait vite glissée là pour adoucir la pierraille.
— Reviens, disait-il.
Sa voix était comme un écho de celle de mon père. Mon père était le marbre brut, la pierre extraite de la carrière qui ne se laisse entamer qu'à grands coups de ciseau et se livre par écailles rugueuses. Mon oncle, son cadet, était de même noble matière mais savamment travaillée, les angles polis, toute rudesse abolie. Là où d'ordinaire mon père, dans son inquiétude, jetait sur moi des phrases se cognant les unes les autres comme autant de pelletées de cailloux, mon oncle faisait couler un sable

fin. Mon père était un roc dressé contre l'océan, j'étais le coquillage minuscule qui toujours y avait puisé sa force, sa gaieté déraisonnable, sa raison d'être au monde. Et voilà qu'on me l'arrachait ? Toutes plaies ouvertes, j'échouais sur un rivage s'étendant à perte de vue, aussi stérile que la toile du peintre avant qu'il ne l'apprête, aussi béant qu'une fenêtre sur le vide mais s'y jeter ne servirait de rien car elle contient la vie même, celle que chacun en son immense solitude doit écrire.

J'avais beau scruter loin sous mes yeux clos, aussi loin que pouvaient s'aventurer mes jeunes prunelles qui jusqu'alors avaient cru que l'éternel était défini par les bras de mon père, je n'entrapercevais nul écueil où me réfugier, nulle crique qui me protégerait, nul récif
auquel me raccrocher,
si ce n'est ce manteau de cachemire qui caressait ma joue.

— Reviens, disait-il.

Je calculais prestement si le sable de sa voix pourrait suffire à couvrir le coquillage que j'étais jusqu'à le faire disparaître, je m'enfoncerais sous la caresse des marées, personne ne s'apercevrait de rien, j'étais si petite, si insignifiante. Jusque-là, je n'avais vraiment compté que pour le rocher dont on était en train de m'arracher. Qui l'eût cru que se lèverait un jour une marée
suffisamment forte pour emporter le rocher ? Qui a eu la cruauté de rejeter le coquillage sur la plage, de lui infliger ce déchirement qui le prive de l'éternité promise dans les bras de son père ? Un grand hoquet de larmes me remonta du ventre, je roulais sur le côté, mon oncle me rattrapa et me souleva de terre. Le nez enfoui

dans le cachemire comme j'avais quelques instants plus tôt souhaité l'être dans le sable, je lui dis :
— Tu veux bien être mon papa, maintenant ?
Mon oncle sembla se figer. Collée à lui, je sentis dans tout son corps une sorte de déflagration que d'abord je n'identifiai pas.
— Tu n'as pas d'enfant, je n'ai plus de papa.
Pourquoi ne répondait-il pas ? Ses cheveux me piquaient le nez. Je voyais le dedans de son oreille et, un peu au-delà, des nuages violets qui estompaient la cime des cyprès.
Je fus un temps à comprendre qu'il pleurait. Il existait donc des sanglots aussi puissants que les bas-fonds et capables de faire craquer la soute des paquebots ? Pour le consoler, je lui promis que je serais sage, que je ne l'embêterais pas, que je resterais blottie dans un coin de l'atelier et que je le regarderais peindre.
Il me fit asseoir contre une stèle, épousseta de ses gants un bout de pierre tombale, s'assit à son tour, se moucha. Il n'utilisait pas ces immenses mouchoirs de coton qui débordaient des poches de mon père et avec lesquels parfois, tout à sa peinture et sans se rendre compte aucunement de son geste, il essuyait ses pinceaux. Mon oncle utilisait des mouchoirs en papier. Il m'en proposa un que je n'osai déplier de peur de le déchirer et de me trouver bête. Je le garderais longtemps caché dans les pages de mon cahier secret. Il y finirait en poussière.
— Ça n'est pas comme ça que ça fonctionne, finit par soupirer mon oncle.
Je compris aussitôt que ma cause était perdue. Je n'avais pas les arguments pour le convaincre et puis, les aurais-je

eus, je ne voulais pas convaincre, je voulais vivre une histoire aussi jolie que dans un livre, être le coquillage qui malgré tout a de la chance. Il tombe de son rocher mais aussitôt, il en trouve un autre qui le recueille et la vie continue presque sans changement.

— Et puis tu sais, je ne suis pas peintre, ajouta-t-il en esquissant un sourire.

Ça ne m'avait pas traversé l'esprit. Qu'était-il donc ? Avait-il un métier ? À quoi passait-il ses journées ? Je le regardais avec un étonnement immense. Il avait les yeux clairs de mon père et sa tignasse aussi mais disciplinée sous le gel, presque sculptée et je me surpris à penser que cela lui donnait un air de ressemblance avec le Ken des poupées Barbie. Là-bas, derrière l'église, une foule d'insectes noirs dissimulés sous les mantilles et les parapluies enterrait mon père dont il était le jeune frère et qu'il avait toujours infiniment aimé.

— Il ne m'a jamais posé aucune question, dit-il.

Et je me demandais quelles questions auraient pu être posées.

— Quand je lui ai dit que je m'installais avec Victor, il m'a simplement dit « Sois heureux. Il faut être heureux en amour ».

Il portait des mocassins vernis, je n'en avais jamais vu de ma vie, je les trouvais très chics. Comme ses gants qu'il remettait lentement, faisant disparaître ses mains soignées et sans alliance. Dans ce coin de cimetière sinistre, il était d'une beauté que le jour tombant rendait bouleversante. Je reniflai un grand coup. Ça sentait la mousse et le vent du nord. Ça sentait aussi le tabac blond, la tubéreuse, le gingembre. Et ces parfums dont

une pluie fine exacerbait les effluves sucrées, tout en me séduisant, me levaient un peu le cœur.
Je lui dis :
— Tu crois qu'il n'était pas heureux en amour mon papa ? C'est pour ça qu'il est mort ?
Cela lui mit tellement de tristesse dans les yeux que je fus convaincue d'avoir dit une bêtise.
Les saules bruissaient.
— Il faut tenir debout, me dit-il. Il faut tenir debout coûte que coûte. Sinon, le monde te piétine.
Dans sa voix, le sable était mouillé. Il y avait des flaques. Il me sembla qu'il essayait de ne pas s'y noyer. Il se leva et me tendit la main.
— Viens, dit-il.

— Reviens, dit Mathys.
Mais revient-on de l'enfance ?
Revient-on du cimetière où le saule fredonne la chanson d'Ophélie ?

Revient-on de vous quand un autre que vous implore qu'on revienne ?

Il faudrait que j'aie la force d'attraper le sable, de m'accrocher à l'ourlet de la rive afin de ne pas repartir au large mais comment résister ? Le roulis m'empoigne à bras-le-corps et m'emporte avec lui. Je me cogne et m'éboule, je me délite. Loin de lutter, je n'aspire qu'à me dissoudre dans ce typhon qui m'avale entière et me broie. « Je me meurs », disent-ils chez Racine. Mais ce n'est point encore assez car je vis, je sens bien qu'au cœur du tsunami, je respire encore et suis vivante. J'ai beau, de toute ma faiblesse restante, appeler le néant, je goûte à pleines cellules la volupté de cet état qui me retire à la vie mais cependant s'amuse à ne point me l'ôter tout à fait.
J'atteins soudain une île où plus rien ni ne bouge ni ne s'entend. Tout est de noir et de blanc et imperceptiblement se met à glisser vers les gris. Cependant s'ébauche un léger tangage souligné du cri de quelque goéland et de cette mélopée très particulière que murmurent les galets qui chahutent dans l'intime couture des vagues et se frottent, se frôlent, se polissent sans fin. J'ouvre les yeux. Au-dessus de moi, le ciel de Rome charrie un

grand arroi de cumulus, un tas de ballots devenus sales à force d'être poussés du pied dans leur long voyage. Point de goéland en vue, point d'horizon, point d'océan non plus.

— Ça va mieux ? m'interroge Mathys dont le visage penché vers moi surgit dans mon champ de vision. Eva a paniqué, elle a appelé son mari Pedro à la rescousse, elle a insisté pour qu'on t'emmène à l'infirmerie. Il est chef jardinier ici. Du coup, il a sorti son minitracteur et il a accroché sa carriole derrière en guise de brancard. Ça va ? Tu n'es pas trop secouée ? Moi j'ai un peu mal au cul mais toi, on t'a installée sur les édredons pour amortir. *Ehi, Pedro ! lei apre gli occhi !*

J'ai cru entendre des goélands mais ce ne sont que les couinements que font sous moi les roues du charreton. Je sens sous ma nuque le moelleux des édredons rouges et sur ma joue la rugosité de la toile bise dans laquelle ils sont enveloppés. Mathys, assis de guingois sur le bord de la carriole, buste vers l'avant, coudes sur ses genoux pliés, regard jeté ailleurs, me parle continûment. Il semble me raconter une histoire et si je suis si longue à y accoster, c'est que j'en confonds les syllabes mouillées de salive avec des galets jouant dans des alcôves sous-marines que je suis chagrinée de devoir quitter. Mais Mathys ne me lâche pas.

— C'est une habitude chez toi ? Parce que, si j'ai bien compris, tu as déjà tourné de l'œil le soir même de ton arrivée.

Mathys soliloque. Mon mutisme doit le tromper. Il croit sans doute que je suis tout ouïe quand en réalité je me bats à ses côtés pour ne pas me noyer, je m'accroche aux cailloux qui roulent dans sa voix, j'essaie d'en faire des bouées jusqu'à ce que je constate que ses phrases sont des harpons, peu à peu elles me dénoient, me tirent sur la rive et m'y maintiennent. En moi, l'océan renonce, animal dompté qui recule et se couche et laisse après lui une plage altérée.

— Quand je pense que dès le lendemain de ton arrivée, et en pleine nuit en plus, ils t'ont sortie de la chambre à baldaquin pour t'expédier toute seule vers ton pavillon ! Ils auraient pu te laisser profiter quelques jours de la chambre d'hôtes qu'ils avaient mise à ta disposition là-haut ! Je t'ai vue ce soir-là depuis ma cambuse. J'ai entendu un drôle de ramdam du côté de la passerelle. J'ai cru que c'était Croëtte qui faisait son cirque comme d'habitude. Tu l'as déjà croisée ? Elle est ici comme pensionnaire historienne d'art. Mais ça ne se voit pas. Je veux dire, elle n'a pas la gueule de l'emploi. Bref ! Ce n'était pas elle, c'était toi. Tu descendais en traînant ta valise jaune sur les marches en fer. Tu avais l'air à la fois d'une fourmi qui trimballe une charge deux fois plus volumineuse qu'elle et d'un coléoptère, à cause de cette veste en cuir qui ne te va pas du tout. Je me suis dit que tu la portais juste pour ne pas t'envoler, pour te lester, que si elle te tombait des épaules vraisemblablement tu décollerais direct, à la verticale, genre ballon gonflé à l'hélium.

Et par le chemin du ciel, j'irais vous rejoindre dans votre désert. À vol d'oiseau, ça ne doit pas être si loin. Je me glisserais dans votre sac de couchage. Il ne faut pas que je pense à ça.

— En attendant, tu avais une silhouette d'insecte hybride. Il était tard, les *fiaccole* étaient allumées dans les allées. Tu t'es penchée vers une des flammes, tu as tendu un papier bleu. J'en ai déduit que tu avais croisé Matoso. C'est son truc, les papiers bleus. Il en a toute une pile à côté du téléphone au bar. C'est là-dessus qu'il écrit les messages pour les pensionnaires. J'ai compris qu'il avait dû t'esquisser un plan pour que tu puisses intégrer sans attendre le logement qui t'était destiné de l'autre côté du parc. C'est bizarre que Matoso ne t'ait pas accompagnée. Il devait avoir un dîner à servir. Quand même ! Sale coup de t'envoyer là-bas, à Sarcelles ! C'est comme ça qu'on l'appelle ce coin tellement il est pourri. Il paraît qu'aucun des autres logements n'était disponible encore. N'empêche, c'est abuser. Ils auraient pu au moins te fournir une lampe de poche…

La carriole bringuebale. Je commence d'en sentir le plancher sous mes fesses. Je me redresse. Je tire un peu les édredons pour me chauffer les pieds.

— Tu avais les yeux rouges et les lèvres bleues, reprend Mathys.

— Tu inventes.

— Je suis nyctalope. Je vois aussi bien dans l'obscurité qu'en plein jour, peut-être mieux.

Pour preuve de sa bonne foi, il me précise que je me suis mise à porter ma valise à pleins bras, ce qui est exact. Dans l'escalier, la poignée s'était cassée.

— Les chats tournaient autour de toi. L'image était envoûtante. Au moment de disparaître dans l'allée des orangers, tu as trébuché. Les chats ne t'ont pas suivie. Ils

ont continué de dessiner des huit autour de l'endroit où tu t'étais accroupie.
Mathys m'explique qu'à cet instant, il a hésité. Il pouvait se précipiter, dévaler l'escalier de la tour, se la jouer adolescent casse-cou qui utilise ses semelles comme des skis histoire de gagner du temps, traverser le bar désert, se jeter sur le perron du palais et reprendre son souffle entre les deux lions de pierre. La pluie marquait une halte. Au-dessus du *bosco,* dans le maillage des branches, un bout de lune craché, une rognure d'ongle luttait pour apparaître dans l'interstice des nuées. Il pouvait encore m'emboîter le pas, m'accompagner jusqu'à ma porte, faire ma connaissance mieux que la veille au bar où il s'était contenté de m'indiquer son prénom.
— Mais dans la clarté des *fiaccole,* tu venais de m'offrir un tableau dont l'envie me démangeait de garder trace. Une de ces envies imbéciles qui te donnent à penser que cela prouve l'artiste en toi, siffle-t-il, alors qu'en réalité, jamais tu ne parviendras à transcrire le centième de ton impulsion première. En revanche, cet instant de vie qui passait à portée de main aussi troublant que l'*Invitation à la valse* de Weber, tu le gâches, tu le laisses t'échapper. Courant à quelques mauvais coups de pinceau, tu tournes le dos alors qu'on t'invitait à danser.

Mon père adorait danser. Ma mère se laissait faire. À peine ébauchait-elle un geste de coquetterie lorsque ayant enclenché le disque, il venait s'incliner devant elle et l'inviter avec force cérémonie. Elle avait une manière bien à elle de rire très brièvement dans le creux de sa paume puis de suspendre ses deux bras dans l'air en un dessin si précis qu'il pouvait s'y encastrer sans qu'elle ne change rien à sa posture. La pièce se chargeait d'électricité, la lumière s'intensifiait d'ocres et de carmins, l'ombre prenait le féroce éclat de l'encre de Chine. Sous les pas de danse, lents pour commencer, le plancher tanguait entraînant peu à peu les murs avec lui, puis le plafond et je voyais avec terreur et fascination le lustre de cristal qui virevoltait et tintinnabulait à tout rompre. Je me réfugiais dans une encoignure, près des rideaux, j'avais besoin de m'y accrocher pour ne pas perdre l'équilibre et puis surtout, je pouvais m'y cacher quand les larmes me venaient. Ils étaient si beaux à tant se fondre l'un en l'autre, si suffisants à eux-mêmes et hors de portée, j'en éprouvais un immense et incompréhensible chagrin. La beauté pouvait-elle ainsi se troubler de douleur, la douleur pouvait-elle naître de trop de beauté ? Ma sœur, depuis la salle à manger voisine, levait ses yeux de ses livres d'étude et, hypnotisée, les fixait sans pouvoir s'en détacher. Quand la musique cessait, ils restaient longuement enlacés, continuant de marquer, mais lentement, le rythme de la valse, se berçant l'un l'autre, écoutant l'un en l'autre venir quelque chose que je n'identifiais pas. Tout autour de nous, le salon reprenait forme. Ma mère finissait par dire « Je vais me coucher », mon père rangeait le disque, éteignait l'appareil. Je détestais l'instant où je lisais sur son visage qu'il se rappelait devoir me mettre au lit car je ne pouvais m'empêcher de deviner que quelque chose, ces soirs-là, l'irritait dans cette dernière obligation. Traversant toute la maison en courant, je me réfugiais sous mes couvertures que je tirais haut sur

ma tête. L'idée de le voir s'ennuyer en me grattant le ventre et me mordant les pieds, en me racontant des histoires pleines de couleurs, en m'épelant les mots de la journée que j'avais prévu d'inscrire dans mon cahier, me terrorisait. Je préférais, quoi qu'il m'en coûtât, lui éviter tout le rituel. Et lorsque, sans insister, déposant à peine un baiser dans mes cheveux, il s'éloignait sur la pointe des pieds, tirant scrupuleusement la porte après lui comme s'il était crédible que je me sois si vite endormie, j'enfouissais mon visage dans mon oreiller priant Dieu sait qui ! que celui-ci étouffe mes sanglots et si possible m'étouffe tout entière, car face à ce trop de beauté, mieux valait mourir que souffrir à en mourir, qu'être désaimée sans comprendre, que perdre au soir les mots glanés toute la journée parce que la nuit avec ses rêves désordonnés les efface de la mémoire et embrouille l'esprit alors que quand ils sont écrits sur le papier, lessive suspendue au fil à linge, mise à sécher le soir en prévision du repassage le lendemain,
ils demeurent tranquilles et offrent quand on les relit des mondes qui jamais ne se dérobent, ils ont des éternités à nous souffler et c'est bien là le contraire de mourir.

Pedro subitement arrête le tracteur. Nous sommes à mi-chemin, l'allée devant nous comme derrière nous s'étend à perte de vue. Il saute du véhicule, se précipite vers un oranger, lui tâte le tronc, s'agenouille, observe les racines.
— Qu'est-ce qui lui prend ? dit Mathys. Eh ! Pedro !
Pedro est un taiseux. Il se redresse. Il a presque l'air

surpris de nous trouver dans sa carriole. Il a cru voir une tache sur le tronc de cet arbre et aussitôt, oubliée, l'infirmerie ! Oubliée, l'urgence de me secourir ! Je lui dis de ne pas s'en faire, de s'occuper de son arbre et de prendre son temps.

— Tu es sûre ? interroge Mathys.

Oui, je suis sûre car je sais que toute médication m'est vaine. Pedro ne se le fait pas dire deux fois. Il retourne à caresser son arbre et rien d'autre n'existe.

— Je suis à proprement parler un peintre du dimanche, reprend Mathys. En ce sens que je ne peins que le dimanche. Tu verras, le jour du Seigneur cette ville est une véritable cacophonie ! En tout cas le matin. Après, elle se met à genoux. Repos ! Vos gueules les églises ! Mais il reste dans l'air, jusqu'au soir, une vibration singulière, un reste de ces sonorités d'antan qui pour certaines nous viennent d'avant le Moyen Âge quand les saintiers proposaient leurs services de village en village et coulaient les cloches sur le bord des chemins.

— Et ça t'inspire le son des cloches ?

— Ça me questionne ce son qui nous parvient inchangé depuis la nuit des temps. Tu te rends compte que durant des siècles, les artistes n'ont pu créer que grâce aux commandes que leur passait l'Église ?

J'entendais au loin sonner le clocher de Launois, le hameau voisin. Les coups dévalaient au creux des ravines, franchissaient les collines, formaient une nasse où s'engouffraient tous les fidèles du Ban-des-Sept-Sapins. Il fallait, pour se rendre à l'église depuis chez nous, prendre la départementale et contourner la colline. À moins de la franchir, de couper à travers champs, de traverser le cimetière se trouvant à son sommet et de redescendre de l'autre côté. Promenade qu'en semaine je faisais souvent avec mon père mais à laquelle ma mère ne se prêtait pas. À l'appel des cloches du dimanche, mon père surgissait de son atelier clamant « On est partis ! ». C'était un signal. Toute la maison se mettait en suspens. Il s'essuyait les mains dans un chiffon qui empestait la térébenthine.

— Je t'attends ! disait ma mère vaguement impatiente car elle avait déjà revêtu son manteau de renard bleu en hiver, de soie blanche en été, et attendait près de la porte.

— Moi aussi, je t'attends ! répondait mon père.

Il était déjà dehors. Au moment de franchir le seuil, il m'avait lancé un clin d'œil, comme si j'étais complice de quelque chose mais je ne percevais pas bien de quoi. De sa gaieté peut-être ? Ce n'était pourtant pas la perspective de la messe qui le mettait en joie. Il ne s'y montrait pas. Il accompagnait ma mère mais la laissait sur le seuil, elle se dirigeait seule vers le bénitier où elle faisait mine de se tremper le bout des doigts avant de faire le signe de la croix. Elle la trouvait sale, cette eau bénite, preuve qu'elle n'était pas bigote. Mais elle avait de ces fidélités mystérieuses dont elle semblait s'excuser en murmurant parfois qu'elle leur devait bien ça sans cependant préciser à qui elle le devait
ni pourquoi.

Mon père de son côté filait vers l'épicerie-bar, déserte à cette heure. Au retour, il sentirait le café et l'alcool.

— Tu pourrais t'habiller tout de même, poursuivait-elle tandis qu'ils s'éloignaient vers la voiture.

— Je suis nu, peut-être ?
Les portes claquaient. Restée dans le hall, j'écoutais, jusqu'à ce qu'il disparaisse, le grondement du moteur. J'éprouvais qu'il emportait avec lui un lambeau de mon cœur. Reviendraient-ils ? Ne tarderaient-ils pas trop ? Mon père avait ses toiles ici, lui étaient-elles suffisamment chères pour qu'il ne les abandonne pas ? Tous deux, ne succomberaient-ils pas à la tentation de glisser à l'infini sur les pentes enneigées en hiver, brûlées en été, jusqu'à s'élever dans le ciel blanc et ne plus penser à rien que danser et se taire ?

Nous poireautons dans l'allée. L'humidité me pique les mollets. Je bascule la tête en arrière. Là-haut, un peu de soleil lutte pour crever les nuages.
— Qu'est-ce qu'il fabrique ? soupire Mathys s'ébrouant soudain. Eh ! Pedro !

Et vous ? Qu'est-ce que vous fabriquez à ne pas prendre mes pieds dans vos paluches et les frotter jusqu'à ce qu'un peu de chaleur y revienne, à ne pas souffler sur mes orteils gelés ? Sous votre poids je basculerais bras en croix dans la carriole et je ferais le pari de ne point bouger davantage qu'une souche, de ne point même osciller du bassin, de vous laisser me chauffer tel un tisonnier travaillant la braise dans la gueule du poêle et la fièvre grimpe méthodiquement jusqu'aux extrémités des tuyaux et dans la tiédeur qui s'ensuit des mots viennent aux lèvres qui sont de simple vie ou de simple poésie. Que faites-vous à cette heure et quelle heure est-il pour vous ? Quelles silhouettes observez-vous, lavées par le sable ? Quels paysages ? Est-ce possible que la sueur coule sur votre front tandis que le froid me pénètre jusqu'à l'estomac ?

Mathys échange quelques phrases avec Pedro où il est question de la cloque, du mal secco et du mildiou qui seraient des plaies pour la culture des orangers, de mastic fongicide et même, si je comprends bien, de bouillie bordelaise. Est-ce la torsion de son corps ou l'intonation de sa voix presque tendre, il m'apparaît encore que Mathys ferait bonne figure dans un roman, que lestement il en franchirait le seuil et qu'avec naturel il y trouverait place. Ne serait-ce pas plaisant que ma plume sans que j'y songe s'accroche à lui et le dévide, qu'elle sache créer le personnage que, par toute sa personne, il donne à inventer. Qu'il soit la quenouille et moi la bergère triant le chanvre dont il est fait et le filant sur son rouet. Assise à ses côtés, je me saisirais des fibres qui dépassent, je les tisserais entre elles ou les mettrais en bobines.
Il se remet d'aplomb, buste en avant, coudes sur les jambes pliées. Il m'effleure le genou, demande pardon. La carriole est exiguë, conçue seulement pour transporter du fourrage et des herbes.

Mathys est impuissant à prendre votre fonction d'encrier. Vous êtes parti et avec vous l'écriture s'en est allée. Dois-je me satisfaire d'observer les marques que la vie lui fait ? Elles se devinent à peine sur sa peau d'enfant. Cependant dans ce début de jour hésitant, dans cette lumière qui commence à faire claquer les traits des hommes et à exacerber leurs pâleurs,

je vois vieillir Mathys, je vous jure que je le vois. Ses mains sont une coquille de noix. Le fruit en est gâté. Il ne subsiste dans le creux des paumes qu'un peu de pruine noire qui dessine des sentes dégringolant les coteaux, des gorges sans eau, des vaux abîmés de gerçures. Mathys n'ignore pas qu'en lui l'insouciance ne cesse de ternir. Il doit se dire qu'il a vingt ans et que le bonheur n'existe plus, qu'il n'a jamais existé si ce n'est dans les livres d'apprentissage et d'éducation, qu'il ne s'agit que d'une utopie lancée à travers le monde afin que les enfants continuent de courir et les adultes de leur mentir. Il doit se dire que mûrir est un deuil, et s'irriter du chagrin que cela lui fait. Je devine en lui une enfance revêche qui ne veut pas être domptée. Sur le trottoir de la vie qui passe où défilent les heures, les jours, les mois, l'ingénuité garde sa lanterne allumée, elle résiste aux assauts du temps, au continuel chantage que lui font les années en s'écoulant. Quand elle mettra la clé sous la porte, elle laissera sur la psyché de Mathys une cicatrice précise,
nette,
aussi présente que son nombril sur son ventre.

Que ne suis-je de ces écrivains qui vivent toute rencontre comme une expérience sachant que quoi qu'il arrive, celle-ci les conduira à l'écriture ? Je n'ai jamais su ce qui, une fois pour toutes, m'avait conduite à l'écriture, je n'ai jamais su où l'écriture me conduirait, je ne me le suis jamais demandé. Mais après tout, ne m'a-t-elle pas conduite ici où il n'est question, où il ne doit être question pour moi que d'écrire,

et non pas de vous écrire comme on dirait vous peindre. Si j'en peignais un autre ? Un qui dans la vie m'indiffère, voire m'ennuie ? Mathys par exemple.
Cela me le rendrait-il intéressant au point que le manège des mots dans ma tête cesserait de tourner. Les petits chevaux galoperaient à nouveau dans mes veines et à nouveau dégringoleraient de mes mains sur le papier.
Qu'en dites-vous ?
Ne soyez pas si prompt à regarder ailleurs ! Croyez-vous être en situation de prendre la mouche ? Écrire n'est pas aujourd'hui, n'a sans doute jamais été un choix pour moi. C'est une condamnation. Un anathème. Car d'abord, on ne choisit pas de créer, de consacrer sa vie au supplice de l'invention, d'être exposé à la violence des regards, on ne choisit pas de se demander chaque matin si le soir même on aura été jeté à la cave ou désigné pour briller sous les projecteurs, on ne choisit pas de mal gagner sa vie ou de ne pas la gagner du tout. On s'y résout. Parce qu'on n'a pas d'autre solution. L'anathème est dans l'être comme l'ADN dans le sang. Nul ne sait qui le prononce ni pourquoi il s'abat sur certains et non sur d'autres. Je ne sais pas pourquoi les mots ont coulé de mes doigts avant même que je parle. Funambule malgré moi, je marche sur un fil, je franchis des précipices. Votre main s'est proposée pour m'accompagner un temps, croyez-vous pouvoir me la retirer impunément et que le fil sous mes pas se montrera aussi solide que le boulevard Haussmann à Paris ? Il n'est point encore opportun de me tourner tout à fait le dos. Pour une raison que j'ignore, je ne saurais jurer, si vous vous effacez définitivement de ma vie, que mon

écriture ne s'effacera pas définitivement avec vous. Je ne prends pas ce risque. Si je suis condamnée à peindre, à écrire, à chanter à la lune, à danser sur la pointe du pied ou que sais-je ! je vous condamne à me revenir bourré d'encre et à m'assister jusqu'à la dernière ligne.

Pour l'instant, j'en suis à saisir de Mathys tout ce qui se peut saisir. Si cette rencontre doit être une expérience, je ne veux y poser aucune limite préalable. Je ne sais pas jusqu'où je suis capable d'aller pour retrouver la jouissance d'écrire. Je ne sais pas quel prix je suis prête à payer.
Et vous ?
Combien donneriez-vous pour que j'accède à mon plaisir ? Ou combien donneriez-vous pour n'en être pas le témoin quand ce plaisir ne dépend pas que de vous ?

Pedro, la mine inquiète, remonte sur le minitracteur et relance le moteur. Notre drôle de convoi s'ébranle. J'ai tout à fait recouvré mes esprits, je me cale le dos bien droit contre les édredons, je me serre dans votre veste, j'y replie mes jambes. Devant nous, l'allée des orangers a perdu l'aspect coupe-gorge que je lui avais trouvé quand pour la première fois je l'avais empruntée mais en sens inverse, ainsi que vient de l'évoquer Mathys. Après plusieurs minutes de marche dans une obscurité absolue, je n'en voyais toujours pas le bout. Je distinguais à peine, de chaque côté, les fameux orangers. Je les découvre maintenant dans leur nudité diurne. Ainsi exposés, ils me froissent le cœur. Ils luttent de toutes leurs racines pour rester d'aplomb. Il doit leur pousser de bien tristes oranges qu'à la brune la moiteur fait briller. D'autres avant eux ont péri sous le gel, explique Pedro. D'où sa constante inquiétude. Il prend d'eux un soin particulier, triant les feuilles dures, tassant la terre sur les chevilles, passant sa grosse pogne sur l'écorce comme s'il fallait lisser le pyjama de ces enfants malades afin d'éviter les escarres. Je le soupçonne, le soir, de leur parler à l'oreille, de leur narrer quelque conte qui les tienne en haleine jusqu'au lendemain et les aide à passer la nuit.

Mathys me voit chercher des repères alentour.
— Tu t'y retrouves ? Pour retourner aux pavillons, tout au bout de l'allée derrière toi, tu bifurques sur la gauche et tu longes le jardin des *camerieri* avec les serres au fond qui grincent à cause des carreaux qui sont vieux et qui s'effritent contre le métal rouillé, ça fout les chocottes la nuit, en plus c'est tout protégé d'arbres, le rougeoiement de Rome ne grimpe pas jusque-là. Les fleurs, tu peux les cueillir si tu les aimes, tu as le droit.
— Et les chats ? Où ils sont ?
— Sous les fenêtres de Pedro et Eva, ils rôdent par bandes entières, m'explique Mathys. Tu ne les as pas vus tout à l'heure, tu étais dans les vapes. Les gangs ennemis se mesurent, ils se disputent les larcins et les mauvais coups. Ils se battent parfois. Tu n'as pas remarqué sur les murs de la buanderie ? Il y a des traces de griffes et de sang.

À La Mordrière, dès que pointait le redoux du printemps, j'entendais sous les fenêtres de ma chambre l'appel lancinant des chats sauvages. Ça coïncidait avec l'apparition des bourgeons, tous les arbustes avaient l'air d'avoir des poussées d'acné. Mon père me disait que je ne devais pas avoir peur, que c'était le chant de l'amour grâce auquel venaient au monde les loupiots et les loupiotes. Garance, occupée à préparer mon lit, rougissait.

Je n'y comprenais rien. S'il s'agissait d'enfants, leurs cris donnaient plutôt à penser qu'on les égorgeait par charretées pleines et je m'étonnais au matin de ne pas trouver sous les arbres fruitiers des piles de petits cadavres étêtés.

— Et c'est après les serres que tu trouves Sarcelles, continue Mathys, la banlieue du palais, les pavillons construits au début du siècle pour des raisons utilitaires, plantés en rangs d'oignons, chacun matant le cul de l'autre, reluquant vers le nord et tournant le dos au soleil. Il fallait vraiment avoir envie de foutre les artistes au placard ! Sans déconner : au début, ils étaient à l'égal des princes, logés au palais même. Ensuite, on en a poussé quelques-uns dans les dépendances domestiques. Et pour finir, Sarcelles. Symboliquement, c'est clair non ? Tu viens d'où ?

— De Paris.

— Pas de bol. Tu pensais passer d'une capitale à l'autre, moralité, tu te retrouves en banlieue. Ça doit te faire drôle.

J'habite au cœur de Paris, j'ai posé mon nid tout en haut d'un immeuble, au-dessus des tilleuls et des marronniers, au-dessus des nids de colombes et du vol paresseux des pigeons, à portée d'orage et d'étoile. J'aime me heurter dès le sortir de l'ascenseur à l'agitation des rues de mon quartier. J'apprécie ma solitude parce qu'elle est un cocon creusé dans l'épaisseur de la civilisation qui grouille tout autour.

— Quand je suis arrivée aux pavillons l'autre nuit, dis-je à Mathys, j'ai eu l'impression qu'on m'avait mise au coin. J'ai senti sur mon crâne pousser un bonnet d'âne. Je me suis demandé de quoi j'étais punie. D'être arrivée trop vite, trop tôt ? D'être une gamine qui n'oserait jamais se rebeller face aux autorités ? Et puis il y avait ce boucan tout autour…

— Ce bout du parc est le seul qui incise la ville à la manière d'une flèche, tu vois ? Comme si la pointe s'était enfoncée dans la chair juste à l'endroit où passe un des boulevards de Rome les plus fréquentés. Les bagnoles arrivent d'un côté, elles contournent la pointe, elles repartent de l'autre. Un capharnaüm infernal. Et tu es priée de créer s'il te plaît ! En plus ils t'ont collé la dernière bicoque, celle qui ne regarde pas le derrière de sa voisine mais un bois, un pauvre bois dégoulinant de mousse et d'eau et de punaises, si bien qu'il en coule parfois jusqu'au carrelage, je te préviens. D'autant que depuis que tu es arrivée, je ne sais pas pourquoi, il ne fait que pleuvoir, pleuvoir, pleuvoir…

Pourquoi suis-je à la pluie de Rome tandis que vous brûlez au soleil d'Algérie ?

— Et ce tableau alors ?

— Quel tableau ?

— Celui des *fiaccole* ?
— Il est dans ma tête. Il n'est que dans ma tête.
— Tu le peindras un jour.
Mathys a un affreux sourire,
je veux dire, un sourire beaucoup trop vieux pour lui.
— Je n'ai pas de patte, dit-il. Il faut toujours que j'imite.
— Les plus grands ont commencé en copiant leurs aînés…
— Je ne copie pas. J'imite. Je traite *à la manière de* c'est-à-dire toujours avec une certaine dose de cynisme. Cette posture m'a permis jusqu'ici de ne pas décider si j'étais véritablement capable de créer par moi-même mais je sais aujourd'hui que ce tableau, *Les fiaccole* comme tu viens de l'intituler – tu as le sens du titre, je l'avais déjà remarqué, j'ai lu ton roman –, que ce tableau était le dernier et que je ne le peindrai jamais.
Il regarde ses paumes, s'y frotte le pouce.
— Mon séjour s'achève ici. J'avais obtenu de mon père cette année sabbatique. Je vais rentrer à Paris faire du droit. Il sera content. Ça mène à tout et ça n'engage à rien, ça ne peut que lui convenir. Et puis, comme il dit, je pourrai toujours continuer à dessiner pour me distraire !
Notre chargement heurte quelque chose. Une pierre que Pedro, trop préoccupé par la santé de ses orangers, n'a pas évitée. Mathys perd l'équilibre, se rattrape de justesse, jure. Pedro saute à terre, m'interroge d'un regard bourru. Entre les édredons et votre veste, je n'ai rien senti.
— *Tutto va bene*, lui dis-je, *tutto va bene*…
Il plonge sous la carriole, dégage l'obstacle, constate que la roue est endommagée, que doit-il décider ? Poursuivre

coûte que coûte jusqu'à l'infirmerie ou prendre quelques minutes afin de limiter les dommages ? Je répète que je n'ai nul besoin d'être transportée à l'infirmerie. D'ailleurs, si nous n'étions pas si paresseux, nous pourrions descendre, terminer à pied, il ne reste qu'une trentaine de mètres d'ici la Villa. Mais nous avons la flemme de porter les édredons à bout de bras. Et puis, rien ne nous presse.

Rien ne me presse et jusqu'à quand ne me pressera plus puisque vous n'êtes plus nulle part à m'attendre, puisque je vous attends à tout jamais sans pouvoir croire hélas que si je cours et me dépêche je pourrai voler du temps au temps et ce temps,
le passer avec vous ? Puisque vous avez rejoint le peuple nomade qui jamais ne se pose et ne connaît point d'adresse, puisque même le téléphone ne peut vous atteindre ? De mauvaises pensées me frappent au cœur. Est-ce bien pour un de vos reportages que vous êtes parti mais alors pourquoi n'en avoir rien dit ? Avec quel acharnement vous avez mis entre nous un silence pour moi infranchissable !
Je ne parle pas seulement de la distance ni du désert avec ses aléas et ses modes de vie,
je parle de l'autre silence qui fait écho au vôtre
parce qu'en fuyant de la sorte
vous m'avez arraché la langue.
Je ne peux même plus vous rejoindre dans mes cahiers.

— Tu as raison, dit Mathys. Rien ne nous presse.
Il propose son aide à Pedro qui l'envoie bouler sans ménagement. Mathys sourit. Il se rassoit.

— Au moment où tu as disparu dans l'allée des orangers, dit-il, deux informations se sont percutées dans mon cerveau : d'abord, le tableau des *fiaccole* était trop beau et je ne le réaliserais jamais. Ensuite, il était temps d'admettre que je n'avais plus rien à faire ici. Que ma soi-disant année sabbatique tournait à l'imposture, que si je ne rentrais pas à Paris, c'était simplement que je n'avais toujours pris aucune décision quant à mon avenir et que j'étais resté bloqué à la case départ. Que j'étais bien prétentieux d'avoir cru pouvoir me dépêtrer des injonctions parentales. Que j'avais rêvé. Qu'il ne me restait plus qu'à me soumettre et rentrer à Paris.
— Tu habites Paris toi aussi ?
— Le XVIIe. Côté Plaine-de-Monceaux. Les bourges.
Pedro s'extrait du dessous de la carriole, fouille dans les innombrables poches de son pantalon, en sort une clé anglaise, replonge, on l'entend qui cogne et visse et souffle.
— C'est bizarre, dit Mathys.
— Quoi ?
— J'essaie de me remémorer ma chambre chez mes parents, je ne perçois que des bruits de casseroles.
Il rit.
— Et puis un murmure aussi, continue-t-il, ou plutôt un gargouillis chantonné dans la gorge. C'est la voix de ma mère dans la cuisine de l'autre côté de la cloison, son marmonnement quand elle surveille la cuisson d'un plat. Ma mère aurait adoré chanter mais il paraît qu'à son époque et dans son milieu ça ne se faisait pas. Du coup, elle s'est laissé choisir par un mâle dominant, elle lui a fait la cuisine et des enfants. Dès qu'il a le dos tourné,

ses cordes vocales se mettent à vibrer toutes seules, je ne sais même pas si elle s'en rend compte. Elle a une jolie voix. Petit, je pouvais lui demander de me chanter des chansons pour m'endormir, mais maintenant…
Sur le profil de Mathys, je vois passer des ombres qui se contredisent. La candeur et la honte. La pudeur et cette forme d'impudence qui consiste à livrer des faits qui impliquent une autre intimité que la sienne propre. Le regret d'avoir grandi, le regret de n'être pas assez grand. La tendresse pour sa mère, la détestation de la vie qu'elle a choisie. La colère que choisir et subir soient des mots si dissemblables dans leurs définitions et si confusément proches dans la réalité. Le mépris pour son père. Mathys s'interroge. À partir de quel âge pourra-t-il respirer ses propres aisselles sans se souvenir aussitôt de celles de sa mère avec l'odeur de soupe et de lessive, la transpiration qui perle, les mèches négligées sur les tempes, le pot-au-feu qui mijote sur le fourneau, les épingles en bois qui tiennent les combinaisons, les soutiens-gorge qui dégouttent au-dessus de la baignoire ? Il avance sa lèvre inférieure et tout son visage a l'air de ricaner. Il dit :
— Je ne suis qu'un poussin qui sort tout juste de l'œuf, pas de quoi faire le malin. Je pointe le bec, je brise la coquille mais avant d'ouvrir les ailes, il faut se délivrer des miasmes, se défaire des grumeaux. C'est à la fois si banal…

Pedro encore une fois s'extirpe de dessous la carriole. Il dit qu'il a fini son bricolage mais qu'il voudrait encore vérifier un détail. Il s'assure que je n'ai pas changé d'avis pour l'infirmerie. Il ne me regarde pas. Mathys lui répond de ne pas s'inquiéter. Alors Pedro lui demande de lui passer une des serfouettes qui, parmi d'autres outils de jardinage, traînent dans la carriole et s'en va observer un oranger un peu plus loin. Lorsqu'il se courbe vers les racines, tête rentrée, ses épaules ont la rondeur d'une planète qui s'accole à la terre. Mathys bondit, se claque les joues, s'étire. La carriole tremble sous ses pieds.

— Pourquoi pas des études de droit ? s'exclame-t-il. L'obéissance n'est-elle pas une forme de paix ? Une eau qui dort, une guerre en douce qui n'empêche pas de rêver aux grandes envolées des cigognes sauvages, aux canards migrateurs qui s'appuient sur le vent ?

Ce disant, il porte son regard géminé vers le ciel.

— J'aurais adoré voler, dit-il. Pas toi ?

Voler. Les deux sens du mot en sa bouche prêtent à confusion. Voler à tire-d'aile ou voler à la tire ? Les deux expressions lui siéent. Il est à parier que s'il devait choisir entre troubadour et brigand, il ne saurait se décider et feindrait d'être l'un uniquement pour déguiser l'autre et réciproquement. Le brigand ferait du droit pour plaire à ses parents, le troubadour ferait la cour à la lingère, le brigand guetterait les filles dans les bois à seule fin de les trousser, le troubadour, de son regard bipolaire, scruterait le fond de leurs pupilles avant d'y lâcher deux ou trois rimes dans l'espoir de les voir les attraper au passage.

Mon père souvent peignait des toiles immenses. Des commandes, la plupart du temps. C'était branle-bas de combat dans son atelier. Il dressait des échafaudages, élevait d'immenses châssis, se faisait livrer des seaux de peinture grands comme des bassines. J'avais ordre absolu de ne pas m'approcher. Je me glissais dans un coin, je ne faisais pas plus de bruit qu'une souris, j'attendais. C'était très excitant. Venait enfin le jour où il écartait tout ce qui empêchait d'approcher l'œuvre, reculait, toisait, hasardait quelques retouches, reculait encore et longuement jaugeait. La souris sortait de son trou.

— Papa, est-ce que tu sais voler ?

— Pourquoi ça ?

— Ta peinture, elle nous met dans le ciel. Elle donne le vertige comme quand on joue à l'avion et que tu me fais tourner à toute vitesse et dans mes yeux l'herbe et les fleurs et les pierres se mélangent et je deviens un oiseau qui est avalé par les nuages et qui flotte très loin au-dessus de la terre et quand il faut redescendre, ça me fait un peu mal aux épaules comme si on m'arrachait les ailes.

— C'est toi qui sais voler ma fille. Si tu as mal aux épaules c'est parce que paradoxalement les ailes, c'est comme le talent. Ça permet de s'élever
mais c'est lourd à porter.

Mathys ne tient plus en place. Il saute au bas de la carriole.

— On va finir à pied.

Il fait coulisser le battant arrière pour que je puisse descendre. Il empoigne les édredons serrés dans la toile bise et les cale en travers de ses omoplates, parfaite figure du moissonneur qui rapporte sa balle de foin à l'étable pour l'auge de quelque vache malingre incapable de s'aller nourrir au pré.

— *Ciao* Pedro !

Je lui emboîte le pas, je lui reste soigneusement arrimée car je crains, si je romps le cordage, d'être ballottée à rebours vers mon pavillon, je crains l'atrocité du ressac par quoi le sable sous les pieds se dérobe, je crains l'enlisement, la gueule de l'océan qui bée sous les vagues et avale jusqu'aux cris des noyés,

je crains la dévoration tapie dans l'être et le claquement de sa mâchoire sur la nuque alors que nul ne s'y attend. Je crains l'enfant qui court à travers champs et appelle son père et ne le reverra jamais vivant et ne le peut concevoir et chaque nuit le revoit

vivant

le revoit et veut l'atteindre mais ses jambes ne lui obéissent pas et veut hurler pour qu'il l'entende mais s'étouffe, ne trouve pas d'air à respirer, et s'arrache au sommeil comme on s'arrache aux profondeurs de l'eau quand on a failli s'y enfoncer et pleure tant,

pleure tant qu'il semble que c'est maintenant son chagrin qui va l'engloutir. Car ce sont des choses qui arrivent, savez-vous ? Nul n'a connaissance de mon exil ici, de ma fugue, de mon esseulement, nul n'est garant de ma vie puisque vous vous êtes désisté, nul n'a désiré l'être en ce drôle de moment. Il semble que je passe un gué mais nul ne sait que je m'y suis engagée et nul ne m'a affirmé qu'il y avait bien de l'autre côté une portion de terre où je pourrai enfin

poser le pied.

Nous atteignons le bout de l'allée des orangers et bifurquons vers la Villa.

— Tu montes ?

La voix tombe de la façade latérale. Elle culbute sur mon crâne et me fait l'effet d'une wassingue humide, embaumant urine et javel. Elle est suivie d'un rire qui dégringole le long des gouttières. Elle s'adresse à Mathys qui marche quelques mètres devant moi alors que je suis encore à couvert des arbres. Il ne me présente pas. Je m'immobilise et décide d'observer la scène en restant à distance. Mathys lève le nez.

— Salut Croëtte, lance-t-il.

C'est donc elle. La fameuse Croëtte qui est historienne d'art mais qui n'en a pas l'air.

— C'est quoi ce que tu trimballes sur ton dos ? continue-t-elle sans me voir. On dirait du gibier. Tu as été braconner ?

Sans me faire remarquer, je me penche. Là-haut sur la passerelle, Croëtte triture ses rares cheveux et envoie des baisers. Soudain, elle casse son corps en deux et bascule dans le vide sa drôle de tête, ses bras pâles, son buste étroit qui s'étire comme une goutte d'huile. J'étouffe un cri. J'ai cru qu'elle tombait. Elle met son index dans sa bouche et elle tâte le vent. Puis elle fait la danseuse. Posant son postérieur sur la rambarde et ne se tenant que d'une cheville, elle lève la jambe et se cambre. Puis elle s'applaudit. Ses mains sont petites et roses. Elles font un bruit d'œuf qui se casse. Revenue d'aplomb, elle prend un air rêveur et ne fouette point son jupon vert salade qui demeure relevé, révélant sous la dentelle un caleçon rose et blanc. Je me demande

s'il est fendu car d'où je suis je ne distingue pas bien. Or ceux de nos ancêtres l'étaient qui, au cours de leurs promenades, sans s'émouvoir, écartaient les jambes et, debout, discouraient ou pissaient indifféremment, laissant après elles, par petites mares, l'urine qui fumait. Mathys veut reprendre son chemin. Une sandale jaune échoue à ses pieds, le faisant buter.
— Zut ! fait Croëtte faussement embêtée depuis son balcon.
Mathys contourne la chaussure et, sans se retourner, s'éloigne.
— Eh ! Mathys ! Tu pourrais me la remonter ! tente Croëtte.
Mathys ne se laisse pas troubler. Croëtte en prend son parti. Elle tourne le dos et disparaît.
Je sors de ma cachette et rejoins Mathys à la hauteur des deux lions. Le bar est totalement désert.
— Si tu veux, je t'accompagne à l'infirmerie, dit-il.
— Pas besoin.
— L'infirmerie ici, c'est juste une boîte à l'accueil avec des médicaments dedans.
— Ça ne sert à rien.
Mathys pose son fardeau sur le sol. Il a l'air d'hésiter. Je m'approche d'une des hautes fenêtres. Dans un coin de pelouse, je découvre une nouvelle horde de félins. Ils ont l'air de se battre.
— Qu'est-ce qu'ils foutent ? siffle Mathys. Ils ont dû choper un rat.
— Il y a des rats à Rome ?
— Ça grouille de rats.
Mathys se rapproche de moi. Nous observons la meute.

— Je ne t'ai pas dit toute la vérité, dit soudain Mathys.
Il parle presque à voix basse.
— Je t'ai quand même suivie ce soir-là.
— Quel soir ?
— Quand tu es partie vers Sarcelles. Mais pas tout de suite. Plus tard. Dans la nuit. Sous les fenêtres de Pedro et d'Eva, j'ai retrouvé les chats qui hurlaient. Ils s'arrachaient le butin des poubelles. Ils crevaient les sacs et se goinfraient d'abats sanguinolents, de tripes, de boyaux. L'un d'eux a été trouvé mort au matin, étouffé dans un plastique qui s'était refermé sur lui, le con.
Mathys me raconte qu'à coups de cailloux et de jurons, il a traversé la meute. Et puis un volet a claqué. Une crémone a grincé. Eva, toutes mamelles offertes sous la combinaison de viscose, est apparue à la fenêtre et a roucoulé quelques mots pour apaiser les bêtes. Mathys, reclus dans l'ombre, a reluqué la croupe épaisse bordée de clair-obscur, la chair molle sous les bras, l'échancrure, la chevelure dénouée. La pièce était faiblement éclairée derrière elle.
— Assis sur le bord du lit, Pedro achevait de se déshabiller, me dit Mathys. Alors j'ai quitté le chemin, j'ai dévalé le fossé et je me suis engouffré dans la remise.
— Il y a quoi dans la remise ?
Mathys a hésité.
— Tu verras, a-t-il fini par dire. Après, je suis allé vers ton pavillon. La pluie avait recommencé à tomber. Tu m'as foutu les chocottes.
— Moi ?
— À l'intérieur, tu n'avais pas allumé la lumière et tu chantais.

— Je ne chante jamais quand je suis gaie.
— Qui dit que tu étais gaie ? C'était ultra flippant. Je me serais cru dans une scène de *Shining* ou de *L'Exorciste.* Avec toute cette flotte ! Logiquement j'aurais dû frapper à ta porte et te demander s'il y avait un problème avec l'électricité. Mais j'ai eu la trouille. Je me suis barré.
Il avait couru presque sans s'arrêter jusque chez lui, fermé à double tour et s'était jeté sur son matelas dans l'idée de s'endormir aussi sec. Après tout, ça n'était pas si grave une fille qui arrive avant tout le monde à la Villa Médicis, qui s'évanouit sur le pas de la porte, qui ne répond pas quand on lui demande son nom, qui quelques jours plus tard déménage à Sarcelles en portant sa valise comme on porte un nounours, qui n'allume pas la lumière et qui, pour conjurer le silence, fredonne des romances italiennes. Mais rien n'y faisait. Il se sentait la proie d'une inexplicable mélancolie. Il se tourna et se retourna cherchant obstinément le sommeil. Il sentait qu'il s'acharnait à oublier quelque chose mais il ne parvenait pas à savoir quoi. Il prit conscience qu'un souffle passait sous la porte qui lui donnait froid. Il serra son oreiller contre lui. Il songea au rire de Croëtte et à la peau d'Eva branlant dans le relief du contre-jour. Il songea aux édredons rouges et se jura de se les procurer à tout prix. C'était trop bête de se peler chaque soir au moment de dormir quand, à quelques pas de là, sommeillait sur une étagère cette literie somptueusement gonflée de plumes d'oie !
— C'est à ce moment-là que j'ai griffonné les vers de mirliton que je t'ai fait lire tout à l'heure. Je pensais te les apporter le lendemain dès l'aube. L'accroche valait

ce qu'elle valait mais ça pouvait se tenter. J'étais assez content de mon idée, suffisamment pour croire que c'était bon, j'allais sombrer dans les bras de Morphée. Sauf que d'un coup une drôle de mélodie m'est grimpée aux oreilles, une sonorité lancinante, ça s'extrayait d'un âge ancien, ça drainait des accords inhabituels où médiante et dominante, loin de s'accorder, s'opposaient. Et puis il y avait un contre-chant qui au lieu de s'élever, soupirait vers les basses. Je l'entendais qui se pâmait, il avait des bruissements de roseau que la bise caresse et fait plier. Je n'arrivais plus à savoir si je rêvais ou si j'étais éveillé. Et puis il y a eu un sanglot, un son de noisette qu'on écrase par mégarde. Sauf que ce n'était ni un sanglot ni une noisette. C'était un éclat de voix pure comme seules en façonnent les enfances brisées. On y entend aussi bien le cristal que le sable dont on extrait le cristal, on croit pouvoir passer son chemin mais la voix nous descend sur le cœur et on est foutu, on tombe en nostalgie. Cette voix, c'était la tienne. C'était elle que je tentais vainement d'oublier et qui malgré moi m'empêchait de dormir.
Mathys m'explique que cette nuit-là, il a eu le cœur attrapé par ma voix, et qu'à ce moment-là, il n'a plus rien désiré que se recroqueviller, explorer en lui les abîmes qui venaient de s'ouvrir, s'asseoir au bord des précipices, se résigner à l'enivrement et sombrer.
— Plus tard, je me suis réveillé en sursaut. C'est comme ça que j'ai su que j'avais dormi. L'aube était déjà en train de se barrer, elle laissait sur mes carreaux des traces de boue séchée. Moi j'étais toujours aussi crevé. Et je me suis aperçu que je me souvenais de tout sauf de ta voix.

C'était un peu, m'éveiller avec une plaie béante alors que j'avais passé la soirée en solitaire sans croiser aucun individu susceptible de me blesser.
Il se rendormit, négligeant du même coup le rendez-vous qu'il s'était donné avec moi. Quelques jours passèrent. Jusqu'à ce que Gwendoline au détour d'une allée lui demande :
— Elle va bien la petite qu'on a logée avant-hier à Sarcelles ? Je ne l'ai plus croisée…
Alors il a retrouvé ses vers de mirliton et il me les a portés.

J'écarte le plateau d'argent. J'ai dévoré le petit déjeuner que Matoso m'a servi. Les *panini* au jambon et aux cornichons sucrés, la marmelade de prunes rouges, la compote brûlée,
et puis les perles de mozzarella que Mathys l'autre jour me fit découvrir, les ayant dérobées à l'office et arguant que Stella la cuisinière, trop jalouse de ses provisions, mérite bien ces sortes de leçons. Matoso depuis perpétue discrètement le larcin et, chaque matin, pose sur ma table un bol de faïence tuilée où baigne le précieux fromage et dont les craquelures rappellent celles de ses mains,
c'est ce que je me disais tout à l'heure tandis qu'un instant distrait, il les avait laissées retournées sur la nappe blanche. Il y avait là des plaines déshydratées par l'hiver, des forêts de bouleaux, des écorces qui pèlent, de la mousson sifflant dans l'herbe jaune et poussant vers la mer le sable de l'été et le sel qui s'accroche au lichen et achève,
lèpre grise, de déchirer les troncs.

Tout repose.
Les matines se sont tues.
Rome, dormeuse au fond des brumes, n'est plus troublée que par les cris des écoliers qui jouent au ballon sur les pelouses de la Trinità dei Monti. Ils portent des culottes marines, des gilets sombres, des chaussettes blanches tirées sur le genou, une raie sur le côté, une chaîne en or autour du cou, une croix.
Bientôt, le tintement de la cloche les fera taire et se rassembler sous la houlette de quelque nonne. À genoux sur ma bergère en coton rose, front collé à la haute fenêtre de ce salon où sont servis les petits déjeuners aux pensionnaires qui en font la demande, coudes appuyés aux volets de bois qui se ferment de l'intérieur,
je les regarderai partir en rangs serrés, gravir l'escalier de pierre, se faire encore quelque niche,
oser une dernière bravade, un dernier rire,
avant de s'aller gravement user le derrière sur des bancs de bois qui puent la cire et où il faut apprendre à se tenir droit, fût-ce en baissant la tête, fût-ce en guignant vers la fenêtre par où les cieux se voient. Et peut-être alors dans le silence qui suivra, dans l'odieuse tranquillité des jardins bordés de ciel, surgira un enfant rebelle qui, s'étant planqué derrière l'énorme châtaignier,
y appuiera le front,
et pleurera.

Ainsi pleurais-je jadis, dans la cour de l'institut Sainte-Marie-des-Anges, ayant perdu et enseveli mon père, et avec lui le friselis de la Mordrière annonçant l'automne

et mordant sur ses rives les herbes que la sécheresse de l'été passé avait hérissées,
avec lui les fleurs de pissenlit embusquées dans les pousses et croquées en plein champ, les myrtilles, les mûres, les framboises nichées dans le creux des sentiers, avec lui les crapauds qui venaient s'égarer jusque dans la cuisine et que Garance en claquant du sabot pourchassait, le parfum des crêpes blondes et du sucre roussi, l'odeur du pré à l'instant où la nuit et la pluie se décollaient de lui,
avec lui le craquement de la marne crayeuse près du banc, et puis les traces de pas dans le sisymbre et la giroflée sauvage, et puis sous ma fenêtre le soir le passage de mon père après le souper et puis
l'atelier ! pouvait-il disparaître l'atelier de mon père ! et pouvait-il ne pas disparaître puisque mon père ne s'y trouvait plus ? Peuvent-ils ainsi trahir, les bras des hommes qu'on aime ? Peut-il ainsi s'effacer le corps du père où l'enfant a creusé son nid, où il s'est couché pour dormir en suçant son pouce, où il a inscrit sa trace en forme de haricot ? Peut-elle ainsi tarir, la source d'allégresse à laquelle s'abreuve et doit s'abreuver tout appétit de vivre, toute insouciance, toute certitude d'habiter un univers que rien n'altérera jamais ? En une nuit, en une seconde dans la nuit, peut-elle disparaître la sentinelle qui protégeait de tout ? Par quel prodige l'atelier de mon père, Panthéon de toute rassurance, refuge pétri à la glaise de l'éternité, pouvait-il soudain se faire menace ? Appuyées contre les murs, les toiles – immenses pour la plupart – avaient pâli. Si jusque-là chacune avait veillé sur moi, chacune cette nuit-là sous mes yeux s'éteignit. Je vis sur chacune d'elles tomber une

paupière de soie qui, en un battement imperceptible autant qu'inéluctable, les fit glisser de la vie de mon père à son trépas, comme si, perdant leur créateur, elles perdaient leur âme. Je les avais senties qui frémissaient autour de moi, elles d'ordinaire si fortes en leur muette présence et élevant autour de mon père, tout entier jeté dans son travail, une forteresse que j'étais seule autorisée à franchir.

En une nuit, une seconde dans la nuit, mon père était devenu tronc qui gît à leurs pieds et qui, dans son écroulement, emporte tout rempart contre le pillage et la désolation, annonce malgré lui une ère nouvelle où il va falloir se passer de l'égide de sa protection. J'étais arrivée à temps pour entendre ce long effondrement des toiles autour de son corps de bois. C'était un bruit d'une légèreté effrayante, un crissement, du sucre qui s'effrite, de la neige qui s'écaille. C'est pour ne plus entendre ce murmure de la matière qui abandonne autant qu'elle est abandonnée, signant inexorablement la fin d'un monde, que j'avais voulu m'incruster dans ce tronc. On m'a dit qu'on m'avait trouvée couchée sur mon père et que j'avais la fièvre. Je ne me souviens que du froid, de la conscience neuve de ma nudité sous la chemise de nuit, et de ma consternation quand je surpris dans le tremblement de l'aube Garance qui, affolée, poussait la porte de cet atelier où elle n'avait jamais été autorisée à poser le pied, s'y précipitait toutes jupes dehors et ainsi interrompait définitivement, sans en rien percevoir, le murmure ultime des œuvres autour de mon père, l'hommage qu'elles lui faisaient avant, je le devinais, de se taire pour toujours.

N'ayant dans son désarroi d'autre priorité que frotter mes jambes, mon dos, le bout de mes orteils, souffler sur mes doigts, me gigoter en tous sens, me serrer contre son giron, elle m'apprit malgré elle mais avec une brutalité indescriptible
que j'allais vivre.
Qu'on ne me laisserait pas le choix.
Dans mon corps explosa un chagrin beaucoup trop grand pour moi. Je me mis à hurler.

Ainsi pleurais-je quelques mois plus tard, c'était mon premier jour d'école à Paris. La récréation s'achevait. La chapelle sonnait. Mes nouvelles camarades s'alignaient sur le perron et, deux par deux, s'en allaient reprendre la leçon. Je contournais le marronnier, je m'alitais dans le tronc qui béait d'une vieille blessure. C'était une bénédiction cette déchirure dans le bois, je l'avais vite repérée, je parvenais à m'y faufiler sans peine, j'étais si menue. Je m'y sentais chez moi, graine de marron qui retrouve le moelleux de l'amidon et de la saponine dans sa bogue, bogue qui retrouve ses aiguillons parmi les folioles dentelées. Des fourmis gravissaient mes souliers.
L'arbre au-dessus de moi déployait sa ramure, franchissait l'enceinte de l'institut, touchait de son faîte un ciel de zinc vierge de migrations comme d'augures. Des pigeons barbotaient près des latrines et trempaient dans le caniveau leurs pattes mutilées, leurs plumes salies par les pots d'échappement, leurs becs incapables de distinguer entre un quignon de pain et une merde de chien.

Dans mon paletot de bois, je jouais au cadavre.

Je me demandais si la mort prive aussi de l'odeur du cercueil, si le couvercle continue de suer la résine après qu'on a planté les clous, si la terre ensuite le ronge. Sous le préau, de l'autre côté de la cour, papillotait une poudre jaune. L'air se vidait peu à peu du piaillement des élèves. Le silence devenait parfait. Si seulement je pouvais ne plus m'entendre respirer. Si seulement je pouvais ne plus respirer et d'un coup, devenir poussière comme on fait quand on est mort. C'est ce qu'avait expliqué le monsieur en chasuble de dentelle à l'enterrement de mon père, puis il avait marmonné des formules magiques en tournant autour du cercueil et en balançant un instrument de sorcellerie qui dégageait des volutes et qui puait.

— Ça s'appelle un encensoir, m'avait soufflé Garance.

Elle avait perdu son beau visage rond et ne se promenait plus que derrière un rideau de larmes. De madone, elle était devenue gorgone. Mon propre chagrin m'aveuglait. Ne sachant trop que faire de ma colère, j'avais de méchantes pensées. Qu'est-ce que c'était que tous ces gens venus envahir l'église de Launois à la faire craquer, il y en avait même dehors, sur le parvis, sur la place du village, on avait dû laisser les portes grandes ouvertes, des rangées de voitures s'étaient alignées le long de la départementale. J'avais aperçu la bande des Beaux-Arts, les joyeux compagnons de mon père qui étaient arrivés avec des gueules sinistres pour la circonstance et qui avaient longuement serré ma mère dans leurs bras, ce que je ne les avais jamais vus faire, ainsi que ma sœur qui demeurait toute raide et devait être la seule à ne pas pleurer. L'un d'eux avait voulu soutenir ma mère lorsqu'il avait fallu remonter la travée derrière le cercueil, mais il s'était effacé devant mon oncle que j'avais trouvé beau.

Ma mère avait l'air d'un fantôme, cachée sous sa mantille noire, il ne lui restait de vivant que ses mains gantées qui continûment activaient le fermoir doré de son sac et en sortaient des mouchoirs de soie blanche. Je marchais juste derrière elle, j'absorbais de son parfum à chaque reniflement. Garance serrait mes doigts à les broyer. Qu'avait-elle à tant pleurer ? C'était mon père qu'on enterrait, pas le sien. Dans la travée de l'église je finis par hausser les épaules et je lançai au beau milieu de l'affliction générale :

— Heureusement qu'il est dans sa boîte, papa, parce que ça l'aurait bien fait rigoler toutes ces simagrées !

Depuis le perron de l'institut Sainte-Marie-des-Anges par où avaient tout à l'heure disparu toutes mes camarades en rangs bien ordonnés, on se mit à m'appeler.

J'avais raté ma mise en poussières.

Ma sœur prétendait bien qu'il fallait d'abord se faire dévorer par les asticots mais c'était un mensonge. J'en avais trouvé un dans une pomme, je l'avais posé sur mon bras, la peau y est douce et charnue, il s'était promené en ondulant mais n'avait jamais tenté de me dévorer par petites bouchées.

Depuis ma cachette au creux de l'arbre, j'écoutais sans bouger ces voix de religieuses qui sonnent faux, glissent sous le palais et laissent mortes les cordes plus

profondes, ces voix infléchies par l'Église, les cantiques, la génuflexion devant le crucifix, la croix portée au cou, le chapelet battant les cuisses et faisant claquer sous la chasuble en lin ses perles de buis. Elles avaient toutes ensemble moins de puissance que le pépiement d'un piaf. Je reconnus vite parmi elles les inflexions particulièrement bienveillantes de la mère supérieure qui, le matin même, m'avait accueillie avec beaucoup de componction, prise par la main, menée à la chapelle. Avait-elle imaginé que les volutes d'encens dissiperaient dans mes narines irritées par les pleurs intarissables, l'odeur du sommeil dernier que j'avais respirée dans les cheveux de mon père ? Je refusais de m'agenouiller. Elle en fut contrite. Pour expier ma faute,
elle se détourna prestement et s'en alla s'aplatir le corps sur les marches de l'autel où, dans un vase de cristal, croupissait un bouquet d'orchidées.
Je la haïssais.
De quoi prétendait-elle me convaincre avec ses joues serrées dans le voile, ses dodelinements, ses lèvres grises, ses mains jointes où flottait l'Alliance Sacrée, ses allures de cormoran impérial qui se jette sur des escaliers de marbre toutes ailes déployées dans l'espoir imbécile de me sauver ? J'étais amputée d'un père ! Pour abroger ce deuil, n'avait-on rien d'autre à me proposer que du sacrifice, de la mortification, des prières, de l'évangile à se damner, du Jésus couvert d'épines et de sang, défiguré par la souffrance, nu, ayant pour seul attrait un chiffon aux hanches qui, plus tard, aiguisera si fort ma curiosité qu'à coups de burin dans l'ivoire, rageusement,
je tenterai de le déculotter.

Après l'enterrement de mon père, ma mère fut épaulée par mon oncle dont j'avais fini par comprendre qu'il était avocat et que mon père l'avait désigné dans son testament comme devant gérer ses affaires. Ma mère décida promptement de venir vivre à Paris avec ses deux filles. Depuis, chaque nuit à l'heure du décès, gardant mes yeux fermés, serrant sur ma poitrine mon cahier devenu muet,

je sortais de mon lit, j'ouvrais la porte de ma chambre, j'ouvrais toutes les portes de l'appartement où nous étions installées et, balbutiant en mon sommeil une sorte d'incantation paraît-il incohérente, je me mettais à errer. J'étais un animal qu'on avait arraché à son terrier et qu'on prétendait contenir dans un laboratoire aseptisé. Déambulant sur le carrelage, je demandais pourquoi était si froid le pré sous mes pieds, pourquoi avait été fauchée la lupuline jaune, pourquoi était éteinte l'ampoule de l'atelier qui d'habitude me guidait. Aucun verrou ne m'arrêtait, on avait essayé, je faisais montre d'une dextérité à les ouvrir que personne ne comprenait. Une nuit, j'ai réussi à ouvrir la porte de l'appartement. Je suis sortie sur le palier, je me suis penchée sur la rampe convaincue qu'il s'agissait du parapet surplombant la Mordrière, j'ai presque basculé dans le vide cherchant dans l'obscurité de la cage d'escalier le reflet de la rivière, disant que sur les berges mon père m'attendait. Je croyais que les portes des voisins étaient des toiles peintes, je m'y collais, je demandais pourquoi mon père ne peignait plus que des portes qui loin de me mener à lui, me barraient la route, pourquoi il ne peignait plus la terre qui tourne et on la regarde depuis le ciel, pourquoi on m'avait coupé mes ailes. Ma sœur, exaspérée et ignorant qu'il ne faut jamais réveiller sans précaution ceux qui marchent en leur sommeil, surgit de l'appartement et tenta de me faire de force regagner ma chambre. Il s'en fallut de peu que, habitée d'une vigueur insoupçonnée, je la fasse chuter et dévaler les marches sur le dos. Dans la lutte, je me trouvai projetée contre le mur, ma tête cogna, il me sembla que je dégringolais à l'intérieur d'un tuyau de plomb, que je me heurtais aux aspérités des parois et que je me brisais les os. Ma mère, brutalement arrachée au sommeil malgré les somnifères, flottait sur le seuil de notre appartement et pas plus que moi ne comprenait ce qui arrivait. Ma sœur était cramponnée à la rambarde, haletante, sa mèche blanche barrant son visage et moi, j'avais l'air d'une poupée disloquée dans une encoignure, claquant des dents, tremblant de tous mes membres et ne pouvant contrôler ma vessie qui se vidait sur le paillasson.

Il y eut des plaintes des voisins.

Ma mère fit venir un médecin qui prescrivit des médicaments mais après avoir lu la notice elle n'eut pas le cœur de me les faire avaler. Ma sœur, à voix basse, me fit des reproches où il était question de la fragilité de ma mère, d'un certain séjour en asile psychiatrique dont mon père l'avait sortie pour l'épouser, de mon inconséquence et de mon égoïsme. Je demandai si on ne pouvait pas m'attacher à mon matelas avec des courroies pour éviter que je me lève malgré moi. Cela déclencha chez ma mère un accès de sanglots qui l'obligea à se coucher. Ma sœur l'accompagna en la soutenant puis

elle revint chercher un verre d'eau pour que ma mère avale des pilules. Ouvrant le robinet, elle me jeta un regard noir et dit :
— Toi, il faudrait t'enfermer. Au moins, tu saurais de quoi tu parles.

Les crises se poursuivirent. Ma sœur avait prévenu qu'elle ne sortirait plus de sa chambre en pleine nuit. Avant de m'endormir, j'attachais mes poignets aux montants de mon lit, mais je ne savais pas faire un double nœud et, craignant de déclencher je ne sais quel cataclysme, je n'osais plus demander qu'on m'aide. Ma mère de son côté laissait sa porte ouverte et avalait ses somnifères plus tard dans la nuit. Elle avait pris sur elle d'appeler Garance, restée à la campagne, et c'est elle qui lui avait expliqué comment procéder pour me recoucher sans m'éveiller. Mais cela ne pouvait plus durer. Ma mère s'étiolait à vue d'œil.
On fit venir mon oncle. Je me réjouissais de le revoir mais on m'intima l'ordre de ne pas me montrer, on avait des choses sérieuses à régler.
J'allai coller mon oreille à la porte de la salle à manger. Il y avait là ma mère, mon oncle et ma sœur qui, plus âgée que moi, entra ce soir-là presque officiellement dans le clan des adultes. Sa voix avait une verdeur, une crudité que les autres n'avaient pas. Elle parla beaucoup. Elle avait les intonations d'un pipeau fraîchement taillé dans une branche de noisetier. Elle cinglait. Elle stridulait. Il était question de moi dans cette discussion dont j'avais été exclue et ses paroles, à travers la cloison, me fouettaient. En face d'elle, mon oncle jouait du

violoncelle et ma mère de l'ukulélé. L'ensemble me conforta dans la certitude d'une conspiration. Je me sentis devenir molle dedans, aussi blette qu'une figue qu'on aurait oubliée au fond de la corbeille et qui, écrasée par d'autres fruits, commence de se gâter. Ce fut mon oncle encore qui me souleva de terre et m'emporta vers ma chambre.
— Elle s'est endormie ? questionnait l'ukulélé.
— Il faut toujours qu'elle se fasse remarquer ! sifflait le pipeau.

Le violoncelle me déposa sur mes oreillers. Aussitôt, j'ouvris les yeux et me redressai sur mes coudes. Toute la chambre tournait mais mon oncle demeurait droit. Il me regardait gravement. En moi le chagrin trop grand menaçait de me submerger, j'en eus de l'eau jusque dans ma bouche, jusque dans mes narines. Je bredouillai :
— Je ne veux pas être punie.
La phrase se noya dans une grosse bulle de salive. Les mots étaient tout mouillés. Brièvement, je les imaginai pendus sur une corde à linge et s'égouttant. Mon oncle s'assit sur mon édredon de coton. Il fronça les sourcils.
— Qui parle de te punir ?
— Je ne veux pas qu'on m'enferme chez les spychatriques parce que je suis folle parce que je marche quand je dors et que ça va tuer ma maman et que ce sera ma faute quand elle mourra.
Mon oncle sourit.
— Et si c'était ma faute tout ça, dit-il ? Après tout, c'est moi qui t'ai mis dans la tête qu'il te fallait coûte que coûte tenir debout. J'ai oublié de te préciser que cela

vaut pour la journée mais que la nuit, il est préférable de rester couché simplement parce que c'est la meilleure position pour dormir.

Par-delà ses épaules, la fenêtre découpait un carré de ciel où je fus surprise de découvrir qu'il y avait des étoiles.

— Et pour avoir la force de se tenir debout quand le soleil est levé, il ne faut pas avoir sommeil.

Il soupira.

— Les enfants font de petites bêtises. Les adultes en font moins mais elles sont plus grosses. Mouche-toi !

Il me tendit un mouchoir en papier.

— Tu vas aller à l'école à l'institut Sainte-Marie-des-Anges. C'est là que ta mère a fait ses études. Ta sœur sera dans les grandes classes. Vous y serez pensionnaires.

— Ça veut dire quoi ?

— Vous y dormirez.

— Je vais dormir à l'école ?

— Dans un dortoir avec tes camarades.

Ce n'étaient pas les mêmes étoiles que celles qui se reflétaient dans la Mordrière, châtaignes brillant de mille éclats dans les profondeurs de l'eau, oursins dorés qui pétillaient parmi les galets. J'aurais adoré les ramasser à pleines mains, me salir d'éclaboussures, les faire rouler sur mes paumes pour que jaillissent des étincelles. Mais mon père m'avait expliqué que chacune avait un nom et qu'il ne fallait pas les pêcher car elles n'y auraient pas survécu. Assise sur mon oreiller, je découvrais que les étoiles de Paris étaient falotes, tamisées, on les aurait dites saupoudrées de farine. Peut-être étaient-elles mortes ?

Peut-être un pêcheur malfaisant les avait prises dans

son filet qu'il avait ensuite jeté au-dessus de la ville, condamnant la nuit de Paris à demeurer voilée derrière le maillage, patinée de craie et non pas luisante comme un tableau d'école qu'on vient de passer à l'éponge ?
— Où est ton cahier ? dit mon oncle.
— Je ne sais plus écrire.
— C'est ton papa qui t'a appris. C'est pour la vie.
Je sortis le cahier de dessous l'oreiller. Moi qui n'y avais plus rien écrit depuis des mois, je me dis qu'après le départ de mon oncle, il faudrait que j'y note ce qu'il venait de dire parce que ces mots-là me chauffaient le cœur : l'écriture, c'est pour la vie. Il me tendit un stylo-plume qui pesait très lourd et me rendait maladroite. Avec patience il me dicta son nom, son adresse, son numéro de téléphone. Prenant note avec application, j'éprouvai soudain qu'il me sauvait, que c'en était fini de partir à la dérive, que la certitude de pouvoir le joindre désormais quand bon me semblerait me servirait de boussole, me serait une ancre qui, sans m'interdire d'aller pêcher le corail, l'araignée de mer ou le homard bleu, m'empêcherait de m'éloigner du port et de me noyer. Que je pouvais sans danger renoncer chaque soir à me ligoter.

Dès la première récréation à l'institut Sainte-Marie-des-Anges, j'avais repéré l'arbre creux qui allait devenir ma planque préférée au fond de la cour et où je venais de me réfugier. Que ne me laissait-on tranquille dans ma niche d'écorce ! Je vis venir puis repartir deux ou trois paires de sandales en plastique marron avec le gros orteil qui dépasse et les ongles taillés aux ciseaux.

Je rêvais de croche-pieds, de peaux de bananes, de scorpions jetés dans la terre où le châtaignier enfonçait ses racines, de serpents et de rats surgissant des latrines dont j'apercevais en me penchant les portes battantes, les toilettes à la turque, les éviers en forme d'abreuvoirs bovins surmontés d'un drôle de citron accroché au mur. Il dégageait une odeur qui donnait envie de vomir et je fus longue à comprendre qu'il s'agissait d'un savon. Cependant, les voix se rassemblaient, quelqu'un courait, une chasuble de lin fouettait l'air avec un bruit d'ailes.

Un soir au village avec mon père, nous avions dû nous écarter du chemin pour laisser passer un troupeau d'oies. Il avait dit des bêtises, qu'elles avaient toutes l'air vexé à trop tenir leur bec en l'air et qu'en marchant, elles remuaient les fesses.

Dans la cour, les oies murmuraient entre elles que ma mère n'était pas coupable, qu'elle était d'une digne famille et qu'il fallait prier parce que le diable s'en était mêlé. Elles s'exprimaient à petite voix et masquaient leurs lèvres de la main. J'entendis que ma mère avait été victime d'un Ceste, que ma sœur était la fille d'un pêcher. Je me sentis un peu de jalousie car la pêche est un si joli fruit et si sucré. Je me dis c'est quoi un Ceste ? Je ne pouvais plus le demander à mon père.
Et à mon oncle ? En attendant je pouvais l'écrire dans mon cahier.
Au sortir de leur conciliabule les oies conclurent que je n'étais finalement qu'une brebis égarée. Pour bergère, on alla quérir ma sœur – brillante idée ! – qui avait le

front grave, les yeux clairs, les cheveux tirés en chignon, qui avait surtout le goût des études comme celui des prières. En tout, elle tentait d'imiter notre mère. Le Jésus sur la croix, elle l'appelait son père. Grand bien lui fasse ! Elle traversa la cour et me tira de l'arbre sans sommation. Pour chasser les fourmis qui me grimpaient aux jambes et me gratouillaient, elle me flagella avec son mouchoir. Les religieuses en furent émues, elles l'écartèrent. Nous étions au milieu d'un troupeau de volailles qui cacardaient avec curiosité, ne sachant trop quelle décision prendre en attendant l'intervention de la mère supérieure. Mais que pouvaient-elles comprendre ? Ma sœur, immobile sous l'autorité de leurs griffes, me fixait et ne me disait rien.

Mon père n'était pas le sien.

Les jardins de la Trinità dei Monti sont maintenant aussi immobiles qu'une carte postale. Aucun souffle, aucun enfant ne vient les troubler de ses larmes. Si j'ouvrais la croisée, entendrais-je au loin le chant monocorde d'une récitation ?
Dans la salle à manger, Matoso, après m'avoir servi mon petit déjeuner avec un enthousiasme excessif, ne sait que faire pour se désennuyer. Il a lavé et essuyé tous les verres, il les a délicatement alignés sur les étagères, il a astiqué les chromes et les étains du bar avec une vigueur sans pareille. Il a soigneusement empilé ses papiers bleus près du téléphone. Cependant, en dehors de moi, nul ne se présente pour prendre son petit déjeuner ou consommer

ne serait-ce qu'un café, nul ne vient taper un morceau de conversation en commandant, par exemple, un repas qu'il désirerait se faire servir dans la grande salle à manger car il a des invités de France et voudrait leur en mettre plein la vue. Non. Matoso s'ennuie. Il passe et repasse la cireuse. Le plancher brille. S'il continue, on verra s'y refléter la culotte des filles. Quelles filles ? Il n'y a pas de filles, il n'y a pas de garçons, seulement des ombres qui subrepticement traversent les allées, vont de l'atelier au logis, du logis à l'atelier, on dirait presque qu'elles s'évitent, qu'elles transportent des mondes impartageables et se dirigent avec l'instinct des fourmis poussant devant elles des monticules si imposants qu'on les croirait condamnées aux travaux forcés sans qu'apparaisse jamais pourtant celle qui donne les coups de fouet.

Les pensionnaires plus anciens, lorsqu'ils ne sont pas en vacances à Venise, Naples ou Florence, se terrent en leurs ateliers et mettent à profit ce flottement de l'entre-saison, ce répit que donne à cette époque de l'année le relais des promotions. Ils évitent le bar, les sempiternelles querelles autour du billard, les *cappuccini* de Matoso qui donnent envie de lâcher prise à cause du chocolat amer sur la mousse blanche, le *vino bianco* qui porte à la mélancolie ou à la confidence. Planqués derrière leurs partitions, leurs toiles, leurs manuscrits, leurs dictionnaires, leurs chambres noires, leurs études, ils guettent sans impatience les nouvelles recrues dont la venue s'échelonne sur le début de l'automne au fil des jours mais aussi des nuits.

Ainsi, chaque soir, bien après le coucher du soleil,
tandis que dans la bambouseraie les tiges des hauts roseaux s'entrechoquent avec un bruit d'os,

tandis que les fontaines chuintent,
tandis que les jardins de la Villa Borghèse, jouxtant ceux de la Villa Médicis dont une simple grille les sépare, goûtent ces heures nocturnes durant lesquelles le visiteur est interdit de promenade,
tandis que les étangs, perles de verre échappées de quelque sautoir baroque et disséminées parmi les pelouses, se tendent vers les étoiles pour qu'enfin elles s'abreuvent, le portail de la Villa Médicis dite « Académie de France », avec un grincement qui provoque le frisson, laisse jusque tard dans la nuit pénétrer dans l'antre ceux des artistes sélectionnés quelques mois plus tôt qui ont emprunté pour venir le dernier train, le dernier avion. Comme moi. À cette différence près qu'en général, ils ne s'évanouissent pas en accédant au portail et lorsque celui-ci glisse sur ses gonds pour leur livrer passage, on ne les retrouve pas bloqués sur le seuil, flanqués sans connaissance en travers de leur valise, mais debout, l'œil écarquillé bien souvent, les uns intimidés, les autres arrogants,
mais tous fiers et joyeux. C'est ce que m'a raconté Gwendoline en sautillant sur la pelouse avec ses cheveux d'ange. C'est vrai que c'est elle ces jours-ci qui, avec Gontran, a charge de cet accueil du soir. D'évidence, c'est sans enthousiasme qu'ils s'en acquittent tous les deux. L'un préférerait être à ses partitions, l'autre au pavillon Ferdinand dont elle a obtenu, après l'avoir découverte elle-même sous le badigeon, de restaurer la fresque aux oiseaux. Mais l'Académie a d'autres exigences : il faut faire présence lorsque arrive le nouveau pensionnaire. Derrière lui le portail se referme avec un claquement

sourd. Le son roule sous la voûte, creuse une haute vague dans le silence, s'élève jusqu'aux arceaux puis vient cogner contre la façade interne. Le nouveau venu courbe l'échine. Il est convaincu qu'une tornade s'abat sur lui. Il risque un regard, il lui semble, tant est impressionnante la voûte, qu'il vient de s'introduire dans une cathédrale, ou du moins une nef mais sans vitrail, sans ouverture, sans le moindre interstice de lumière si ce n'est, dans une sorte de guérite à sa gauche, une lampe de bureau sous laquelle ou Gwendoline ou Gontran vérifie la validité du blanc-seing qu'il est prié de présenter car nul ne pénètre en la demeure sans montrer patte blanche. Sauf moi qu'on a transportée évanouie dans les étages telle la Belle au Bois, m'épargnant ainsi sans que j'en eusse conscience la procédure de l'accession au statut de pensionnaire à laquelle doit se plier tout nouvel arrivant dès lors qu'il se présente à la nuit tombée. Sans ménagement, on le pousse vers l'escalier monumental, sur la droite. On lui a donné la clé de son logement et vaguement indiqué où celui-ci se trouve, soit dans les murs mêmes de la Villa, soit quelque part ailleurs dans le domaine. Il n'a, comme moi, qu'une simple valise, le reste arrivera par paquets les jours suivants, mais il est un peu surpris de n'être pas davantage accompagné. Il commence à gravir les marches. Sur chacune d'elles, il se dit « Combien d'artistes avant moi »... Du côté de la rampe, les siècles ont tant rogné la pierre qu'elle en est devenue dentelle qui sous les semelles, sans rien perdre de sa splendeur, s'effiloche. Et le nouvel arrivant se dit « Combien d'artistes après moi »... Il s'essouffle. L'escalier n'en finit pas. Je l'ai depuis emprunté à plusieurs occasions, essayant chaque fois d'éprouver à rebours ces premières sensations dont j'ai été privée. Il faut gravir toute la hauteur de la nef pour atteindre l'étage dit « des pensionnaires » puis les jardins. Rome est tout en collines. Bien souvent on accède aux splendeurs par le bas. Depuis qu'il est entré en ces lieux, le novice garde le dos rond. Lui qui s'était imaginé franchissant le seuil menton relevé, cheveux négligemment rejetés derrière les oreilles, regard porté vers l'avenir, ne voit en cette ascension toute symbolique pas plus loin que le bout de ses chaussures. Il remarque, au ras du sol, les meurtrières carrées par où ne filtre aucune lueur. Même s'il se courbait en deux, il ne saurait distinguer sur quoi elles donnent. Il atteint les salons qui jouxtent le bar où je suis en train de prendre mon petit déjeuner et qui le plus souvent sont déserts en ces heures tardives. Le soir de mon arrivée, c'était différent. Il y avait le vernissage de l'exposition Balthus, j'ai donc trouvé du monde, mais c'était presque un accident. Habituellement, le pensionnaire novice ne trouve là que bustes étêtés ou têtes coupées aux yeux aveugles dans les alcôves et les niches. Sans doute, il ne sait déjà plus bien ce qu'il éprouve. Il a la sensation désagréable de louper quelque chose. Il voudrait être traversé d'émotions fortes, dignes du moins de ce qui lui arrive. N'a-t-il pas été choisi parmi de nombreux postulants pour toucher une bourse et vivre dans ce palais durant de longs mois avec, pour unique préoccupation, d'exercer son art sans contrainte aucune si ce n'est celle d'investir à sa guise l'atelier et le logis mis à sa disposition ? Il a un projet. Il l'a âprement défendu devant le jury. Mais au moment

de jouir de la permissivité obtenue, une ombre se lève que projette la solennité des lieux et qui écrase les solitudes. C'est comme si soudain le corps de l'artiste n'était pas à la hauteur et opposait une forme de passivité. L'artiste en est déçu. Il redoute ici le syndrome de Stendhal dont il a eu quelque écho, qui s'empare de certains et leur plante sur les omoplates des appendices de plomb qui les clouent au sol et les transforment en pingouins incapables de retrouver l'envol de la création. J'imagine donc que, bien souvent, il a le cœur lourd lorsqu'il arrive enfin à la loggia que j'aperçois depuis ma table. Je la découvris moi-même le premier soir après quelques détours, avec sa vasque de marbre où l'eau gazouille en circuit fermé et arrose les fesses musclées de Mercure qui, surpris dans son arabesque et en équilibre sur le bout des orteils, d'un geste allègre, présente les jardins du Caravansérail, le piazzale, les parterres finement brodés de haies aux noms savants, les innombrables fontaines et les fameux pins parasols plantés par Ingres et soignés avec une attention rarement accordée aux humains quand le grand âge les rend fragiles.
Le long des allées, brûlent les fameuses *fiaccole*.
Il est rare qu'en cet endroit l'apprenti pensionnaire ne s'attarde pas, m'ont affirmé Gwendoline et Gontran. Je suppose qu'il éprouve une sorte d'abattement,
de ceux qu'éprouve tout être humain quand la conscience de la civilisation, de ce qu'elle exige de talent, de travail et de persévérance, au lieu de le grandir,
l'accable.

Le téléphone posé à l'extrémité du bar se met à sonner. Matoso, sans hâte, arrête la cireuse, traverse les salons, s'accoude au bar, décroche en s'épongeant le front.

— *Pronto !*

Depuis combien de temps suis-je assise ici, à ne pas même savoir ce que j'attends ? J'en ai les yeux qui piquent. Les heures passent. Je reste seule à mon guéridon face au parc dont la haute fenêtre me découpe une large portion, rien que pour moi. À quoi bon ? J'emporte avec moi toujours,

vous le savez, un cahier. Je peux oublier mes clés, mon porte-monnaie, ma culotte mais jamais je ne sortirais sans emporter un cahier. Il est là, posé devant moi.

Vierge.

Quelque chose m'échappe. Je ne connais pas encore les règles en ce lieu, les us et coutumes. J'ai lu dans le règlement que les pensionnaires, s'ils désiraient petit-déjeuner au bar, devaient s'inscrire la veille, ce que j'ai fait. J'en ai d'ailleurs informé Mathys mais visiblement, il n'a pas saisi la perche. La vérité est que je croyais

rencontrer à cette occasion d'autres pensionnaires, non que je sois curieuse de créer des liens, vous me connaissez, mais je ne m'attendais pas à traverser ici semblable thébaïde. Je ne suis pas d'ascèse et de méditation, je suis de chair et de verbe,
et de chagrin immense, si vous saviez ! Mais pouvez-vous ne pas savoir à quel point vous me manquez ? Pouvez-vous ne pas savoir que vous m'avez mise à l'agonie et le sachant pouvez-vous être ailleurs que là même où j'agonise ? Et puisque votre absence me brûle aussi sûrement que la flammèche embrase la forêt desséchée par la canicule, se peut-il qu'il vous soit aisé de vivre ne serait-ce qu'un instant sans moi ? Quand je manque d'air, pouvez-vous respirer loin de moi ? Quand je manque d'eau, pouvez-vous être privé de me boire ? Je sens couler dans mes veines une lave qui me consume et cependant j'ai si froid que je ne serais pas surprise qu'on m'amenât un cercueil et m'informât que je viens de mourir et que je dois sans opposer de résistance m'allonger parmi les lys et les chrysanthèmes.
D'autres pensionnaires sont arrivés, je le sais. Je n'arrive pas à les rencontrer. Où se cachent-ils ? Je me sens dans une telle misère que je me donnerais entière au premier être vivant qui se montrerait curieux de moi et voudrait bien, pour quelques secondes, s'asseoir auprès de moi.

Sur un papier bleu, Matoso, le récepteur coincé entre l'épaule et l'oreille, griffonne quelques mots. Le thé à la bergamote a déposé sur les parois de ma tasse un peu de son tanin doré. Du bout de l'index, j'en prélève et m'en brunis les pommettes. Si je me mords les lèvres,

j'aurai l'air d'avoir couru dans les bois et d'y avoir à pleines dents croqué du sureau, de la mûre, du raisin de busserole, des noix dont le brou tache si fort les doigts. Hier, dans le *bosco,* Mathys a mordu une châtaigne qu'il a aussitôt crachée,
honteux d'avoir jusque-là ignoré l'amertume des akènes et se rembrunissant parce que je riais. Puis riant à son tour, ramassant au pied du rouvre un gland d'où coulait un jus noir, il a renoncé à dissimuler derrière d'inopportunes fâcheries, qu'au fond de lui il aime follement cet automne qui submerge, le déclin des chaleurs tandis que l'hiver âprement se lève, les odeurs de mousse et de fruits pourris, la fin des cœurs qui s'ouvrent et dégueulent leur brouet, la pudeur retrouvée, les cosses et les bogues, les fleurs cloîtrées au fond des branches, les chambres closes, les corps encombrés de pénombre, les ramages qui geignent dans l'humidité des nuits, le ciel vieux, le décès des lumières, l'appel lancinant des crécelles chaque fois que l'aube tarde à quitter la terre et risque, à force de lenteur,
d'y demeurer collée.
Où est Mathys ?
Que ne monte-t-il me rejoindre ici ?
Dort-il ?
Cette nuit, a-t-il à nouveau joué avec les elfes ? Coursé dans les allées du parc quelque pensionnaire débutante qui s'embrelait à sa valise, s'effrayait de la présence menaçante des félins et cherchait désespérément sur un papier bleu, la route qui la conduirait auprès de vous, au Sahara ?

Chaque nuit je m'éveille à l'heure même où vous avez quitté mon lit. Assise parmi mes oreillers, j'observe la thomise qui a accroché son fil unique au coin de la cheminée. Drôle d'araignée qui marche en crabe et ne tisse pas de toile mais change de couleur en fonction de l'insecte qu'elle choisit de déguster. Je ne l'ai jamais vue que blanche. Je lui raconte ces hier que vous m'avez fait traverser. Ces terres du passé qui continuent de m'attirer même si votre départ les a mises en friche, même si, me retournant sur elles, je n'en distingue plus que l'ombre désolée. Elles sont devenues ma voilure qui
tout au long du jour
ralingue contre le mât. Parfois, épuisée d'insomnie et de rage contre vous, je me rue dehors vers le glapissement de Rome. Je traverse le bois jusqu'au Muro Torto. Rome est écarlate en contrebas. Avez-vous remarqué que la nuit reste toujours loin des villes ? Sa sombreur ne les atteint jamais. Elle se suspend à l'écart comme découragée, repoussée par ces lueurs synthétiques qui éclaboussent le ciel et le souillent de postillons luminescents. Même les étoiles reculent, gardent de la hauteur, ne viennent pas se frotter à cette pellicule de crasse. Je comprends que le désert est pur. Je comprends que vos poumons, à force de saleté citadine, réclament sa brûlure, que Vénus dans le simple appareil de ses nuées translucides ou Mars dans le rougeoiement sans équivoque de son plastron
vous manquent. Ne l'ai-je pas toujours compris ? Ne fallait-il pas simplement me prévenir ?

La thomise reste d'une placidité sans faille face à mes insomnies. Je m'enroule plusieurs fois dans ma

couverture à la recherche d'un peu de tiédeur. Des fulgurances me traversent dont certaines récurrentes. Celle-ci, par exemple, depuis plusieurs jours :
Mathys saurait-il m'emmener vers des courants plus chauds ? Que fait-il là-haut en sa tour ? Dort-il ? Irai-je le réveiller ? Frapper à sa porte ? Lui raconter que je vous aime, que je suis sans vous tel un matelot lâché par son navire, que je cherche un havre où m'acagnarder, qu'il s'agit maintenant de me dénoyer, c'est ce que font les marins lorsqu'un naufragé se trouve sur leur route.
— Il faut de grandes tragédies, m'a dit Mathys tantôt, pour perdre la mémoire, laisser périr en mer voiles de misaine et grand-voile, s'asseoir sur la coque retournée et ramer comme si rien n'était arrivé. Il faut être un grand brûlé.
Et ce disant il regrettait de n'en être pas un.

Sans doute ne le suis-je pas non plus puisque je ne perds pas la mémoire de vous.

Ainsi passent mes nuits. Je ne me précipite pas dehors pour retrouver Mathys et lui parler de vous. Seule avec ma thomise qui somnole – d'ailleurs, elle est peut-être morte ? – je mâche et je remâche notre histoire. Suis-je condamnée à éternellement me la répéter ? Est-ce une preuve de mon amour de toujours me la redire, de toujours en dépérir ? J'ai parfois des désirs d'être morte et votre vie durant vous vous sentiriez coupable et moi, croupissant sous la terre, je connaîtrais le repos de ces amantes sacrifiées qui ont inspiré à la littérature ses plus belles pages

non pas parce qu'elles ont aimé
mais parce qu'elles en ont été détruites.
Elles sont porteuses en leur bouche des plus beaux vers qu'il se puisse imaginer.
Si elles étaient de chair et de sang, simples mortelles, simples victimes, elles prendraient place parmi les faits divers et n'inspireraient que pitié, dédain, indifférence. Mais elles sont de verbe et habitent les plus grands poèmes. On les porte au pinacle, on les donne en pâture dans les livres scolaires et c'est ainsi,
envoûtés par la langue,
que les petites filles apprennent à conquérir l'homme cependant que les petits garçons se destinent à conquérir le monde.
Ah ! qu'il me serait doux aujourd'hui d'avoir été non pas l'enfant qui découvre le monde mais l'image dans le livre qui le fait découvrir, non pas l'élève submergée de rêves et de poèmes mais un seul de ces rêves,
un seul de ces poèmes, un seul vers et le plus bref, une seule rime. Car alors je ne serais plus de chair vive consumée par l'insomnie mais de papier, de simple écriture, amante certes sacrifiée mais qui ne craindrait
ni le gel,
ni le feu,
ni la dévoration de l'absence,
ni l'oubli.

Ainsi passent mes nuits jusqu'à l'aube qui, à travers mes persiennes, finit par se glisser et m'apaiser,
et les voiles s'enverguent où je serais si tentée de demeurer couchée.

Le plus souvent, je suis alors atteinte d'une mauvaise somnolence. J'entends que devant ma porte la futaie s'anime et qu'elle perd ses eaux, j'entends que poisse sous mes fenêtres le trop-plein des sentines, j'entends l'éveil de Rome, le passage frénétique des camions et des sirènes, le ramassage des poubelles de zinc traînées sur le pavé, plaquées contre les bennes, renversées dans le caniveau où le ruisseau les fait chanter. J'entends sous le Muro Torto s'épandre une déchirure.
La ville éructe un cri.
Elle accouche d'un jour blême.

J'ai toujours détesté traîner au lit quand le jour est levé. Ou bien il faut que ce soit avec vous et que vous ayez pris soin de fermer les volets. Ici, c'est le moment où je me secoue. J'ai des paupières de plomb. La couverture garde la marque des froissures, on dirait du carton. Le drap me râpe. J'ai des griffures aux épaules, aux hanches, aux genoux des brûlures qui appellent votre salive et votre bouche, votre langue épaisse et fraîche. Où êtes-vous ? Serais-je moins abîmée si je passais mes nuits dans une literie de farine ou de soie ? Si j'abandonnais ces étoffes meulières estampillées au sceau de la Villa Médicis et maintes fois bouillies dans les machines d'Eva ?
Si je revenais dormir dans vos bras ?
Mais où vous retrouverais-je ?
Oui, je ressasse nos hier. N'est-ce pas aussi que notre aujourd'hui m'échappe tout à fait ? N'est-ce pas qu'avec votre voyage impromptu, vos bribes de voix au téléphone, votre brutalité et votre désarroi, votre disparition enfin votre silence, vous me devenez péniblement étranger ?

Si désormais vous êtes un autre, quel recours me reste-t-il sinon la mémoire pour affirmer que je vous ai connu et qu'en dépit de tout je vous connais ? Que mon corps fut modelé aux courbes du vôtre ? Et que vous êtes le seul matelas de laine où je puis espérer recouvrer un jour le répit du sommeil ? Vous m'avez mise en glaise, coulée au moule de vos étreintes, pelotée de toute votre masse, aucun être humain à ce jour n'oserait poser la main sur moi tant est visible votre empreinte, tant est vive sur mon dos et profonde
la marque de votre bras. Pourtant,
que savez-vous de moi ? Que savez-vous de moi quand l'aube se glisse sous mes draps et me lèche les pieds, quand nue je me lève et marche sur le carrelage humide, quand je me cache les yeux car le clair-obscur du matin où les objets s'altèrent et perdent leurs contours,
bien davantage que la nuit,
m'effraie ?
Que savez-vous de moi quand je tâtonne, frôle les murs, du bout des doigts, fais bringuebaler les portes sur leurs gonds ? Quand, pour pisser, je m'accroche au chambranle et, jambes écartées, demeure en équilibre au-dessus de la cuvette car la lunette est brisée ? Quand, toujours aveugle, j'ouvre grandes les eaux et déloge du fond de la baignoire les araignées et les poissons d'argent et, à travers mes cils,
les observe qui s'accrochent à la bonde avant d'être emportés ? Que savez-vous de moi quand, sans attendre l'eau chaude, je me douche, je me savonne, j'ai la chair de poule, les seins comme des quignons, les tétons dardés, quand je me caresse et vous n'êtes pas là pour

me mater et vous branler tandis que votre regard prend du poids et s'agrippe à la mousse blanche près des aines, et nous jouons ensemble à celui qui jouira le dernier et celui qui perdra devra à pleine bouche gober l'autre jusqu'à le vider de tout désir, et bien souvent vous perdez, ne le faites-vous pas exprès ? Et je vous fais durer,
et j'ouvre peu à peu les lèvres, peu à peu le vagin,
et entre et sort le pain de savon sucé par la vulve écarlate qui n'arrive pas à le contenir,
et vous luttez pour ne pas fermer les yeux car derrière les paupières closes toute résistance serait vaine, cependant la pupille vacille, vous êtes vaincu, vous capitulez,
le sperme gicle.
Il vous éclabousse les seins, il fait sur le carrelage un floc désuet et trois fois répété. Vous souriez. Vous reprenez votre souffle. Vous avez encore de la lourdeur aux yeux,
et dans les cuisses des ondes qui font trembler la peau,
et des sursauts qui partent du ventre et soulèvent les épaules, et les lèvres craquelées, de la sueur aux tempes, du rouge aux joues. Derrière votre bras plié, vous nagez. Vous remontez le courant du plaisir au creux duquel je vous attends. Vous tenez votre vit un long moment encore serré dans votre main.
L'eau coule. Près de la baignoire vous vous agenouillez. Vous prenez sur mon sexe le relais de mes mains, vous écartez la toison, vous me tenez sur le fil extrême qui précède la jouissance.
Il suffira de vos lèvres à peine pressées, et aussitôt votre langue recevra ce jus acide qui m'éclate au ventre quand le plaisir m'atteint.

Il suffira que j'ouvre les yeux et je me souviendrai que vous êtes absent.

Que savez-vous de la réflexion blafarde de l'aube sur l'émail ? De la maladresse de mes mains à imiter les vôtres, m'assouvir, retrouver les chemins par où vous êtes si souvent passé, les fourrés un peu traîtres où vous vous êtes parfois savamment égaré,
que savez-vous de leur talent à me faire regretter les vôtres ?
Que savez-vous du découragement qui interfère dans ma jouissance quand je ne trouve plus pour poser mon regard alors que l'eau tiédit, qu'une tache de moisi sur le plafond jauni ? Que savez-vous de ce pavillon que Rome continûment submerge de son grognement et que la futaie ronge ? Poussés par les acanthes et la glèbe gonflée de pluie, les murs s'étrécissent, la lambrusque étend ses pampres et obstrue les croisées, la charpente s'affaisse. On retrouvera dans quatre-vingt mille ans cette tombe, on m'appellera Lucie, on recoudra mes os ensemble avec un fil plastique.
Je finirai pendue à un crochet
dans un musée.

Je me sauve parfois si vite, sans avoir ni tiré les draps ni entrouvert les volets, que j'arrive dehors encore mouillée, nue sous mon corsage et nue sous ma jupe, nue dans mes chaussures et sans en avoir noué les lacets, ayant claqué la porte et oublié mes clés. La futaie suinte. Le fumet de la terre me grimpe aux cuisses, le jersey crisse sur ma toison qui dessine un rebond. Je me mordille les ongles,

j'y débuche un reste de savon.
Mes seins s'irritent sous le coton.
Il me faut, sous votre veste de cuir, les tenir à deux mains comme des oranges que je porterais à la mère-grand, ou des pâtons que j'aurais barbotés à la boulange, prévoyant de m'en gaver à l'heure du goûter ou de les troquer contre des raisins de Corinthe, des pommes reinettes ou du sucre candi.

Que savez-vous de moi depuis que vous êtes parti et depuis que je suis ici ?

Matoso raccroche le téléphone.
Il rêvasse un instant en regardant l'obélisque près de la fontaine. Puis il griffonne encore quelques mots sur le papier bleu et vient le poser sur ma table. C'est un message pour Mathys, irai-je le lui remettre ?

Je souris.
Ne dirait-on pas que je suis en villégiature dans quelque discrète auberge et Mathys, jeune amant ou mari,
m'accompagne,
traîne au lit, commande du café, de l'eau de Seltz, de la confiture de roses, lit les journaux, fume sa première blonde, attend que je lui porte un cendrier ainsi que son courrier sur une soucoupe d'argent ? Harnachez les chevaux, je vous prie ! Nous passerons tantôt à l'écurie et nous pousserons la chevauchée jusqu'aux abords du lac, derrière la saulaie ! Je prends le papier bleu que me tend Matoso. Bien sûr que je vais le porter à Mathys. Ce me sera peut-être l'occasion de pénétrer son antre, de le

surprendre en des retranchements auxquels je n'ai pas été conviée car enfin,
que n'est-il venu déjeuner ce matin avec moi ? Même si je ne l'y ai pas formellement invité, même si je ne saurais prétendre qu'il m'a posé un lapin, j'ai la sensation sans doute abusive d'avoir été négligée et je ne peux me défendre d'en éprouver un léger agacement.

Je m'étire. Je déroule mes membres jusqu'aux extrémités, je les décolle de l'apathie du salon qui a sur eux un effet presque léthargique. J'ai des allures de nageuse qui ajuste son bonnet, replace son maillot sur les fesses et tâte l'eau avant d'y plonger. Je m'apprête à me lever quand j'entends, juste sous la fenêtre, crisser le gravier et tinter la sonnette d'une bicyclette.
— *Ah ! Pélope ! La conosce ?* me lance Matoso avec l'air réjoui de quelqu'un dont l'ennui enfin va s'interrompre.
J'écarquille les yeux.
— Pélope ?
— *Sì, sì ! Pélope ! Viene sempre in bicicletta ! è la bibliotecaria !*
Il jette son torchon bien à plat sur son épaule gauche, choisit sur les étagères derrière lui une soucoupe et une tasse de porcelaine tuilée qu'il pose sur le comptoir,
essuie une petite cuillère en argent et commence à préparer un *cappuccino.* Le bruit de la machine broie le silence qui se recroqueville tel un journal jeté sur la braise du foyer. La porte vitrée est vivement poussée, cognée au chambranle puis claquée. Pélope apparaît. Elle est grise de la tête aux pieds, de la racine des cheveux qu'elle porte tirés en un chignon où biquent des mèches rebelles jusqu'aux bottillons lacés haut sur

la cheville à la mode italienne et patinés de cette boue romaine faite de la décomposition des ruines et de la terre des jardins que les chaleurs lavent plus souvent que la pluie et qui, sitôt qu'elle s'extrait du dessous des arbres et va se frotter aux pavés brûlants des ruelles anciennes,

se décolore aussi prestement qu'un linge exposé aux rayons dévorants de la lune.

— *Buongiorno Matoso !*

Elle ne me voit pas tout de suite. Elle se précipite vers le bar, pose par terre son panier d'osier gris, devant elle ses énormes lunettes, dénoue la ceinture de son ciré, lape un peu du *cappuccino* préparé par Matoso qu'elle remercie en reposant la tasse et en essuyant du revers de la main la moustache blanche laissée par la mousse de lait. Elle fourrage en ses poches, extirpe un trousseau de clés, une poignée de papiers minuscules qui volettent jusqu'au sol – on croirait un nuage de mites – enfin un paquet de kleenex. Elle se met à frotter énergiquement les verres de ses lunettes que le crachin a trempés.

— Quel temps ! hein, Matoso ? Vous avez déjà vu ça à Rome, un temps pareil ! C'est encore un coup de Jupiter, vous ne croyez pas ? Ou alors c'est Apollon qui s'est pris des vacances et qui a oublié de brancher le soleil pendant son absence !

Matoso rit. Elle lape une gorgée, moustache, revers de main... Matoso se penche vers elle et, tout en m'adressant un clin d'œil, me désigne du menton. Elle se tourne vers moi.

— Oh ! Je ne vous avais pas vue !

Elle s'approche, main tendue.

— Bienvenue ! Moi c'est Pélope. Pénélope le nez en moins, dit-elle d'une traite tout en faisant mine de s'arracher le bout du nez. Je préfère prendre les devants. Quand on dit mon prénom on a l'impression de louper une marche. Mais non, il n'y manque rien. Toutes les syllabes y sont. Non, ne me dites pas qui vous êtes, je devine. C'est facile. Vous êtes notre plus jeune pensionnaire. J'ai lu votre roman. Troublant. Je suis la bibliothécaire. Si vous avez besoin de faire des recherches, n'hésitez pas. Nous avons de beaux ouvrages, la plupart sont en langue française. Vous parlez italien ? Les pensionnaires parlent rarement italien. Moi-même, je baragouine. Vous pouvez y venir pour travailler, c'est un endroit qui s'y prête, c'est ce que font les écrivains en général. Certains obtiennent un atelier mais naturellement, les arts plastiques sont prioritaires. Très troublant votre livre. C'est autobiographique ? Cette question est idiote. Faites comme si je ne l'avais pas posée. Vous partiez ? Vous arrivez à vous repérer ? Vous voulez visiter la bibliothèque ? Elle est juste là, dans la galerie, à gauche, derrière la salle à manger…
— Matoso m'a demandé de remettre ce mot à Mathys…
— Ah ! Mathys !
Elle lève les yeux au ciel mais je ne parviens pas à définir avec précision si elle sous-entend que c'est tout un poème ou, plus prosaïquement, un vulgaire garnement.
— Vous savez où il crèche ? Dans l'escalier, à l'entresol, la porte sur votre gauche en descendant… Nous nous reverrons. Je vous souhaite un bon séjour.
Elle tourne les talons, se précipite vers la bibliothèque.

Matoso la rappelle, elle oubliait son panier, ses clés, ses lunettes, son tas de papillons blancs éparpillés tout autour. Elle les ramasse, pousse des exclamations, se traite d'écervelée, avale d'un coup le reste de *cappuccino,* moustache, revers de la main…
— Je file !

Elle se déplace d'une drôle de manière. Sa jupe de flanelle est resserrée aux genoux et adhère aux collants épais qui peluchent aux jointures. On dirait une sauterelle qui danse le charleston. À chaque pas le sol se dérobe sous elle et la projette tantôt d'un côté, tantôt de l'autre, l'obligeant à tituber et ses bras crispés vers l'arrière, coudes levés, sont des élytres de corne qui forcent son équilibre et la tiennent debout.

Matoso débarrasse mon plateau. Il verse dans l'eau brune la vaisselle de faïence tuilée, le compotier en verre, les cuillères et les coupelles qui tintinnabulent avant que ses grosses mains ne les repêchent et ne les récurent. Puis il traverse les salons et dans la galerie remet la cireuse en marche.
Je glisse le papier bleu dans mon corsage.
— *Arrivederci, Matoso ! Grazie mille !*

À l'entresol, comme indiqué par Pélope, je trouve une porte si discrète, si bien encastrée sous les marches, que je ne l'avais jamais remarquée. L'eussé-je entraperçue, je n'aurais pas imaginé qu'elle donnât sur une pièce à vivre. On dirait plutôt la porte d'un placard ou de latrines réservées au petit personnel et dont l'entrée se dérobe aux regards des grands. Je frappe.

— Mathys, tu dors ?

La porte s'entrebâille d'elle-même. J'ai la joue appuyée aux ferrures. De l'intérieur un rire fuse, prestement suivi de murmures.

— Mais qu'elle entre ! crie la voix du rire.

C'est Croëtte. Certes nous nous sommes plusieurs fois croisées mais c'est la première fois que nous nous trouvons si proches l'une de l'autre. Pourtant le regard que nous échangeons est presque celui de vieilles connaissances. Mathys avait raison. Elle n'a pas du tout la tête d'une historienne d'art. Elle a coincé son cul sur le rebord de l'étroite fenêtre par où le jour se glisse et d'où l'on a vue sur le parc. C'est donc de là que Mathys a pu m'observer le soir où j'ai dû quitter la chambre de la passerelle encombrée de ma valise jaune et cherchant à déchiffrer, à la lueur des *fiaccole*, les instructions de Matoso inscrites sur un papier bleu. Assise où elle est, Croëtte bouche la vue et obscurcit toute la chambre – la cambuse, dirait Mathys. Elle tient son visage penché. Étirées devant elle, ses deux jambes qui ont la disgrâce d'être arquées, font une parenthèse où elle a installé une sorte de bourriche dans laquelle elle plonge la main.

— J'ai fait des fleurs en gelée, dit-elle, tu en veux ?

Elle pince avec ses doigts pointus un morceau de gélatine où tremble un pétale violet. Mathys pouffe dans son oreiller. Il m'agace de n'être pas venu déjeuner avec moi, il m'agace de ne pas être seul, et puis je le juge benêt avec son rire. Nul besoin de tourner les yeux de son côté, je sais qu'il a la peau qui brille, les cheveux à la houppe, les commissures poisseuses, la narine ouverte, l'épaule glabre, la nuque cireuse comme l'ont les garçons. Je sais qu'il triche avec son œil voilé. Sous sa paupière apparemment tranquille, il cache du fraisil et de la cendre laquelle,
chahutée par le rare battement des cils,
est cause de ses cernes gris qui gâchent sa figure d'enfant et en même temps
la soulignent,
dénonçant en lui un cœur précocement déçu,
une cruauté tournée vers lui-même autant que vers les autres et un désespoir qu'il porte, je dois le reconnaître, avec une certaine élégance. Il se tient coi maintenant sous les édredons rouges. Cependant, mieux que tout

silence et que toute parole, ses bruits de bouche et ses jappements rauques encore embués de sommeil m'ont assez avoué sa pudeur et sa gêne.

Je lui tourne le dos.
J'avale d'un coup le pétale violet.
Ça coule dans la gorge
tel un œuf aspiré à même la coquille. Ça laisse un fumet d'acétone et de graisse rancie, un relent de rose qui fane et d'alcool qui, vieillissant mal en la bouteille, prend le goût du bouchon.

Il fut un temps où ma mère avait en sa salle de bains, sur une étagère d'opaline, plusieurs flacons d'un même parfum qui attendaient pour être décapsulés d'avoir suffisamment mûri.
— C'est ma vigne, c'est mon vin, murmurait-elle. Il faut que ça décante, que la fragrance s'épure. Regarde, celui-ci sera bientôt prêt, il se dépose. Mais celui-là, qu'il est jeune ! qu'il bondit !

— J'ai le torticolis, dit Croëtte.
Elle extirpe de je ne sais où un bas de nylon jaune orné d'une jarretière en velours. Elle y enfonce le bras, elle l'entortille sur son poignet, elle en fait une espèce d'orchidée qu'elle plante sur son crâne.
— Je ferai une fête à mon anniversaire, dit-elle, tu viendras ?
Elle ressemble à un canard mais sans le bec et sans la penne, elle n'a gardé de sa dernière plumaison que le duvet qui gigote sur sa tête ainsi qu'une panne mitée

ou, au sommet d'une colline, un champ de blé que les alucites auraient dévasté.
Le bas se déroule et s'avachit sur son oreille.
Elle rit. Ça glougloute dans sa gorge, c'est le gémissement d'une tourterelle éprise ou la pâmoison d'une colombe au fond du boulin. Ça n'affleure pas aux lèvres, mais c'est plus indécent que le gargouillis du lavabo qui dans un coin chuinte, plus obscène que les frottements de poils et de peau que produit Mathys en se grattant sans retenue sous les draps,
protestant qu'une araignée vient de lui pomper le sang.
Croëtte se désincruste de la fenêtre. Avec sa gueule mise de biais, elle se masse le derrière. Le rebord est étroit, la pièce exiguë. Le matelas mord les plinthes. Les murs s'inclinent à la jonction du plafond. La tapisserie dans les coins fait des anglaises et retient les moutons. Croëtte regarde vaguement le parc qui là-bas s'étend, la bambouseraie peignée par le vent.
— Tout cela ne vaut pas Hubert des Ruines Robert…, soupire-t-elle sans davantage d'explications. Elle enjambe un traversin, une boîte à fusains, un maillot de corps, une valise, un carton à dessin, elle vacille, elle s'accroche à ma main. Elle empeste le cédrat et la sueur, la serpillière et la volaille fraîchement égorgée.
Je m'écarte. Le réduit est si étroit que les édredons font moquette autant que courtepointe. Je devine sous mes semelles la plume qui crisse.
Ainsi crissait la poudreuse tombée toute la nuit sur le verglas et que mon père au matin non encore levé faisait apparaître dans le faisceau de sa lampe de poche.
Je glisse, je trébuche, je me casse la binette, je heurte

avec mon coude la maigreur de Mathys qui aussitôt sous les draps se retire et rit.

— J'aime bien ta culotte, dit Croëtte.
Je m'apprête à tirer ma jupe qui a voleté sur la ceinture mais son œil, énorme, magnifique, m'arrête.
Je n'ai pas de culotte.
Je n'ai que mon pubis et mes cuisses crûment exposés dans la nitescence du jour.

Croëtte ne cille pas. Elle garde immobiles ses yeux dont la liquidité me fascine. Elle n'a peut-être dans le crâne que de l'eau fétide épaissie de pus et quand elle se penche, les orbites se vident, suintent sur la peau, laissent des traînées comme en ont les enfants qui n'ont pas appris à se moucher et attendent que cela fasse des croûtes afin ensuite de les gratter avec leurs ongles sales et de les mâchouiller.
C'est quoi une gueule d'historienne d'art ?
Je me relève. Je me colle à la fenêtre, je tourne la crémone. De l'air ! Pas question que je défaille ici et me retrouve évanouie, fesses à l'air sur la satinette carmine.
Dehors, on entend les fontaines, et la voix de Pélope qui franchit les croisées de la bibliothèque non loin, et le crissement du charreton qu'à mains nues là-bas tire Pedro ne sortant le minitracteur que pour les urgences et ayant près des Niobides ramassé des pignes et des ronces,
et le ramage des passereaux.
Mathys n'interrompra-t-il pas sa nymphose ?

Croëtte sous son jupon ajuste les plis de son corsage.
— Mathys est une limace, dit-elle.
— Ou une chenille, dis-je.
— Une limace, insiste-t-elle. Une loche. Il bave, regarde, il fait des coulées blanches. Si tu lui presses le nez, il en sort du lait. Ça ne fera jamais une chrysalide, encore moins un papillon. Où trouverait-il le courage de voler ? Lève-toi ! Coléoptère ! Batracien ! Chiure de bourdon ! Comédon !
Du bout de ses sandales dorées, elle l'asticote, elle lui cherche des crosses.
— Si encore il faisait des folies de son corps, dit-elle.
Elle ramasse sa bourriche. Comme moi, elle se tord les chevilles sur la literie éparse, les chaussures, les livres, les tubes de gouache séchée,
les dessins au fusain, les pelures de mandarine,
et puis le papier bleu que j'ai laissé m'échapper et que j'aperçois soudain échoué dans ce capharnaüm. Prestement, je le récupère.
— Flûte, dit Croëtte depuis le pas de la porte, j'ai encore pété ma lanière.
Elle s'éclipse en boitant.

Mathys, semblant y voir un signal, fait d'un coup valser ses édredons et m'envoie aux narines les odeurs de son lit brutalement brassées. Je me détourne.
— J'ai un message pour toi, dis-je.
Et du bout des doigts, presque en lui tournant le dos, je lui tends le papier bleu. En ce modeste réduit où nul repli ne me serait possible si d'aventure je voulais me

soustraire à la promiscuité, je tâche autant que faire se peut de le tenir à distance.
— Merde, dit-il. Je parie que ce sont mes vieux qui ont appelé.
Il est pâle.
Il appuie ses épaules au plâtre.
D'un brusque coup de reins il saisit le billet. En un éclair, je vois l'albatros qui plonge sur sa proie puis laisse traîner sur l'écume ses grandes ailes blanches. Il ne le déplie pas. Il le fait passer de phalange en phalange.
— Tu ne vas pas travailler ? dit-il.
Au saut du lit, il déteste les filles.
Adieu, fantasme de villégiature, confiture de roses et chevauchée derrière la saulaie ! Mathys n'est pas un chevalier servant mais un novice qui, trouvant à son chevet deux demoiselles venues partager avec lui les douceurs de l'éveil, s'arc-boute sous les couvertures et ne manifeste que malséance, insipidité, étourderie. Qui lui enseignera qu'il sied, au sortir du sommeil,
de se rincer la bouche, de s'éponger la lymphe au creux des narines, de se désengorger au coin des yeux la caroncule lacrymale, de se brosser le visage et de chasser s'il se peut ces miettes jaunes que laissent les nuits solitaires et qui, lorsque de l'alcôve aucun autre secret n'a été livré, confinent à l'indécence et découragent l'amitié ?
Croëtte tout à l'heure en fut-elle également désappointée ?
Est-ce une habitude pour elle de venir traîner au chevet de Mathys à l'heure du réveil ?

Ce matin, je suis censée voir Pélope à la bibliothèque.
— Pourquoi ils vous ont reléguée au pavillon du bois ? m'a-t-elle demandé la dernière fois que je l'ai croisée au bar. Vous arrivez à écrire là-bas ? C'est la sinistrose !
Avant, j'écrivais n'importe où.
Avant quoi ?
Avant quoi exactement ?
J'écrivais couchée sur le carrelage, debout dans la cuisine, appuyée à un mur ou appuyée à rien, assise sur un banc, sous la pluie, sous la neige, dans le soleil ou dans le vent, sur mes genoux, dans les cafés, dans le métro, dans les files d'attente. J'ai toujours avec moi un cahier et un crayon, c'est ce que j'emporterais sur une île déserte, c'est ce que j'ai emporté à Rome, j'en ai des piles qui n'ont pas quitté le fond de ma valise, on dirait des mouchoirs, sans doute j'avais prévu d'avoir à éponger un inconsolable chagrin mais je n'avais pas prévu que les mots tariraient et laisseraient secs les mouchoirs emportés.

Avant, j'écrivais dans mon lit.
Avant quoi ?
Avant quoi exactement ?
C'est sous mon oreiller que j'ai vu naître l'écriture, que je l'ai méthodiquement couvée lorsque enfant chaque soir je reconstituais, avec toute la maladresse d'un langage encore inconstruit, les images que mon père dans la journée avait prononcées.
Vous êtes entré dans ma vie et j'ai continué d'écrire jusqu'à l'épuisement, jusqu'au sommeil, jusqu'à l'amour qui le précède car dès que vous me voyez couchée, vous vous ruez sur moi et m'interrompez sans vergogne. Je retrouve au petit matin mes phrases croquées au milieu d'un mot, on dirait qu'à la faveur de la nuit, un renard est passé sous la vigne bouffant les grappes à pleines dents et laissant après lui des pampres déchiquetés. Je les répare alors du mieux que je puis tandis que vous dormez encore. Vous avez sur le menton des traces de raisin. Bien souvent je vous maudis car vous avez gobé le grain avec tant d'avidité que je n'en peux rien sauver.
Vous êtes entré dans ma vie et depuis, malgré moi, tous les lits où je grimpe deviennent les vôtres, même ceux dans lesquels vous ne grimpez pas avec moi, ceux que nous n'avons jamais partagés et qui sont exempts de notre salissure. Je ne sais plus me glisser sous un drap sans vous y glisser avec moi.
Je me souviens de la toute première fois où vous m'avez surprise à écrire étendue à plat ventre dans le désordre du lit, le traversin calé sous mes aisselles, plongée dans un de mes sempiternels cahiers. Vous m'avez aussitôt écarté les fesses, je ne vous connaissais pas comme je

vous connais aujourd'hui, j'ai cru que vous espériez y découvrir des feuillets à parcourir, que vous vous comportiez en lecteur vorace qui désosse la couverture brochée afin de dévorer l'intrigue plutôt que suivre et apprécier les méandres de la narration.
Ce que j'ignorais encore, c'est que ces pages que vous arrachiez à mon intimité seraient les seules de moi que vous auriez la curiosité de feuilleter.
Ce que j'ignorais encore c'est que vous n'éprouveriez jamais le désir de me lire.
Faut-il vous rappeler mes lettres que j'ai retrouvées fermées
derrière le semainier.
Mes cahiers après vos assauts gisaient au pied du lit.
Quand je m'éveillais,
je les confondais dans mon demi-sommeil avec des bouquets d'œillets blancs un à un étêtés.

« Vous arrivez à écrire là-bas ? C'est la sinistrose ! »
Avant j'aurais écrit là-bas comme j'écrivais n'importe où.
Avant quoi ?
Avant quoi exactement ?
Vais-je m'accoutumer au pavillon du bois ? Vais-je peu à peu y creuser ma tanière ? Chaque soir, quand j'y reviens après une journée passée au palais, je me sens Cendrillon dont le carrosse, dans l'allée des orangers, se change en citrouille, et aussi Chaperon rouge qui s'est longuement égaré dans la futaie tenant en son panier sa galette et son petit pot de beurre, et qui ne trouve en arrivant ni chevillette ni bobinette qui cherra, et mère-grand n'est pas alitée dans la chaumière, et si vous

êtes le loup, hélas ! avec vos grandes dents et vos grands pieds, vous n'êtes pas camouflé sous le drap et vous ne m'y attendez pas.

Je suis censée passer voir Pélope à la bibliothèque.
— Trente-cinq mille volumes. C'est la caverne d'Ali Baba. On a cinq belles pièces du seizième siècle, quelques-unes du dix-septième et du dix-huitième, mais on a aussi une impressionnante collection d'œuvres contemporaines, dans les partitions de musique par exemple. Gontran adore. Vous connaissez, Gontran ? Il y passe des journées entières. C'est un passionné, un excellent compositeur. Vous avez eu l'occasion d'écouter son *Oratorio pour un œuf défunt* ? Vous devriez, ça vous intéresserait. Vous avez écrit un très beau passage sur le silence dans votre roman… Alors, quand désirez-vous passer ? Ne tardez pas trop. Il y a une place où vous aimerez écrire. Un coin de fenêtre…
Pélope est la vestale qui veille sur le temple du savoir. Elle aime les rites. Sa bicyclette en est un, de même que son *cappuccino* au bar sur le chemin de la bibliothèque ou le cérémonial de son habillement toujours monochrome, chaque jour de la semaine ayant invariablement sa couleur. Je sais que le gris est réservé au lundi, le jaune au mercredi. Elle n'aime pas qu'on en rie. Elle dit qu'il ne sert à rien de moquer les rituels, que cela porte malheur, qu'il y a toute une symbolique dans le vêtement et que la symbolique influe sur la vie.

Aujourd'hui, je porte une culotte. Et une robe de cotonnade, je n'en ai point de plus chaudes. Et des jambières pour déraidir mes genoux bleus de froid. Et votre veste toujours qui me donne un air de pauvresse mais me sauve quotidiennement de la pneumonie. J'aimerais la porter à même la peau. Être nue sous elle. La sentir qui me frotte à chaque mouvement et me chauffe le corps et l'égare, le force à croire que c'est votre peau qui se frotte à la mienne, que c'est vous tout entier qui pesez sur mes épaules et pas à pas me travaillez la chair, m'amenez à tiédir et mollir, à perdre toute défense, à me laisser pénétrer là, debout dans les allées du parc, et sentir d'un coup dans mon ventre une pastèque qui s'ouvre avec un craquement sourd et expulse ses pépins noirs dans le dédale de mes veines jusqu'à la plante des pieds, l'anus, le cerveau qui, loin de faire résistance, abdique avec délice, sentir votre sperme qui me monte au cœur aussi résolument que le conquérant monte à la citadelle. Vous dites pourtant que ce n'est jamais une victoire mais une abdication, car la ville n'est prise que le temps de jouir. Dès que vous posez les armes pour reprendre votre souffle, elle vous échappe, recouvre sa liberté et aussitôt le démon de la vaincre à nouveau s'empare de vous. Vous êtes asservi, dites-vous, au désir de me posséder.

Et moi, qui rêve à m'en mouiller les cuisses de marcher nue sous votre veste de cuir, à quoi suis-je asservie ?

Loin devant moi, j'aperçois Pedro. Il tire son charreton à mains nues, le pose, s'éponge le front, se penche, palpe une feuille, effleure un tronc, se désespère en secret de cette lune mauvaise qui tranche les cimes et annonce le gel. Les arbres devront-ils encore périr cet hiver ? Il tasse un peu la terre, reprend son charreton et continue à s'éloigner d'Eva qui tout à l'heure, pour lui, préparera la *pasta.* Sans doute il songe qu'il lui faudra tailler quelques housses dans de vieilles couvertures dont il pourra protéger les agrumes mais aussi les racines. Un simple paillage n'y suffirait pas. Bonnets et chaussons. Il va les emmitoufler. Pas question de les perdre une deuxième fois.

Je le suis de loin. Il a le corps en serpe comme ont souvent ceux qui travaillent la terre et leur nuque, marquée du fouet du soleil, est striée des mêmes sillons que ceux qu'ils creusent pour y jeter les graines. De temps en temps il se courbe, d'un coup de bine extirpe une mauvaise herbe ou ratisse un peu le compost afin d'en expurger le gravier.

Au bout de l'allée des orangers, j'atteins l'angle de la galerie du cardinal Fernando de Médicis où se trouve la bibliothèque. Ses hautes fenêtres donnent sur le piazzale mais on ne peut y accéder que de l'intérieur, par les salons des pensionnaires. Je traverse la loggia puis les salons ouverts sur le grand escalier par où coule un vent froid charriant une odeur de cave. Les loupiotes balancent. L'aube, éternelle éphémère, a depuis longtemps capitulé. Il me semble qu'en s'éloignant, elle a malencontreusement accroché son collier à la rampe et les perles ont rebondi sur les marches, je crois les entendre qui rient, on dirait d'innocentes damoiselles qui jouent à la marelle. Je frissonne. Que n'ai-je mis un paletot sous votre veste de cuir pour remplacer vos bras !

— Un paletot ? disait ma mère. Mais, tête de linotte, n'en avais-tu pas un hier ? Ne l'as-tu pas oublié au vestiaire ?
Elle m'appuyait le nez sur son ventre. Ça sentait la laine peignée, la lavande des armoires, la poudre, le parfum mûr et le soulier verni. Ça piquait les narines.
— Mouche-toi ! disait ma mère.
Elle avait des mouchoirs de soie qui embaumaient la fleur coupée. Je les gardais sous mon sommier. Et lorsqu'elle s'étonnait de ne les plus trouver en ses tiroirs, j'insinuais que ma sœur ces derniers temps, en sa chambre,
avait beaucoup pleuré. Cela la surprenait.
Ma sœur ne pleure jamais.

Les rires que j'ai perçus tantôt n'étaient pas de perles bondissant sur les marches. Ils viennent de la salle à manger derrière le bar et s'accompagnent d'une rumeur inhabituelle. De nouveaux pensionnaires sont arrivés dans la nuit. Matoso s'en réjouissait hier arguant que l'inactivité ne lui vaut rien et qu'il commençait à s'ennuyer, ce qui est peu recommandé pour le moral. Je comprends qu'il est en train de leur servir le petit déjeuner sur la grande table commune. Depuis le bar où je viens d'entrer, j'entends sa voix qui roule et chante parmi les rires, le tintement de la vaisselle, le parquet qui sous les pas grince et claque, étrave qu'aucun roulis ne saurait plus émouvoir. Et puis les aigus crispés de Croëtte, on doute toujours si elle s'esbaudit ou si elle se coince un doigt dans une porte. Enfin je devine le grelot de Gwendoline que j'ai peu revue depuis mon arrivée, son air de flûte qui gambade au milieu d'autres tessitures sur lesquelles je ne puis encore mettre de

noms. Mathys est-il parmi eux ? Il flotte une bonne odeur de café. J'hésite. Irai-je me joindre à l'assemblée, me présenter, renifler un peu ces camarades que je vais côtoyer durant plusieurs mois et que j'ai l'autre matin, en ces lieux mêmes, vainement espérés ? Pélope compte sur ma visite à la bibliothèque, elle m'a réservé une place dans un coin et présenté la chose ainsi qu'un privilège. Mais je sens bien que je réponds à son invitation comme à une injonction, que je lui fais pour ainsi dire une politesse et qu'en réalité,
cela me pèse.

Le seul privilège auquel j'aspire,
c'est vous.
Apparaissez, aussitôt l'écriture en moi débondera. Que ferais-je d'un lieu où aller chaque jour poser mes fesses et ma plume ! Pourquoi pas un bureau, des horaires réguliers, des collègues avec qui boire le café avant de démarrer et chacun à son tour paierait sa tournée ! Pourquoi ferais-je semblant de croire que ce subterfuge me rendra l'écriture ? Vous êtes le mal et le remède. Vous êtes le vide et le plein. Vous êtes mon cœur qui bat et maintenant contre vous se débat.

Dans la salle voisine, un fauteuil est bougé, une chaise poussée. Une phrase brève s'échappe, flotte un instant au-dessus du tumulte collectif puis fuse jusqu'à moi,
fléchette acérée qui m'effleure la nuque.
C'est la voix de Mathys.
Je vais jusqu'au seuil de la salle à manger. Je l'observe. Il semble simplement posé sur le bord de la pièce, sentinelle

esseulée à l'écart du campement. Il vient d'arriver, il n'a pas encore trouvé à s'asseoir. Dans ses mains tangue le plateau de son petit déjeuner. À moins que ça ne soit le plancher qui tangue ? Ou la Villa tout entière, fantôme enchaîné à d'anciens royaumes et qui ne trouve pas la paix, vaisseau qui dérive fourbu par les ans et cependant jamais ne quitte sa route fendant océans et banquises sans que sa coque se brise, ancestrale demeure mise à l'épreuve de l'éternité et dont les fondations sont inéluctablement grignotées par le passage du temps ?
Est-ce Mathys qui tangue, est-ce le groupe de pensionnaires occupés à se séduire les uns les autres dans ce premier instant de rencontre, à se jauger, à rire plus que de raison, à ressentir un peu trop de bonheur, ce qui n'est jamais bon ? C'est comme la valse, ça donne le tournis, ça fait croire qu'on est assis sur une toupie et que le monde n'est qu'un jeu de rayures qui enivre. Mais la musique finit toujours par s'arrêter et on reste abasourdi avec les yeux qui piquent.
Le soleil, savamment tenu en respect par l'architecture, inflige cependant des encoches à la pénombre, il la cisèle, la coupe de lumière brève, l'éreinte d'incisions qui la brisent en morceaux dont il aiguise les angles au plus vif. Les résidus de ce labeur quotidiennement répété flotteront dans l'air jusqu'au coucher du jour, résidus de métal qui irritent la gorge et les poumons. Avant de se dissoudre dans le crépuscule, ils auront des rougeoiements de braise. Le soleil est d'autant plus dur qu'il a plu toute la nuit et qu'il trouve la terre molle. Il n'aime pas cette exhalaison qui fausse le tranchant de ses coups.

Ils sont une douzaine autour de la table rejouant malgré eux, dans ce contre-jour où grouillent les copeaux de soleil, *La Cène* de Léonard de Vinci à ce détail près qu'il n'y a pas que des garçons et que les rôles ne sont pas encore distribués. Qui est Judas ? Qui est Jésus ? Qui est Jean dont le visage, trop doux pour être celui d'un homme, provoque depuis la Renaissance la perplexité chez nombre d'historiens d'art ?
Matoso tourne autour d'eux, bourdon que le désir de bien servir rend fébrile. Il prend les commandes, s'excuse de ne pas mieux parler français, se plie au jeu de traduire et de faire répéter quelques mots, s'amuse de la maladresse de ses interlocuteurs à faire rouler les syllabes derrière les dents. Il ramasse les plateaux, les corbeilles de pain, les serviettes qui traînent, il en fait sur sa grosse main un amoncellement qu'il ramène au bar avec une sorte de majesté, il me bouscule en passant la porte, il ne m'avait pas vue, je ne dois pas rester là, je dois rejoindre les autres, il va m'apporter mon thé, lance-t-il par-devers lui.

Si je suis coquillage, venez me ramasser. Ou bien soyez sur la plage où un jour, coque vide, j'échouerai. Vous me mettrez sur votre oreille. Persuadé d'entendre la mer ou d'accéder au mystère des récifs claqués d'eau, vous percevrez le chant inachevé de cette histoire que je voulais vivre avec vous mais vous vous êtes envolé,
que je voudrais écrire
mais écrire, vous me l'avez volé.

Je suis assise en bout de table, à côté de Mathys.
Il ne me regarde pas. Il ne me parle pas.
Il se met bientôt à faire du bruit heurtant tasse, soucoupe, tapotant du manche de son couteau le plateau de métal, se grattant la gorge, raclant ses semelles sur le plancher. Je comprends qu'il veut casser la bulle où malgré nous, nous sommes tous deux réunis parmi les autres, ne pas se laisser prendre au piège du silence, il a l'air d'une mouche qui se débat dans la glu. Il lape son *cappuccino* et ne me dispense d'aucune de ses déglutitions. L'idée m'effleure qu'il faut parfois de la patience pour aimer autant que pour être aimé. Je m'applique à ne rien manifester, à ne pas troubler davantage ce début d'homme qui ne sait pas faire ses tartines, qui a honte de manger à côté de moi avec le beurre qui traverse la mie, la confiture qui coule sur le menton, les doigts qui collent. Je recule sur ma chaise, je me cale contre mon dossier. En douce, je le regarde.
Je ne me souvenais pas qu'il était si beau. Ni qu'il avait tant de vieillesse au corps. Il a des nœuds sous la peau,

des boursouflures, des géographies. Ses veines ont creusé des tranchées dont les bords s'affaissent, dessinant des bourrelets. Il a un profil de lumière tandis que l'autre est d'ombre, c'est sans doute à cause des yeux pers. Il trempe sa dernière tartine dans son café *latte*, il la lâche, il la laisse sombrer dans la mousse. Il met en scène un mininaufrage dans la circonférence de sa tasse et cela capte toute son attention. Puis il attrape son plateau et le pose résolument par terre. Il croque un sucre. J'entends distinctement l'émail qui s'abîme à le concasser.

Comment font les autres pour si bien rire ensemble et s'invectiver et plaisanter sans gêne aucune ni entraves alors que, pour la plupart, ils ne se connaissent que de l'instant même ? Déjà ils s'interpellent, se nomment par leurs prénoms, s'indiquent s'ils crèchent dans les étages ou plus loin dans les dépendances et les pavillons, se tortillent, pointent le doigt dans l'effort de se montrer précis, se sourient, écarquillent les yeux sur les magnificences alentour, goûtent la complicité d'être réunis dans une commune allégresse. Je me tends légèrement vers eux, votre veste que j'ai gardée me glisse des épaules tirant un peu la robe dont le premier bouton sous la gorge s'ouvre, je le referme machinalement, j'oublie toujours que la boutonnière est lâche, il me faudrait d'un coup d'aiguille la resserrer. Un garçon aux cheveux rouges me fait un clin d'œil depuis l'autre bout de la table. Il a une tête de Zébulon. Il a dû, étant petit, alors qu'il buvait un bol de chocolat, avoir du rire qui lui a éclaté à la figure écartant ses incisives et aspergeant ses pommettes de taches de son. Il est, de toute l'assemblée, le seul à m'avoir vue entrer.

Vous m'avez vue au premier regard posé dans la salle de bal. Vous m'avez aussitôt donné matière et dès lors n'avez plus jamais cessé de me modeler. « Regarder, c'est créer » aimez-vous à dire, vous qui ne comprenez le monde qu'à travers l'objectif de votre caméra. Car chacun voit,
dites-vous,
ce que son inspiration lui dicte de voir, ou son talent, ou sa conscience, peu importe comment cela se nomme,
dites-vous.
Celui qui prétend donner à voir avec objectivité est un menteur,
dites-vous,
et un lâche, un trouillard qui ne veut pas avouer qu'il a de la pensée et qui n'assume pas le jugement de ses yeux. Regarder, c'est créer,
dites-vous,
l'objectivité n'y peut trouver sa place. Vous qui m'avez dès la première seconde si goulûment regardée, que prétendiez-vous créer qui aujourd'hui ne ferait pas de vous un menteur, un lâche, un trouillard ?
ce sont vos mots.
Vous me les prononcez si près du tympan que ça me fait mal, toute la chair se hérisse, n'est-ce pas cruel de vous entendre si distinctement au milieu de toutes ces voix que je ne connais pas mais que je veux connaître ? Je sens sur ma taille vos bras qui me retiennent, y a-t-il un danger à aborder ces pensionnaires qui vont faire route avec moi et dont la joie éclate ?

Zébulon me fixe, il pique un fard, la rougeur lui monte aux oreilles. À sa gauche, jetée sur la chaise avec des

négligences d'étole oubliée dont les franges traînent sur le sol, une jeune femme avec une coiffure de gland, crâne rasé depuis la nuque jusqu'aux lobes, le reste des mèches posées au sommet façon houssoir en plumes de corbeau, une allure de reine des fourmis dont la tête ne bouge que par infimes saccades et jamais ne se baisse, fait vaguement mine d'écouter son voisin Gontran dont je n'aperçois que le dos. Il est étalé en travers de la table, tout son buste tendu vers elle dans l'effort de se faire entendre, parcouru de soubresauts et de tics qui ponctuent son discours. Sous sa paupière fardée de vert épinard, la reine des fourmis balade continûment son œil rond d'individu en individu et quand elle le pose sur moi, je ne me sens guère plus signifiante qu'une chiure de mouche.
Une porte claque, suivie d'un glapissement qui freine les conversations. Les visages se tournent. Nous voyons s'approcher Croëtte qui s'était absentée et qui revient en boitant ostensiblement. Elle pose sur la table sa chaussure de plastique rouge qui n'a plus de talon et qui ressemble à un hors-bord traînant son cul en mer. Croëtte est désappointée. Elle raconte qu'elle s'est cassé la figure dans l'escalier de la passerelle, qu'elle a glissé sur plusieurs marches et qu'elle s'est fait mal au derrière.

Une explosion de rires et d'applaudissements accueille cette déclaration. Mais Croëtte est en colère. Elle se tourne et nous montre, sous sa jupe, le collant troué. Nous observons sa culotte orange et comment la cellulite éraflée va bleuir. Zébulon plonge sous la table car il est pris d'un rire inextinguible qui lui tire des larmes mais ce rire est dramatiquement contagieux et toute la tablée se laisse contaminer par son galop sauvage. Croëtte nous tourne le dos, claudique jusqu'au bar, commande rageusement un café. Elle raconte une deuxième fois son histoire, cette fois en italien. Matoso part d'un bon rire qui depuis le bar relance le nôtre si bien qu'il finit par nous rejoindre pour le plaisir de se taper les cuisses avec nous. Croëtte, restée seule de l'autre côté, avec une indignation mi-feinte mi-réelle n'en finit plus de piauler « *Caffè ! Caffè ! Matoso ! Voglio un caffè !* ».

Au milieu de cette animation dont certains profitent pour se lever, s'étirer, bâiller, prendre congé, surgit une nouvelle fournée de pensionnaires. On les croirait tombés du nid. Ils ont froid. Ils sont enveloppés de châles et de vieux cardigans. Ils ne pénètrent pas encore dans la salle à manger d'où je les aperçois. Agglutinés au bar, ils restent silencieux, piétinent, ont presque l'air d'avoir subi un accident.

— Ça c'est du bizut ! siffle Mathys qui a suivi mon regard.

— C'est-à-dire ?

— Beaucoup autour de cette table ne sont pas des nouveaux pensionnaires. Ils attaquent leur deuxième année. C'est pour ça qu'ils ont ce comportement de propriétaires terriens. Ils sont au marché. Ils viennent évaluer la chair fraîche. Tu as fait une touche, tu seras achetée avant ce soir.

Du menton, il désigne Zébulon que je surprends encore en train de me dévisager. Je reviens au nouveau groupe d'arrivants. Ils ont les joues creuses et les yeux perdus

dans des lacs de sommeil qui donnent à l'expression une nuance nacrée. Ils sont recroquevillés sur eux-mêmes, ils gardent sous leurs vêtements des restes de nuit, des bouts de rêves dont ils préfèrent ne pas se défaire encore afin de venir au jour avec plus de douceur. Ils ont tous des souvenirs de grand-mères qui sentaient le citron ou le bégonia et qui les sortaient du sommeil avec des chansons d'antan, des roucoulements, des caresses. Dans leurs écharpes de laine, ils se font des cocons, ils ne veulent pas être blessés. Ils ont tous la tête de celui qu'on sacrifie quand le radeau commence à couler et qu'il faut en jeter un à l'eau ou bien le manger.
Moi je suis celle qui n'est même pas montée sur le radeau parce qu'elle a cru jusqu'au bout
la niaise
que son amoureux viendrait la chercher et lui ferait faire la traversée sur son voilier de platine.

Matoso aligne les plateaux sur le bar. Il coupe les tartines, il les dispose sur les assiettes avec les carrés de beurre et le pot de confiture, il sert le thé, il fait mousser le lait, il verse le café dans un cruchon afin d'en atténuer la vigueur et qu'il ne saute pas au cœur tel un animal fou. Il essuie ses mains et c'est toujours une surprise ces larges mains pour des gestes si doux. Des causses heurtés par les vents. Chaque doigt est un arbre dont les branches hésitent à se tendre car elles pourraient faire de l'ombre et attirer les orages. Elles se replient, elles se nouent au tronc et l'on devine aux jointures des nodosités gorgées de sève. Matoso se bouchonne la figure à pleine pogne.

Ça sent la glèbe et le labour, la campagne suintante, les champs gavés de ruisselets qui chouinent lorsque la lune est pleine et qu'on vient creuser les sillons.

Mon père avait de ces patoches. Chacune contenait un plein pays et les fleuves qui y coulaient, les mers, les goulottes menues étaient teintés de gouache et d'huile. Quand il s'ensiestait sur le bord de la Mordrière, je saisissais l'une ou l'autre, je préférais la gauche car le sillon de vie y était plus profond, et je passais des minutes délicieuses à la parcourir, j'y galopais du bout de mes doigts minuscules, je sautais les ravines et gambadais de colline en colline. Je n'ai jamais retrouvé ailleurs ce goût de l'aventure qui donne envie de chanter. Je dégringolais le mont de Vénus, je finissais roulée en boule dans la plaine de Mars à l'ombre du mont de Lune et je m'y endormais. Mon père aimait me raconter l'histoire de la princesse au petit pois précisant que dans ce conte, je n'étais pas la princesse mais le petit pois.
Celui qui roule au creux de la main
et s'y blottit.

Autour de la table on se serre, on pousse les fleurs de souci dont les tiges fléchissent dans leur vase, on se dispute les aiguilles de soleil qui lacèrent la nappe, on intercale les chaises qui engendrent un maintien rigide et les fauteuils qui mettent le nez à hauteur de table et donnent au corps de la mélancolie. Les plateaux posés bord à bord figurent un train dont chaque wagon est surmonté d'un nuage de buée. La certitude d'être bientôt réchauffé donne de la confiance aux regards et chaque fois qu'un châle se dénoue, c'est un peu de nuit qui s'éloigne. La salle à manger s'emplit d'un nouveau murmure. Les instruments se cherchent et s'accordent. On croirait le début d'un concert, l'orchestre de chambre affûte son *la*, le lance, le reprend, l'échange. Il y a des pauses ponctuées de faïence heurtée.

Mathys a laissé sa place à Gwendoline. Il a d'abord fait mine de rester debout puis il s'est laissé glisser sur le bras du fauteuil qu'il venait de céder. Il ne sait toujours pas qu'en douce, je l'épie. Je vois que la proximité de Gwendoline le bouleverse tant que son cœur hoquette. Et puis ses propres mains le gênent. Elles tremblent, elles ont des sursauts, elles veulent lui échapper, bondir, jouer au cricket, à la sauterelle, à la puce. Il tire sur ses manches et s'applique à les tenir emprisonnées. Elles lui donnent de l'inquiétude. Si elles lui échappaient ?

Croëtte, à l'autre bout de la table, répète à l'envi sa mésaventure. Au fur et à mesure elle ajoute des détails. Elle garde sa jupe relevée afin que chacun en juge et suive la descente inexorable des mailles du collant à l'intérieur des cuisses. Elle dit qu'elle se sent défigurée avec cette ecchymose qui lui mange la moitié du derrière et qui l'oblige à s'asseoir de traviole. Elle est posée en quinconce sur sa chaise, avec la hanche relevée, elle a la forme d'une poire dont la croissance fut contrariée et qui ne parvient à mûrir que d'un seul côté cependant que l'autre se ratatine. Elle boit son café par petits coups, elle le tète, elle le picore. Quand elle tend les lèvres, ça fait un bec. Soudain, elle interpelle

Mathys. Elle lui dit qu'il a tort de traîner ainsi et qu'il ne sert à rien de se lever tôt à Rome si c'est pour se contenter de regarder voler les mouches et les oiseaux. L'invective surprend tant elle est gonflée d'un reproche qui n'est pas clairement formulé. Mathys ne bronche pas. Gwendoline s'étonne, sa voix flûte,

elle trouve que c'est très bien les mouches et les oiseaux. Elle a le ciel du monde dans les yeux, des cigognes y passent, des cygnes rouges du Groenland, des grues d'Afrique, des paons du Vietnam. Et puis des colombes, des libellules, des éphémères et des pétales de lune. Pour compenser l'agressivité de Croëtte et signifier à Mathys que celle-ci se trompe si elle croit que rêver n'est que temps perdu, Gwendoline appuie légèrement sa tête contre lui. Cette chatterie le saisit. Il se raidit. Elle est à son flanc telle l'ancre à l'écubier, de quoi se prendre une décharge dans l'estomac. Il baisse les yeux. Plutôt qu'être secouru par Gwendoline, il aurait sans doute préféré balancer à Croëtte quelque repartie brillante et afficher une éclatante indifférence, quelque chose à la Gatsby le Magnifique. Il est loin du compte. Il respire fort. Je devine qu'à travers ses cils, il cherche fiévreusement à la ronde quelque détail auquel se raccrocher pour se distraire de lui-même, ne pas rougir, ne pas piailler quelque idiotie avec une voix de tête qui trahirait sa juvénilité et lui ôterait tout mystère, ne pas avoir s'il se peut le ventre qui gargouille. Brusquement quelque chose se fige en lui. Je le croyais sur la défensive. Avec son œil jaune, il a maintenant le profil d'un rapace. La proie est juste en face de lui, à l'autre bout de la table. Croëtte. Elle vient d'avoir l'imprudence de l'attaquer, je pressens que la riposte se prépare. L'œil jaune de Mathys est rivé à la jupe de Croëtte. Retroussée comme elle l'est, elle devrait bientôt, en toute logique, céder sous la pression du postérieur et se déchirer, écorce de melon forcée par la pulpe. C'est sans doute ce que Mathys vient de comprendre. Il est obsédé par cette perspective. Il ne peut se défendre de cette image qui, quoique mesquine, étendrait sur son amour-propre, si elle se réalisait, un baume bienfaisant. Je le vois qui, tapi à l'intérieur de ses prunelles, ajuste son angle de vue, relève discrètement le store de ses paupières, s'installe dans l'ombre de lui-même, adolescent qui mate la voisine. Nul ne fait plus attention à lui, sauf moi. Il peut sans retenue épier Croëtte, la regarder par le trou de la serrure, appeler de tous ses vœux l'incident qui la mettrait cul nu aux yeux de tous. Et en attendant que celui-ci survienne, il peut sans se gêner le provoquer en son imagination, en être le spectateur privilégié. Il devient l'enfant peint par Balthus dans *La chambre*, huile sur toile, collection particulière. Celui qui surprend la jeune fille repue d'elle-même, pâmée sur sa dormeuse, moite encore de sieste solitaire. Celui qui ouvre sur elle le rideau qui la protégeait du monde – et sans doute aussi l'en délivrait – faisant tomber sur les cuisses écartées un doigt de lumière aussi cru, aussi rigoureux que le geste de Dieu.

L'œil de Mathys ne cille pas. Il a les mâchoires crispées et aux lèvres lui vient le rictus dépourvu d'innocence que Balthus prête à l'enfant. Sans en rien montrer, il déshabille Croëtte qui, là-bas, ne se doute de rien et ne songe qu'à siroter son café. Il se représente le taffetas qui cède sous l'ongle du pouce, la chair qui surgit lactescente, gondolée, avec par endroits des rugosités, des nappes tavelées de points rouges, des jonchées qui flageolent, soupirent, s'épandent puisque le carcan est rompu. C'est à la surface du bol la peau du lait qui n'a pas été bu à temps, c'est un flan mal cuit, un clafoutis sans les fruits.

— Tu dors ?
Mathys sursaute. C'est Gwendoline qui vient de le rejoindre derrière ses paupières, il se sent pris en faute. Pour gagner du temps, il consent à sourire. Il adorerait rester clos sur ses divagations intimes mais comment ignorer l'intrusion de Gwendoline, son haleine de petit matin qui fond dans l'oreille avec un goût de dragée.
— Tu dors ? dit-elle encore.
Elle s'est rapprochée de lui. Son odeur d'amande croquée vient jusqu'à moi. Mathys veut s'ébrouer, répondre, secouer la tête, disperser les parfums, relever les paupières et par là même effacer la scène inavouable qu'à leur abri il y guettait. Mais je sens qu'il hésite. Son œil jaune a du mal à décrocher. Et si d'aventure Gwendoline acceptait d'être complice ? De se coller contre lui dans l'ombre des cils et de reluquer avec lui la nudité dérobée à Croëtte ?
Cela ne cadre pas. Je crois que Gwendoline est incapable de duplicité. Elle va de par le monde toute tendresse dehors mais ne serait-ce pas une erreur qu'être dupe de cette compassion qui sort d'elle ainsi qu'une sueur forte ? Elle est la femme d'un seul homme, un Italien qui porte moustaches, bras velus, buste épais et costumes

élégants. C'est sans doute ce don absolu d'elle-même à cet homme qui lui permet de demeurer tel un golfe ouvert aux marées et au commerce des paquebots, aux mouettes et aux goélands, aux matelots retrouvant la terre, aux amantes cherchant la mer, au minéral, au végétal, à l'animal, le tout avec une égale constance, une limpidité d'eau de source, un appétit toujours neuf d'accueillir et de donner.

Mathys soupire. Comment ne percevrait-il pas chez Gwendoline cette constance maternelle ? Comment celle-ci ne l'irriterait-elle pas ? Elle lui fait regretter d'être un enfant alors même que c'est en homme qu'il veut être traité. Ainsi face à ces deux bras qui semblent toujours offerts, prêts à choyer, à bercer ou à consoler, il passe sans trêve de la timidité à l'attirance puis de l'attirance à la peur de déplaire et au renoncement.

— Tu ne dors pas ! Tu as les poings serrés et les paupières qui tremblent !

Gwendoline pouffe derrière ses doigts abîmés par la restauration de la fresque aux oiseaux qui occupe tout son temps. Mathys rit un peu avec elle. La lumière ricoche sur la nappe et attaque son profil d'un éclat si dur
qu'il recule,
brûlé.

Je pourrais presque croire qu'il revient parmi nous mais je surprends son œil jaune et celui-ci n'a pas quitté le trou de la serrure. Croëtte est toujours dans sa ligne de mire. Elle se gratte la fesse. Elle a un regard de merlan frit.

— Elle détruirait tous les rêves, murmure soudain Mathys, tous les poèmes.

— Qui donc ? interroge Gwendoline.
— À moins, dis-je, qu'elle ne les inspire au contraire.
— Il y en a au moins une qui suit, dit-il.
Il se redresse, bondit sur ses pieds, se désengourdit, se donne deux claques sonores. Quelques regards se lèvent vers lui.
— On ne s'occupe pas assez de toi ? lance Croëtte.
Elle le cherche, c'est clair. Il n'attrape pas la perche, fait mine de n'avoir rien entendu, chasse sur le bas de son pull quelques miettes imaginaires, se rassoit. Il a un drôle de sourire. Ça n'affleure pas à ses lèvres, ça reste suspendu dans le dédale de ses traits. La Joconde fait ça très bien. Mais la douceur ici fait place au vice. Je comprends que mine de rien, il reprend son poste de guetteur.
Un ange passe.

Mon père m'avait expliqué qu'on ne sait pas si l'ange passe parce que le silence se fait ou si le silence se fait parce que l'ange passe mais qu'en tout cas il file à toute vitesse car il a les fesses à l'air et il craint qu'on les lui pince. Je levais promptement le nez, cherchant à surprendre l'ange fonçant à ras de plafond mais je n'eus jamais la joie de le surprendre. La conversation reprenait autour du souper. J'adorais celui du dimanche soir, quand nous mangions du potage à l'oseille que j'avais été cueillir au jardin avec Garance. Ma sœur en détestait le goût, elle disait que ça lui râpait le palais. Ça m'était bien égal, mon père se servait une deuxième assiette alors que j'avais à peine entamé la mienne. Dans l'après-midi il m'avait appris à faire siffler un brin d'herbe coincé à la base des deux pouces, ou à mesurer le reflet du bouton-d'or sous le menton pour débusquer ceux qui aiment trop le beurre et s'en gavent en cachette, ou à dépecer la fleur de trèfle pour sucer l'onglet des pétales qui a un goût sucré.

Souvent, ces soirs-là, au moment du dessert, mon père engageait avec ma mère une conversation qui me prenait au cœur et me berçait. Ce furent les seuls moments où je vis le visage de ma sœur exprimer fugacement quelque chose de semblable à ce que je ressentais. Nous engloutissions sans y penser la pomme au four ou le flan au caramel préparés par Garance. Ce qui toutes deux nous rendaient muettes, c'était la voix de notre mère qui d'ordinaire si peu parlait, c'était ce duo où mon père était musicien et elle ukulélé dont il connaissait la mélodie secrète et faisait la promesse en l'écoutant ainsi qu'il ne s'en lasserait jamais. Au-delà de ça, je n'y comprenais rien. Et pour cause ! Il lui parlait peinture, elle lui répondait formules magiques. Était-elle fée, était-elle sorcière ?

« Une molécule de méthane et deux molécules de dioxygène, pouvait-elle dire, réagissent ensemble pour donner deux molécules d'eau et une molécule de dioxyde de carbone… »

C'était comme le début d'un conte. D'habitude, c'était mon père qui me racontait des histoires.

Ces soirs-là, je restais concentrée dans l'effort d'éviter, parmi ces mots qui fusaient, ceux qui m'effrayaient, qui sifflaient à mes oreilles me donnant la sensation d'être prise dans un nuage de sauterelles dont les ailes me blessaient. Avec mon épuisette invisible, je faisais le tri.

J'attrapais Dioxygène, un éphèbe au profil grec. Dans ma tête, il dansait un pas de deux avec une molécule blonde et lui faisait dans le creux de l'oreille des compliments dont elle rougissait.

Gontran émet un raclement de gorge interminable déclenchant une myriade de rires. La table paraît tout entière chatouillée. Gontran est content de son effet, il sourit à son tour. C'est peut-être l'instant où il se résout à affronter le vacarme diurne, à regarder en face cette chaude lumière qui urine sur Rome et fait fumer les pelouses. Il se frotte les yeux derrière ses lunettes d'écaille. Il étend ses jambes et fait apparaître, de l'autre côté de la table, d'énormes chaussures marron et, tendues sur les mollets, des chaussettes aux rayures multicolores tricotées à la main. À leur vue, Croëtte pousse un de ses habituels cris de coyote, s'exclame qu'elle ne saurait y résister, qu'il lui faut sans attendre tâter de ce chef-d'œuvre en voie de disparition qu'est le traditionnel bas de laine ici exhibé par Gontran !
Mathys change de position, tout son corps gagne en tension. La chasse a été longue, le fauve au premier signe s'abattra sur sa proie. Sans cesser de clabauder et sans aucunement soupçonner la présence du prédateur tapi juste en face d'elle, Croëtte, les deux bras en avant, se précipite vers les chaussettes de laine, objets de son désir. Clopin-clopant, n'ayant toujours aux pieds qu'une unique sandale, elle enjambe les uns, chevauche les autres. Chacun se récrie ou s'esclaffe. Mais soudain, voilà qu'elle trébuche. Elle veut se rattraper, mouline des bras, heurte du coude le visage d'une pensionnaire

que j'avais remarquée pour sa transparence et qui, depuis son arrivée, promène autour d'elle un regard de biche rabattue par la meute. Elle a maintenant la truffe qui saigne. Voyant devant elle la nappe se maculer, elle se met à sangloter à gros bouillon mais personne ne la remarque. Croëtte nonobstant continue sa chute, entraîne avec elle ladite nappe et avec ladite nappe le wagonnage des plateaux, la faïence, l'argenterie, les verres, le vase posé au centre et ses trois soucis aux tiges ondoyantes, le tout dans un tintamarre assourdissant. On crie, on s'écarte pour éviter les éclaboussures ou on plonge au contraire avec l'idée dérisoire de limiter la casse. Croëtte finit par s'aplatir de tout son poids sur les genoux de la reine des fourmis qui, avec sa tête de gland, en reste estomaquée.
C'est là que Mathys, toujours à l'affût même s'il a dans le tohu-bohu légèrement rectifié sa position, connaît sa vengeance. Dans le très bref silence de la sidération, un craquement sinistre se fait entendre. La jupe cède ! Le taffetas jaune se fend d'une déchirure magnifique, gousse qui éclate et livre aux regards une cucurbitacée superbe, un giraumon à peau verruqueuse, couleur crème, strié de jaune et de vert, un postérieur d'une rare qualité souligné de cette culotte orange aperçue tantôt, laquelle accentue les zébrures. Nous pouvons tous constater que l'ecchymose a continué de mûrir dans la graisse. N'est-ce pas ainsi que le fruit se gâte, pourrissant d'abord par où il est tombé ? Le collant lui aussi a continué de s'effiler et les cuisses semblent deux saucissons emprisonnés dans un filet à charcuterie. Mathys pousse un long cri de victoire et les autres

s'engouffrent après lui pour exploser de rire à n'en plus finir.
La tête de gland ne sort pas de sa catalepsie et ne se laisse guère émouvoir. Certes, elle ne sait que faire de ce cul qui lui échoit, qui écrase ses cuisses, l'encombre, gesticule, qui juste sous son nez se trémousse et qu'elle s'interdit d'aspecter. Mais elle est la seule à n'en point rire. Elle garde ses coudes levés et semble passablement étonnée qu'autour de la table, nul ne songe à la tirer d'embarras. Croëtte aplatie sur elle lui fait le même effet qu'une crotte de pigeon. C'est sale, légèrement répugnant, mais on ne va pas en faire un fromage, vous serez gentil de porter mon tailleur au pressing !

Nous autres, pour échapper à la catastrophe et comme si notre vie en dépendait, nous avons tous bondi hors d'atteinte et ne songeons les uns les autres qu'à rire aux larmes. Si l'un reprend son souffle, son voisin aussitôt l'entraîne dans une nouvelle saccade. Ainsi déferlent des vagues hoquetantes qui les unes les autres se nourrissent, se répondent, claquent, s'élèvent en tornades, feignent de s'apaiser et aussitôt renaissent de l'écume, se giflent et se brisent.
Croëtte conclut sa prestation sans décevoir son public. Elle parachève sa chute en roulant sous la table, elle emporte avec elle la portion de nappe qui n'avait pas encore glissé, elle disparaît par une trappe invisible et provoque un dernier fracas.
Le rideau tombe.
Nous applaudissons.
Ensuite, c'est la sortie du spectacle, on bouge les chaises,

on s'étire, on se mouche, on commente, on s'approche des coulisses, on s'inquiète de l'artiste.
— J'ai perdu une lentille ! dit Croëtte depuis le dessous de la table.
On se penche. Elle n'a plus l'air de rien sinon d'un paquet de linge, ou d'une soubrette surprise par sa patronne sous la courtepointe de l'aîné de la famille ou d'une poupée oubliée sous le lit par l'enfant qui a grandi. Gwendoline et Gontran s'affairent autour d'elle, lui arrangent un pagne avec une petite nappe chipée sur un guéridon. La gigue à tête de gland sans bouger le petit doigt leur donne de sa voix rauque des conseils auxquels ils ne prêtent nulle attention tout occupés qu'ils sont à relever Croëtte, l'installer sur un siège, tenter de lui refaire une tête. Ils s'aperçoivent vite qu'ils n'en ont pas le talent et qu'elle doit en avoir beaucoup elle, du talent, pour si bien réussir chaque matin à se créer. Zébulon s'applique à échafauder sur un plateau des bris de faïence disparates. Je lui file un coup de main. C'est fou toutes ces éclaboussures de rire qu'il a sur la figure et ses deux dents de devant sont vraiment très écartées. Il me demande si c'est comme ça tous les jours, je réponds que non, que ça dépend, que je n'en sais rien.
— J'adore ta voix, dit-il, et très vite il s'éloigne avec son plateau où tout bringuebale.
Matoso a sorti serpillières, balais, lavettes et éponges, la biche effarouchée a appliqué sous sa truffe un paquet de serviettes blanches, on lui tâte les fosses nasales, on la rassure, il n'y a rien de cassé, elle cligne de ses grands yeux noirs que les sanglots ont rougis, elle a des restes de sel dans les cils. L'appendice commence à bleuir.

— Croëtte, tu es un clown ! lance Gontran.

L'interpellée pose sur lui son regard de myope.

— C'est toi le clown avec tes chaussettes ! réplique-t-elle.

— Ah ! je sens que ça va être ma faute !

— C'est ta faute ! Qui le conteste ?

— Mais personne, absolument personne !

Gontran dénoue prestement son lacet, enlève sa chaussure puis sa chaussette multicolore. Il la présente à l'assemblée et la déclare officiellement coupable. C'est elle en effet qui est à l'origine de l'incident. On rit encore. Croëtte hausse les épaules. Mais Gontran insiste, s'incline devant sa victime, demande pardon pour sa chaussette et pardon pour celui qui ose la porter c'est-à-dire lui-même, Gontran de la Roche Sainte-Luze. Quelqu'un remarque alors qu'ils ont tous deux un pied nu.

— Marions-nous ! conclut Gontran. Nous rentrerons au pays, Croëtte portera une coiffe bigoudène nouée sous le menton, elle me tricotera des chaussettes en guettant à l'horizon le retour de mon bateau !

Nous applaudissons à nouveau.

Gontran quitte la scène. Je surprends la reine des fourmis

qui s'éclipse vers les jardins. Elle est si plate qu'elle parvient à se glisser par l'entrebâillement de la porte sans même la faire trembler.

Longtemps, l'espace des pensionnaires continue de vibrer suite à l'incident survenu au cours du petit déjeuner. J'entends sous les hauts plafonds crépiter les applaudissements de tantôt. On croirait un papier de cellophane roulé en boule qui n'en finit plus de se défroisser et émet des craquements furtifs.

Matoso, avec son imposante carcasse de nounours, se faufile au milieu de nous, il éponge encore, ramasse, empile, trie,

il accepte mal qu'on ne le laisse pas seul à la tâche, il gronde, rechigne, veut presque se fâcher. Sous un radiateur, il retrouve la lentille de Croëtte. Il la lui présente sur une soucoupe. Enfin il sort d'un placard une nappe immaculée. Avec un geste expert, il la déplie dans les airs et nous la regardons descendre lentement vers la table où elle se pose avec l'élégance d'un cygne revenant au nid pour protéger sa couvée.

Le soleil a tourné. Il n'atteint plus les fenêtres qu'en oblique. Il fauche les nuques, les épaules, il taille les corps en biseau.

C'est à ce moment-là,
alors que Croëtte se lève du fauteuil où elle a échoué et dénoue la nappe qui lui servait de pagne et la tend à la biche qui, peu rancunière, la tient levée pour faire paravent comme font entre elles les filles sur les plages pour se vêtir et se dévêtir sans dévoiler leur nudité – mais ignorent-elles que de la sorte elles ne font qu'aiguiser la convoitise ? – alors que Croëtte tente de s'arranger avec les vêtements qu'une bonne âme a bien voulu lui rapporter, alors que cela nous attire l'œil bien qu'on s'en défende, et tous hypocritement nous faisons semblant de regarder ailleurs… C'est à ce moment-là,
alors que le soleil nous tranche en lamelles, alors que Mathys et moi sommes séparés l'un de l'autre, chacun isolé, chacun sur sa rive, sur son île, sur son caillou, chacun peureux, désemparé, sans vivres, sans repos, sans habits, sans pirogue ou chaloupe…
C'est à ce moment-là,
alors que la bibliothèque vient d'ouvrir ses portes dans la galerie voisine et Pélope se tient sur le seuil, vigie gardant son fief, abeille-soldate prête à en découdre avec l'envahisseur, dressée sur ses ergots et l'on imagine que la reine en sa chambre secrète copule ou pond ou se gave de gelée royale… C'est à ce moment-là,
alors que le parquet se couvre de cendres parce que le volcan a éructé et que l'apaisement retrouvé fait neiger du silence qui s'amalgame aux copeaux de soleil… C'est à ce moment-là,
exactement à ce moment-là,
que Mathys pour la première fois me regarde.

Savez-vous ce qu'est la beauté d'un visage qui se couche sur vous et cependant ne vous attouche pas ? Un être qui vous donne ce qu'il fut, ce qu'il est, ce qu'un jour il sera, le tout en une seule fois ? Et dès le bord de l'iris, ce sont des gouffres. Et la noirceur y est si dense qu'elle attire plus encore que le vide. Je devine des espaces hurlants, des cris étouffés qui un jour forceront la gorge quitte à la trancher, un désert de mica qui brûle tout voyageur prétendant le traverser. Juste entre les lèvres, le souffle est arrêté, l'être entier suspendu en lui-même, accroché à la marge de la pupille qui me transperce. Si je m'approche et me penche, il risque de lâcher prise et de tomber au fond de lui. Je demeure immobile. J'entends pourtant frapper des coups en moi, je me coupe en deux entre les seins, je m'ouvre depuis la glotte jusqu'au pubis mais je garde mon regard de marbre, je voudrais que Mathys ne se doute de rien, qu'il ne comprenne pas que quelque chose a lieu qui me transforme en louve, qu'il demeure ignorant de cette brèche qu'il inflige à mon corps, que surtout ne lui vienne pas la tentation de s'y précipiter, jeune chien qui aveuglé par la faim gâche sa pitance. En moi bougent des plaques tectoniques mais je tiens bon, Mathys ne soupçonne rien, je vois enfin qu'en lui les ténèbres se retirent laissant affleurer de la conscience, de la lucidité, du bruit. Il tire une chaise à lui et s'assoit. Au lieu de détourner les yeux, il me les enfonce, il les rentre dans les miens. Il sourit. Il a de jolies dents, très blanches. Je vois sa langue qui brille. Il dit qu'il veut m'offrir une glace tout à l'heure, que je dois l'attendre vers dix-huit heures à l'entrée de

la Villa, près du portail. Je dis oui. C'est-à-dire que je ne dis rien et Mathys en est content. Subitement, il se détourne, il semble avoir chipé un objet. Il craint d'être repéré et qu'on le lui reprenne. Il ne regarde personne, il traverse la salle à manger, il fuit. Je m'efforce de ne pas remarquer ses épaules qui ne sont pas si étroites, sa taille élancée, ce geste qu'il a pour remettre ses cheveux légèrement en arrière, cette mèche qui retombe, ce front buté comme s'il fallait toujours se méfier des coups.
Craint-il que je lui coure après et me dédise ?
Je le vois qui s'engouffre dans l'escalier. Je suis certaine qu'il éprouve une allégresse inaccoutumée, qu'il a le ventre en grenade et que les graines oléagineuses sont en train de se répandre dans tous ses membres. Il s'en faudrait de peu qu'il fasse des cabrioles. Il doit se dire qu'il est un homme puisque je suis une femme. Il m'a sentie fléchir, il s'autorise des fantasmes que jusque-là il n'avait pas osés. Peut-être qu'il imagine le poids de ma main, s'aperçoit qu'il n'a pas noté la couleur de mes yeux, fait des plans pour m'embrasser, me pousser sous une porte cochère comme dans un film de la Nouvelle Vague,
m'attendrir les chairs sur une pelouse du Pincio – pourquoi pas ? ils le font tous –, me coincer entre un séquoia centenaire et une touffe de scolopendre, profiter du crépuscule, de cette affreuse patine que celui-ci colle aux visages avant de leur tourner le dos.
Ou bien il compte sur moi pour l'initier ?
Cette blague !

Je n'aime que vous suivre, vous rejoindre, vous attendre avant de me déployer, me plier à vous, ne vous précéder si possible que dans l'instant où cèdent les digues. Vous êtes le bœuf et je suis la charrue, la herse et je suis le sillon, le sabot et je suis la terre que les nappes phréatiques offrent à la semence. Que vous ai-je enseigné sinon oublier le jour pendant plusieurs jours et n'y revenir que parce que le sexe est si meurtri qu'il faut le ménager ? D'ailleurs, vous l'ai-je appris ? Ne l'aviez-vous pas en vous et je n'ai fait que vous montrer le chemin ?

Qu'apprendrai-je à Mathys, qu'apprendrai-je de lui ? À l'instant, il était là, flanqué sur ce siège ainsi qu'une gerbe fraîchement fauchée. Y mettrai-je mes bras ? Accepterai-je son poids à mon épaule et sur ma nuque son souffle qui s'égare ? J'ai rendez-vous avec Mathys. Cela donne un but à ma journée, voyez où j'en suis ! Une part de moi s'accroche à ce rendez-vous comme je me suis accrochée à lui l'autre jour pour m'extraire de mon pavillon où j'étais restée enfermée durant plusieurs jours.

Pélope, depuis le seuil de la bibliothèque, furète de l'œil parmi les pensionnaires restants. Ils ont des allures de hérissons attirés par la lumière mais gîtant à l'ombre. Ils se mesurent, se reniflent, font de muettes évaluations. Les nouveaux sont un peu désœuvrés ne connaissant pas les habitudes, ne sachant trop ce que l'on attend d'eux,
n'ayant pas de véritable plan d'attaque concernant leurs divers projets. Les anciens, mieux organisés, contents

d'avoir pu tâter de la nouvelle fournée de pensionnaires mais pour la plupart peu enclins à servir de guides, sont partis vaquer à leurs occupations. La deuxième année de leur séjour est un implacable compte à rebours, ils n'ont pas de temps à perdre. On a vu Gontran s'engouffrer dans la bibliothèque en relevant ses manches, il a le poil roux mais si épais, si dru qu'on ne voit presque plus la peau. Croëtte a disparu sans crier gare. Reste sa chaussure privée de talon et sa jupe, pelure de coing que Matoso n'ose confondre avec les autres détritus et qu'il contourne de son balai avant de retourner à son poste, derrière le bar. Gwendoline a pris en charge la biche au museau meurtri et annoncé qu'elle l'accompagnait à l'infirmerie,

c'est-à-dire à la boîte à médicaments si j'ai bien compris. Puis je l'ai vue traverser les pelouses en courant vers le pavillon Ferdinand. Là-bas,

c'est toute une volière qui sous ses doigts renaît. Celle dont au seizième siècle ledit Ferdinand passa commande à Jacopo Zucchi comme en attestent les archives retrouvées par Pélope. Chaque jour, Gwendoline rend à leur liberté première des volatiles que deux ou trois siècles auparavant une main grossière avait choisi d'étouffer sous le plâtre. Quel dommage de ne pouvoir sauver de même manière les macreuses, hérons cendrés, mouettes rieuses et autres laridés des bords de mer que piègent de criminelles marées noires !

Un pensionnaire s'est installé au billard près du bar. Il joue seul. Il me regarde qui hésite. J'ai rendez-vous avec Mathys mais d'ici là je ne sais trop que faire de moi, même si la bibliothèque me tend les bras, même si Pélope plus ou moins m'attend puisque c'est ce qui était convenu. Il me serre la main, me dit qu'il s'appelle Basil, me demande si je connais les règles pour jouer au billard. Je ne les connais pas, je ne connais aucune règle, je le regrette, ce sentiment est constant chez moi mais il est clair qu'ici les circonstances le démultiplient. Plus que jamais, plus que n'importe où ailleurs, j'ai la sensation d'avoir été propulsée sur le marché de la société humaine sans qu'on m'ait donné l'occasion de consulter le mode d'emploi. Basil me fait remarquer qu'en tout cas, il n'y a qu'une queue disponible et que nous n'aurions pas pu disputer une partie. Il m'explique qu'il doit s'entraîner au coup dur et à la bricole qui sont ses points faibles. Je lui demande :

— Dans la vie ou juste au billard ?

Il rit. Il a les dents jaunes et une canine en haut qui chevauche une incisive. On a envie de l'arracher. Il me parle de lui. Je comprends qu'il est sculpteur, il dit « performeur ». Son sujet, c'est l'eau. Les fontaines le passionnent, d'où son séjour à Rome qui n'en possède pas moins de deux mille. Il dit que c'est écœurant une ville aussi arrosée, que les statues monumentales de Michel-Ange ou du Bernin sont accablantes parce qu'elles hissent l'artiste au rang de Dieu en tant que créateur d'individus et qui plus est, d'individus touchant à l'immortalité au regard des siècles traversés et de ceux qui encore le seront. Pendant qu'il parle, je m'ennuie. Je sens qu'à l'écouter, je me suis fourrée dans un guêpier. Je réfléchis au moyen de m'en extirper sans le blesser.

Il raconte qu'il a vécu une aventure épatante en entrant dans le ventre d'une de ces statues, il baisse la voix avec des airs de conspirateur, ce type d'excursion n'est guère autorisé, il a obtenu une sorte de passe-droit. Certaines de ces gigantesques sculptures sont en leur socle pourvues de trappes par où on accède à l'intérieur.

— C'est une sensation incomparable de s'introduire dans les entrailles de ces idoles devant lesquelles depuis si longtemps le monde entier s'incline.

Basil a une tête de lutin. Quand il rit, tout se retrousse et on ne distingue plus rien du détail de ses traits. Ne reste que sa canine qu'on voudrait bien arracher.

— Mince, j'ai fait fausse queue ! maugrée-t-il en plaçant son index à la verticale sous le bout de son nez.

J'en profite pour me rapprocher de Matoso qui, derrière le bar, finit d'essuyer la vaisselle. Son regard erre sur le parc dont l'obélisque s'encadre dans la fenêtre en face de lui.

— À quoi rêvez-vous, Matoso ?

Il rêve au souper que le directeur ne manquera pas d'organiser prochainement pour accueillir les nouveaux arrivants, me dit-il, à la *pasta* qui n'est pas simple à préparer pour d'aussi grandes tablées, à la qualité du parmesan, des huiles et des vins.

— *Il caro Direttore è un fine intenditore !* dit-il.

— Monsieur le directeur est un pachyderme, me disait Mathys il y a quelques jours.

— Un pachyderme ?

— C'est en tout cas le surnom que lui donnent les pensionnaires. *Pachy*, pour les intimes.

Moi, je me souviens d'une masse très pâle qui trônait, c'est le terme, au milieu du jury quand j'ai passé le grand oral du concours. De longs cheveux blancs, un profil de rapace, des yeux presque transparents à force d'être clairs et qui imposaient le respect. Il avait la présence d'un chef aztèque recevant en son palais des citoyens venus présenter leurs doléances. Bizarrement émanait de lui une grande bonté. J'avais eu la sensation d'être minuscule dans l'amphithéâtre de l'École des Beaux-Arts, et la délicatesse dont il avait fait preuve à mon égard, sa manière de se plier presque jusqu'au sol pour m'entendre lorsqu'il m'avait demandé si je consentirais à lui lire au débotté le premier paragraphe de mon roman, m'avait transformée en Mowgli quand il rencontre Baloo et que celui-ci, très intrigué, l'ausculte de près tâchant de déterminer à quelle espèce ce petit d'homme peut bien appartenir.
J'allais donc être invitée dans les appartements de Monsieur le directeur ? Matoso m'affirme que tous les nouveaux pensionnaires le sont. Pas tous en même temps. Des tablées sont organisées. Souvent il convie également des artistes connus ou des intellectuels. Ça permet, prétend Matoso, de les rencontrer et de créer des liens.

Ils étaient toute une bande, ils arrivaient à plusieurs voitures à La Mordrière et pour s'annoncer traversaient tout le village dans un concert de klaxons. Ils freinaient bruyamment devant chez nous, les portes claquaient, mon père surgissait de son atelier essuyant grossièrement ses mains à un torchon. C'étaient des cris, des exclamations, des rires. Mon père poussait tout ce beau monde à l'intérieur appelant Garance à la rescousse pour qu'elle prépare un gros pot de café, sorte les alcools et voie ce qu'on pouvait offrir à manger sur le pouce. « Laisse donc, disaient les visiteurs, on ne fait que passer, on ne veut pas te déranger. »

Cependant ils engloutissaient la nourriture et cela durait des heures. Ma mère avait à peine dit bonjour avant de se réfugier à l'étage avec ma sœur. Moi, je grimpais sur un haut fauteuil relégué aux abords de la cheminée car il était défoncé, de la paille en sortait qui piquait le derrière, j'étais tout ouïe, je n'en perdais pas une miette. Il se dégageait de ce groupe une joie, une vitalité, dont je saisissais mal le secret mais dont je voyais bien qu'elle colorait les pommettes de mon père qui soudain était pris d'une fébrilité qu'en dehors de ces occasions, je ne lui voyais jamais.

Tandis qu'ils se gavaient tous de munster, de barkas, de cancoillotte, de saucisson à l'ail des ours, de restes de tourtes ou de quiches au lard hâtivement cuites au four par Garance qui y ajoutait son incomparable salade aux fleurs de pissenlits, tandis qu'ils goûtaient avec moult jappements d'appréciation les vins gris des côtes de Toul, les rieslings « qui collent un peu au palais », disaient-ils, et les pinots noirs dont la consommation – avais-je noté – était suivie de grognements de montagne qui s'éboule, sans compter la mirabelle au long cou, cigogne de Lorraine qui provoquait presque le recueillement, je me repaissais de leur présence dont la chaleur me contaminait. Parfois l'un d'eux m'attrapait et demandait si j'aimais toujours à me fourrer dans les jambes de mon père tandis qu'il peignait. Mon père aussitôt proclamait que c'était surtout lui qui adorait ça et qu'il fallait me laisser tranquille. Brutalement, quelqu'un frappait dans ses mains, il fallait rentrer à Paris, la nuit allait tomber. Tout ce beau monde disparaissait en un tournemain, ça s'embrassait à la hâte autant qu'à profusion, ça claquait les portières, ça pétaradait et klaxonnait de nouveau jusqu'au bout du village. Après leur départ, la maison était saturée d'une euphorie qui émettait en retombant une sorte de cliquetis semblable à celui des gouttières après l'orage en été.

— Viens ma graine, disait mon père, on va aller un peu se dégriser.

Je le trouvais plus rouge que gris mais tout ce qui importait, c'était d'aller avec lui patauger dans la boue sur les rives de la Mordrière.

Vers la fin de la matinée, je me résous enfin à rejoindre Pélope à la bibliothèque.

— Chut ! souffle-t-elle sitôt que je franchis le seuil.

Elle accourt en sautillant sur la pointe des pieds et derrière moi freine le lourd battant afin d'empêcher qu'il claque. Il règne ici une atmosphère d'église, mais d'église menue. De chapelle telle qu'on en trouve en montagne au détour de sentiers abrupts ou aux abords des précipices, de sorte qu'on n'ose imaginer ce qu'il fallut de force et de foi pour réussir à les bâtir en pareils endroits. Ce ne sont pas des lieux de culte mais de retraite, havres de paix offerts au voyageur exténué et celui-ci ressent dès la porte passée qu'ici rien de fâcheux ne lui arrivera, que les éléments peuvent bien se déchaîner dehors, il est à l'abri et pour peu qu'il sache attendre, se contenter pour toute compagnie de la flamme des cierges et d'une iconographie où les femmes pleurent tandis que les hommes meurent debout sur des croix, il pourra bientôt en toute sérénité reprendre son chemin.

Ici, les volets intérieurs sont presque clos, la brûlure du soleil serait malvenue sur les recueils centenaires, quelques rayons filtrent dispensant une luminosité de vitrail. On vit dans la semi-pénombre et la componction. Pélope, aujourd'hui vêtue de mauve de la tête aux pieds (ce qui lui fait le teint verdâtre), est le vicaire qui veille au bon alignement des prie-Dieu et des missels. Je ne serais pas étonnée qu'elle traîne après elle une odeur d'encens. Pour l'instant, elle darde sur moi deux yeux ronds et, redoutant sans doute que je me mette à piailler en dépit du bon sens, m'impose de garder silence en appuyant son index gauche sur ses lèvres et en me désignant d'un geste impératif de la main droite, à l'autre extrémité de la travée,

un personnage biscornu que la concentration rend presque difforme et que je n'identifie pas immédiatement, une sorte de grillon arc-bouté sur une partition d'orchestre aux proportions extravagantes qui absorbe toute son attention. Je n'aperçois d'abord que la bosse du dos, la nuque enfoncée dans les ailes membraneuses et peinant à soutenir le crâne qui pend à en effleurer les portées, puis je distingue un œil énorme qui semble aspirer les notes une à une après qu'une mandibule les a prestement décortiquées, une patte glissée sous la page afin de la tourner promptement dès qu'elle sera dépecée de toute la musique qu'elle contient, et enfin, entre les omoplates, deux élytres dorés dont je m'aperçois qu'ils vibrent et dégagent un *ut* pur quoique retenu. Puis je remarque que le cheveu est dru, auburn, l'oreille non pas accrochée aux pattes antérieures mais posée dans le creux du coude plié de telle sorte que l'avant-bras, surgissant d'une manche retroussée, se dresse à la verticale donnant à contempler un dessous laiteux et constellé de taches ainsi qu'un dessus velu. Le poignet opposé, paré d'une montre en acier doré, bat frénétiquement la mesure et inscrit dans l'espace des arabesques de métal qui se superposent et restent brièvement suspendues avant de s'effacer les unes les autres. L'ensemble donne à la silhouette l'aspect d'un orthoptère qui lutte de toute la puissance de ses mâchoires pour creuser dans la mélodie qu'il est seul à entendre un tunnel qui lui permettra de survivre malgré l'hiver et de répandre ses vibrations sur plusieurs saisons.

— C'est Gontran ! surarticule Pélope sans oser y mettre le son.

Je viens en effet de reconnaître notre héros qui tout à l'heure, armé d'une simple paire de chaussettes, fit brillamment autant que bruyamment choir Croëtte. Pélope avec des gestes exagérés m'invite à la suivre. Elle se déplace sur la pointe des pieds et fait des efforts démesurés pour être discrète mais cela ne fait qu'outrer sa démarche de sauterelle qui ne porte pas des chaussures à sa pointure. Gontran, seul au bout de l'unique table d'étude et accaparé par sa partition, semble quoi qu'il arrive hermétique à toute distraction. Cependant, alors que j'emboîte le pas à Pélope et que je m'apprête à m'engager après elle parmi les rayonnages, il se redresse vivement et se métamorphose en un héron qui m'immobilise du bout de son bec et observe s'il va me gober ou m'ignorer.

— Voilà donc notre évanouie, lance-t-il. Belle entrée à la Villa Médicis ! Du jamais-vu ! Vous vous êtes remise ? Pélope a sursauté. Elle se retourne vers moi l'œil interrogatif, triture furieusement son chignon, perd une épingle d'écaille, la ramasse puis, haussant les épaules et faisant fi de toute précaution, s'engouffre bruyamment, tibias cognant le zinc à qui mieux mieux, dans un escalier en colimaçon si entortillé sur lui-même qu'elle semble grimper à la verticale dans un bigorneau à la pointe duquel elle atteint par une coursive les plus hautes étagères.

— Nous avons eu un petit déjeuner qui valait son pesant de cacahuètes, continue Gontran. C'est la marque de Croëtte. C'est une femme épatante. Il le faut bien puisqu'il paraît que je l'épouse ! Pas vrai Croëtte ? lance-t-il à voix plus forte vers la coursive.

— On t'a prévenu que je ne suis pas un homme ? rétorque l'interpellée qui en effet est là-haut. À moins que tu aies prévu de virer ta cuti ?

— Tu n'es pas un homme ? Pauvre de moi ! Pourquoi ne me l'as-tu pas dit plus tôt ? On ne me dit jamais rien…, se lamente Gontran en hochant la tête avec une coquetterie appuyée.

Il me fait un clin d'œil. Puis il poursuit :

— Vous voulez écrire ici ? C'est très calme quand Croëtte n'y est pas…

— Je t'entends ! répond l'intéressée depuis les hauteurs.

— J'espère bien ! réplique-t-il sur le même ton non sans me signifier qu'il attend ma réponse.

— Je venais dire à Pélope de ne pas m'attendre…

— Pélope n'attend personne, ce n'est pas Pénélope !

me coupe-t-il en riant. Chacun est libre ici de trouver son lieu idéal de création. L'an passé, un pensionnaire a décidé qu'il ne pouvait peindre qu'à proximité de la statue antique de la déesse Roma. Vous l'avez vue ? Ce n'est pas un moulage, c'est l'authentique sculpture en marbre qui provient du temple de Sérapis et qui fut acquise par Ferdinand Ier dès la création de cette Villa. Bref. Caprice ou nécessité artistique, qui peut trancher ? Ce qui est avéré c'est que le pensionnaire en question à la fin de son séjour a brûlé toutes ses toiles, un immense brasier du côté de la bambouseraie. On a failli appeler les pompiers. On ne m'ôtera pas de l'idée que le malheureux a tenté un coup de poker et qu'il a perdu.

— Un coup de poker ?

— Nous avons tous passivement assisté à l'incendie. S'il y avait eu des toiles de génie sur le bûcher, ne s'en serait-il pas trouvé au moins un parmi nous pour s'interposer et empêcher ce gâchis ? Qui peut jurer que ce n'est pas ce qu'il espérait ? Mais non. Nous avons tous sans marquer la moindre hésitation consenti à son sacrifice… Eh ! Ne soyez pas triste, demoiselle ! Ce ne sont pas vos affaires ! Écrivez ! Cela seul doit vous importer ! Écrivez !

Le héron se replie et, patte posée sur la partition, retrouve sa posture de grillon. J'emprunte l'escalier-bigorneau. En haut, je me heurte presque aux postérieurs de Pélope et Croëtte penchées sur un document qui absorbe toute leur attention et qu'elles commentent fiévreusement. On dirait qu'elles fomentent une conspiration.

— Je suis tombée dessus hier, dit Pélope en chaussant des manchettes de coton. Regarde. *1763. Académie de*

France à Rome. Je me suis dit qu'en tant qu'historienne d'art, ça t'intéresserait.

— Ils venaient de lui refuser son grand prix de peinture, ces abrutis…

— À cette époque-là, avec la rigidité de l'Église, il y avait un joli trafic de tapineuses dans le *bosco.* Si elles se faisaient prendre, elles prétendaient qu'elles venaient poser pour les artistes, ce qui était tout aussi interdit. Eux, ils étaient les premiers à en profiter. Tu parles ! Trop contents de se faire escalader la braguette derrière les buissons !

— Trop contents de s'escalader la braguette entre eux surtout !

Pélope est traversée d'une décharge électrique.

Instinctivement, elle baisse encore la voix.

— Qu'est-ce que tu veux dire ?

— Tu n'as pas remarqué ? répond Croëtte sans s'émouvoir. Ils copiaient tous fort bien le nu mais particulièrement le nu masculin…

Elle me tourne le dos mais à l'intonation qu'elle prend, je parierais que ce disant, elle a la pupille qui se dilate.

— Quoi, poursuit-elle, ça ne t'intéresse pas la sexualité de ces bandes d'artistes toujours à se peindre la zigounette les uns les autres ? Tu crois que ça les laissait mous ? Tu es au courant quand même que si Michel-Ange n'avait pas été un amoureux passionné du masculin, le beau David ne serait jamais sorti du marbre ! Ne fais pas cette tête de bénédictine offusquée, tu m'agaces. Moi, j'aurais bien aimé faire partie de leur bande…

— Tu n'es pas un garçon…

— Ni un peintre. Mais peut-être qu'ils m'auraient

acceptée comme mascotte. Je me serais posée dans un coin et je leur aurais maté la chair pendant leurs ébats. Tu imagines ? Un tas de David beaux à pleurer en train de se faire plaisir…
— On s'éloigne du sujet.
— Dis donc, tu étais moins bégueule l'autre jour quand il y avait cette soi-disant controverse au sujet des petites culottes de *Martine à la campagne* ! Personnellement, toute cette comédie, j'en ai soupé ! Le faux débat sur le thème « Liberté artistique ou Perversité, faut-il choisir ? » n'est qu'une hypocrisie supplémentaire à laquelle participent vraisemblablement tous les détraqués du slip. Parce que délibérer de la petite culotte, c'est déjà la tripoter et le masque de la bienséance pas plus que celui de la liberté d'expression n'y changent rien. Certes, Balthus a davantage de talent que David Hamilton, n'empêche, tous ces tartuffes sont des Humbert Humbert, ni plus ni moins ! En revanche Hubert des Ruines Robert et toute sa bande de potes, c'est bien autre chose. Au moins, c'est partagé. C'est de l'amour. Ce n'est pas de la perversité. Dis, c'est un prince qui a rédigé ce document. Tu crois qu'on pourrait l'identifier ?
— Je n'en sais rien. C'est toi l'historienne d'art. Avec le pillage des contre-révolutionnaires on a perdu beaucoup d'archives de cette époque.
— C'est excitant… Un prince qui se plie mal aux exigences de l'Église et implore que les feuilles de vigne imposées par celle-ci pour que se dérobent à l'œil les parties génitales, ne soient que de peinture légère afin qu'aussitôt grattées de l'ongle, elles s'effritent, strings de papier qui font la nique à la censure et, sous la main

de l'amateur, sans autre forme de procès, offrent au regard le sexe que, de leur fine pelure, elles devaient à jamais masquer, ça fait rêver, non ?
— Ah ! Vous voilà ! dit Pélope qui me découvre juste derrière elle.
Elle sursaute et tourne vers moi un visage où je devine un peu de honte, comme si je l'avais surprise les doigts dans la confiture. Elle se demande ce que j'ai perçu de sa conversation avec Croëtte. Elle en a les pommettes rosies.
— Regardez cette table qui vous attend, juste devant la fenêtre.

La table, tout au bout de la coursive, a l'air suspendue dans les airs. Je m'approche. J'ai grimpé si vite que sans m'en rendre compte j'ai atteint le sommet de l'arbre, mon père se serait affolé, il disait que certes j'avais des griffes à la place des ongles et des ventouses sous les pieds, que j'étais un munchkin qui ne pesait rien mais que je devais me méfier des ramures qui se fragilisent vers le faîte et peuvent se briser. Je ne suis pas en danger. Je me déplace sur la plus haute branche, et quand parvenue à son extrémité je m'assois, je m'aperçois que tout le parc se déploie sous moi. Je suis une hirondelle qui après un long voyage enfin se pose et jauge sous elle le pays auquel elle accède et où elle va devoir faire son nid. Je suis une hirondelle qui rêve de défatiguer ses ailes mais chaque fois qu'elle tente de les replier son bréchet est traversé d'un élancement qui lui perce le cœur et la contraint à les garder ballantes. Je suis une hirondelle qui n'est pas passée par la roselière où toutes se réunissent avant le grand départ, on les entend qui piaillent et se chamaillent et gavent les plus jeunes d'insectes gras. Puis on les voit, obéissant à Dieu sait quel signal, se jeter par pleines pelletées dans la tiédeur du vent et aucune parmi elles ne commettra l'imprudence de s'écarter du groupe avant l'abord des terres chaudes. Je suis une hirondelle solitaire, je migre à l'infini car à l'infini devant moi recule cette contrée d'Afrique dont les contours se confondent avec l'espace de vos bras.

J'ai rendez-vous avec Mathys.
Je ne parviens pas à éclaircir ce que je ressens sinon que je me trouve stupide d'avoir accepté et vexée de n'être pas davantage indifférente. Je devrais n'y point penser jusqu'à l'heure convenue et sortir de chez moi sans réfléchir outre mesure. Au lieu de quoi je passe toute mon énergie à me préparer, j'ai l'air d'un taon qui se cogne aux vitres, je me casse un ongle, je prends conscience que mon armoire est presque vide, ce qui est logique, ma valise l'était aussi. J'essaie mes quelques robes qui finissent en tas sur mon lit, aucune ne convient, et puis je n'ai en dehors de mes godillots qu'une paire de ballerines, une autre de spartiates avec les lanières qui ne cessent de se dénouer et une autre de baskets pourries, je les adore, vous demandez toujours comment je peux marcher avec ces gants de boxeur aux pieds. Je rechausse mes godillots. J'ai les doigts glacés et les joues brûlantes.
Vous ne m'avez jamais vue ainsi égarée. Vous êtes ma boussole, mon soleil levant, ma carte maritime, mon

phare, mon phénix. Et puis vous ne m'aimez jamais autant que lorsque je suis nue, ce qui le plus souvent règle la question vestimentaire. Je n'aime pas m'habiller. J'ai toujours peur de rater. Choisir une tenue m'est aussi grave que choisir un personnage car je suis ainsi faite que tout vêtement m'exagère et que malgré moi je les exagère tous. Un corsage avec un col Claudine et j'ai la silhouette d'une communiante, un escarpin classique et me voici jeune fille de bonne famille qui va à la messe le dimanche et attend qu'on la marie, une jupe un peu courte et c'est une cover-girl, un trait d'eye-liner et c'est une poule de luxe. Je prends toujours soin que ma mère, lors de ses rares visites, n'accède pas à ma penderie où mes fringues se trouvent roulées en boule et jetées au hasard, une vraie corbeille à papier. Du temps de mon père, quand nous habitions à La Mordrière, elle avait de gigantesques placards emplis de robes et de manteaux qu'elle ne portait jamais mais qui étaient soigneusement alignés, triés par couleur, saison, longueur. C'étaient les vestiges d'une vie passée dont nul ne parlait jamais comme si sa seule évocation risquait de la blesser. Tous les six mois, Garance faisait un grand ménage, nettoyant, aérant, repassant, parfumant, chassant avec une méticulosité proche de l'obsession l'éventuel trou de mite ou la tache de moisi. Maman, lasse, venait jeter un coup d'œil.

— Vous vous donnez bien du mal, Garance, mais à quoi bon ? Vous voyez bien que nous habitons dans la boue.

Les garde-robes me terrorisent. De même, le maquillage. Voyez ! Je m'y prends à plusieurs reprises, ce n'est jamais le visage qu'il faut ! Comment le serait-ce ? Je ne m'appartiens plus. Je suis volée, trompée par une histoire que je croyais mienne et qui soudain m'échappe et se rit de moi. Elle me nargue. Elle me modèle, me tord, m'influe. Elle se joue de mes empêchements secrets, me les brandit au visage alors que je les croyais inviolables, me fait accepter des rendez-vous stupides, adopter des comportements dans lesquels je ne me reconnais pas. Je me sens presque trahie mais qui me trahit sinon moi ?

Où êtes-vous ?

Je ne devrais pas songer à vous. Cela m'ouvre le ventre et ce m'est un puits que seules vos mains ont le pouvoir de couvrir. Vous me manquez en votre entier. Je m'accroupis, je me malaxe, je voudrais déféquer cette cavité que vous m'affouillez et que même votre absence ne saurait bonder. Seule dans mon pavillon au bout du parc, assise sur le carrelage humide, toujours humide, je hoquette soudain de terreur et du chagrin d'avoir été abandonnée par vous.

Le téléphone sonne. C'est Mathys. Il est à l'accueil, est-ce que j'arrive ? Il est doux. Il a la voix pleine, des graves qui se chevauchent, des lenteurs, de la pierraille poncée en amont par quelque torrent et qui roule au cœur. Le fourbe ! Il ne perd pas de temps. Il se coule dans les mots et en fait des hameçons, il me ferre et cependant n'insiste pas. Il a de la gentillesse à en pleurer. Je me souviens de ses paupières baissées tantôt, de l'ombre sur ses cernes, du léger tremblement de cette membrane près des cils. Lorsque le regard se lève révélant terre

et feu, comment ne pas se sentir élue ? Comment ne pas défaillir sous cette impérieuse désignation ? Que répondre lorsque l'autre vous fait l'aveu de sa personne et non pas le cadeau ? Lorsque sa voix révèle sans faux-semblant qu'il ignore tout du plaisir qu'il désire vous donner ? Qu'il connaît des frontières qu'il ne franchira pas sans vous
et ce sont les mêmes que vous ne franchirez pas sans lui.
Ai-je jamais cru à l'innocence de Mathys ? Il s'enroule autour de mon cou. Il me prend au lasso. Me voici attrapée à la gorge par une voix qui n'est pas la vôtre. Je me redresse. Dehors, les pies et les moineaux cancanent. Je défroisse ma robe, je me secoue, presque je me rudoie. Si j'étais un tapis, je me battrais pour me nettoyer de la saleté de votre départ.
Pour me nettoyer de vous.
Je n'arrive pas à me représenter quelle personne je serais si je me libérais du fardeau de vous connaître et d'être connue de vous. Je voudrais être capable de gravir des escaliers que vous ne gravissez pas avec moi, des sentiers escarpés sur lesquels votre silhouette ne me précède pas écartant les branches et chassant les couleuvres.

Mon père grimpait aux arbres avec moi. Il disait « Munchkinette, ne va pas trop vite, attends le gros matou ! ». Il m'arrêtait à mi-chemin toujours inquiet que plus haut la ramure ne supporte plus notre poids. Je restais tendue vers la cime, persuadée que si je l'atteignais, je pourrais plonger dans le ciel et y nager. Notre arbre préféré était un séquoia qui s'élevait au-delà du cimetière militaire qui surplombait le village. Il fallait traverser des champs pentus pour l'atteindre et un bois de pins sylvestres, de chênes et d'épicéas qui au sommet de la colline, entre terre et ciel, traçaient une ligne bleue. Il régnait là un silence qui m'étreignait. « Allons voir ton grand-père » disait mon père. Il me tenait par la main. On n'entendait rien. Pas de musaraigne furetant sous les feuilles à la recherche de limaces à croquer, pas d'orvet fouissant sous les aiguilles et les pignes, pas d'oiseaux sauf parfois quelque bécasse dérangée en son sommeil par notre présence et s'élevant dans les airs avec un grand fracas d'ailes et un cri furieux qui me terrorisait. Je sautais alors dans les bras de mon père qui en riant refermait sur moi les pans de sa veste, j'avais la sensation d'entrer dans sa coquille, ça sentait la bruyère, le feu de bois et le cuir. C'était un drôle de cimetière, étendu à plat sur le sommet. Ni tombes, ni sépultures. De simples croix plantées à égale distance dans une herbe soigneusement entretenue. On n'y croisait pourtant jamais âme qui vive. Au centre, une chapelle fermée de grilles. À l'intérieur, sur un autel sans fioritures, une vierge entourée de cierges. Au sol, des pièces de monnaie. Les gens les jetaient, m'expliquait mon père, en faisant un vœu.

— Ça sert à quoi ? demandais-je.

— À être con, répondait mon père.

Sur une des croix, il y avait le nom de mon grand-père, mort à la guerre. Nous nous campions devant. J'avais les jambes toutes raides. Je n'aimais pas ce rituel, je sentais que mon père s'absentait, qu'il était happé par des contrées auxquelles je n'avais pas accès. Il ne s'attardait pas. Nous traversions tout le cimetière dominé de l'autre côté par ce séquoia dont les premières branches épandaient au sol une toison plus que centenaire. Insensible aux griffures de la ramille, je m'y engouffrais avec délice, je plaquais ma joue contre le tronc dont j'adorais le velouté et qui me laissait une marque rouge, puis je commençais mon escalade. Mon père me talonnait vérifiant mes prises, repérant les nœuds près desquels poser le pied en toute sécurité, contrôlant la solidité des rameaux. Nous cherchions dans la touffeur du houppier une balancelle où rester perchés un moment pour profiter de la vue sur la vallée. Nous étions les rois du monde.

Cessez de m'importuner. Pourquoi faut-il que vous soyez toujours tapi quelque part, prêt à bondir et à me broyer l'âme sans vergogne sous prétexte de me sauver ? Mais me sauver de quoi ? Vous me barrez la route, vous braquez la diligence où je fais voyage, vous me cassez bras et jambes à force de plaisir et lorsque titubante je tente de retrouver mon chemin vous déployez devant moi votre manteau qui masque l'horizon, éclipse le soleil, me désoriente et quelle que soit l'heure me couvre de nuit. Mais pour la première fois votre manteau se déchire et laisse filtrer la modeste lueur d'une étoile que je vais suivre. Mathys m'attend. Je remets à la hâte ma robe de chiffon qui n'a aucune allure mais qui avec mes godillots fera très bien l'affaire, j'ajoute un gilet de mohair dont je sais que le carmin me rehausse le teint, j'abandonne au pied du lit votre veste de cuir, qu'importe si cela me laisse de chair vive dans les rues de Rome, certains escargots survivent quand on leur

arrache la coquille, ils doivent seulement veiller à ne pas être dévorés. Et puis le soleil brille aujourd'hui, cachet d'Oxyboldine qui se dilue dans le ciel encore gonflé des pluies dernières et maculé de dépôts calciques.
Mathys me met des bulles au sang. Je ne veux éprouver que ce champagne puéril qui ne manquera pas de s'éventer avec le temps. Son pétillement me surprend et m'anime. Je mets du rouge sur mes lèvres puis je l'efface parce que les garçons préfèrent les lèvres nues. Mais elles ne sont pas nues. Le fard, plusieurs fois appliqué puis ôté, les a meurtries, alourdies de sang et de couleur dans les gerçures, telles que vous les avez vues à Madrid un jour, au lendemain d'une fiesta qui faisait hurler les rues, les chevaux et les bovins. Vous aviez passé la nuit à me labourer. L'aurore était criante. Tout le visage, tout le corps me brûlaient. Le ciel faisait une croûte sur la ville. Ce matin-là, vous avez pleuré.

J'ai l'air d'avoir été mordue au museau, je saisis une écharpe, je m'y enroulerai jusqu'au nez. Le jour est déjà presque tombé. Mathys ne sera plus là, il se sera lassé. Je claque la porte, j'ai laissé derrière moi une lampe allumée, j'ai retrouvé ici cette appréhension que j'avais enfant des maisons mortes où personne ne vous attend, cette inquiétude à franchir des seuils obscurs au-delà desquels rien ne fait signe. Il n'est pas si tard pourtant le ciel bientôt touchera terre. Le crépuscule clapote aux pieds des arbres. J'ai rendez-vous avec Mathys. Je m'aperçois que l'écharpe attrapée au dernier moment n'est autre que celle de Boroda mais qu'importe ! Je me l'enroule autour du cou et du menton, j'aurai sur la

peau des bavures rouges parce qu'elle aura déteint, je raconterai que c'est la marque de vos mains, que vous avez perdu raison et tenté de m'étrangler.
Avec mes lèvres de femme baisée, j'avance à larges pas. Dans l'allée des orangers, les quelques roses disséminées achèvent de périr. Leurs pétales tombent. Et peut-être dans les cercueils tombent ainsi, près du visage des amantes, leurs lèvres fanées.

Vous est-il arrivé d'être en une seule journée plusieurs fois fauché par la beauté d'un être ? Je franchis le portail. Du plat des épaules, Mathys est adossé au mur, talon gauche relevé contre celui-ci, bassin poussé vers l'avant, narines ouvertes à la rue et humides, œil à demi clos. La lumière déclinante estompe ce que sa physionomie a d'aigu et lui donne des reflets d'ambre. Mes mains frémissent des caresses que je pourrais lui faire. Depuis le fond de mes poches, elles dessinent son profil ourlé d'un fil doré, suivent ses contours, s'étonnent qu'il ait des courbes où je n'avais vu que des angles, se hasardent vers la cambrure des lèvres, leur rugosité, vers la peau fine et crevée de poils du menton, remontent jusqu'à la plissure des paupières. Elles se posent dans le creux de ses tempes, en éprouvent la fraîcheur. Puis elles plongent vers sa nuque, l'épousent, se gantent de ses cheveux dont la chaleur provoque des fourmillements dans les paumes et de la curiosité. Depuis le fond de mes poches, mes mains rêvent et cependant demeurent inanimées. Elles volent à Mathys un plaisir dont je ne parviens pas à profiter, une escapade qui me paralyse. Je ne suis pas prête. Je n'avais pas prévu qu'au contact de Mathys, mon corps revendiquerait des libertés qu'il ne prend d'ordinaire qu'avec vous, et qu'ici, sans le faire exprès, je lui interdis. Mes bras sont de bois, toutes voiles affalées et repliées sur la bôme alors qu'elles devraient se déplier, s'offrir au vent, me transformer en felouque et Mathys en pêcheur et cela me mettrait le Nil à la place du cœur. Je m'adosse à son côté, j'imite presque sa posture, je dis :

— Pardon d'être en retard.

Il répond :

— Je ne t'attendais plus.

Nous ne bougeons pas. Je tends au soleil bas ce profil de médaille que mon père peignit si souvent arguant que j'étais bien la fille d'une déesse et me baptisant pour la circonstance *Petite Hébé.* Pour me faire patienter pendant les séances de pose, il avait au préalable cueilli des groseilles dans son mouchoir à carreaux, je devais les sucer lentement une à une afin de ne pas gêner son travail mais ce qui me plaisait c'était de les faire péter sous les dents et de lutter de toutes mes forces contre les tortillements et les grimaces que l'acidité provoquait. J'échouais presque à tous les coups. Mon père grondait. « Que diable, tu as encore envie de pisser ? » Je riais, les groseilles roulaient de toutes parts, il fallait tout recommencer. Perchée sur mon tabouret, je jouais alors à la princesse de l'Olympe, j'étais la favorite de Zeus et lui servais d'échanson, je devais goûter chaque graine et lui en assurer l'innocuité, le garantissant ainsi contre toute tentative d'empoisonnement, mais la

tentation de croquer les groseilles était irrésistible, le jus giclait entre mes dents, ça remontait dans mon nez que je retroussais, ça me piquait les yeux et je finissais par m'étrangler bruyamment. Mon père grognait que j'étais une peste doublée d'un asticot. Je n'en avais que faire, je continuais de jouer à la princesse Hébé jusqu'au dernier fruit. Aussi sec, je m'ennuyais. Sans crier gare, je sautais du tabouret et je me sauvais au fond du jardin. Je grimpais au prunier, il se maudissait de me l'avoir appris car c'est un arbre fragile, j'y faisais des galipettes, je menaçais de dégringoler exprès si on ne me fichait pas la paix et la princesse Hébé ne serait plus qu'une prune sanguinolente au pied de l'arbre. Mon père soupirait : « Ce n'est pas une princesse, c'est une déesse... »
Garance accourait, alarmée de me voir si haut perchée. Mon père hésitait à monter, il craignait que pour lui échapper je me hisse plus haut encore. En dernier recours, tous deux me promettaient des tartines de confiture à la fraise avec de la crème et du chocolat chaud, moyennant quoi je me laissais tomber d'un coup le long du tronc. Garance poussait un cri. Mon père me chopait juste avant que je m'aplatisse contre le sol et de soulagement me pressait contre sa poitrine. J'éprouvais une sorte d'ivresse.
Dans la cuisine, très droite sur le banc qui sentait la cire, j'engloutissais le festin promis. Mon père se servait une tasse de café. Il avait l'air abattu. J'ai trouvé après sa mort des carnets remplis de portraits de moi mais toujours endormie. Quand je les feuillette, j'ai la sensation que mon enfance a été un long sommeil gorgé de fulgurances joyeuses que je partageais avec lui mais que

notre vie se déroulait sur le bord d'un lac sans clarté où je devinais qu'erraient ma mère et ma sœur dont il s'appliquait à me détourner.

Ce soir, Hébé s'empare de moi. Elle n'a pas revêtu sa tunique d'échanson. Elle élargit mes lèvres cachées sous le foulard, me rehausse le menton, me cambre. Elle pousse mon visage où la lumière le flatte. Elle dénoue le ruban qui retient mes cheveux, le confie à Mathys tandis que je les secoue pour qu'ils reprennent du volume.
Nous tournons le dos à la piazza di Spagna. Celle-ci chaque soir à cette heure se transforme en une ruche humaine qui bourdonne de l'église de la Trinità dei Monti à la fontaine de la Barcaccia, couvre d'une masse compacte l'escalier monumental qui relie l'une à l'autre puis, au fil de la nuit, se décompose en essaims qui crient, rotent et chient derrière eux des canettes de bière, des papiers gras, des mégots, des serviettes souillées, toutes sortes de détritus dont la putréfaction attire les mouches et les rats. Au petit matin, pour ouvrir son kiosque, le marchand de journaux se fraiera un passage à coups de pied dans cet amoncellement de déchets.
Nous filons vers le piazzale Napoleone plus loin sur la colline du Pincio. Mathys porte un manteau qui lui épaissit le dos. Il le garde ouvert. Il y gagne en virilité. Mais cette dualité qui le fait paraître jeune autant que précocement vieilli s'en trouve atténuée. Chaque fois qu'il me précède sur les bords de la route défoncée, son sillage de laine trop chaude pour la saison me fouette les narines. Nous marchons sans dire mot. Le bruit de nos pas est notre seule conversation. Derrière nous, la

Villa Médicis nous domine toujours avec son vaste parc, ses soubassements qui exhalent un relent de cave, de pourriture et d'héliotrope crevé. De ce côté, chassés par l'obscurité qui s'installe, les touristes se retirent, nous avançons à contre-courant. Le viale della Trinità dei Monti prend des allures de promenade des Anglais désertée et balayée par un vent d'automne. Sous elle, Rome s'enfonce. Grignotée par l'approche de la nuit qui gomme les cheminées, les terrasses, la bordure des toits, elle retrouve un peu du village qu'elle fut. Elle tremble, elle n'est peut-être qu'un édifice de sable dont il ne restera rien au jour prochain sauf quelques hautes coupoles, quelques clochers, quelques carillons ne provoquant nul écho. Nous atteignons les trois fontaines. Mathys s'y penche, aspire une coulée d'eau, est-elle potable ? Je fais mine de l'imiter, j'en profite pour me frotter le tour de la bouche, je ne vais pas passer la soirée à la dissimuler dans mon foulard !

De l'eau coule dans mon décolleté.

Nous atteignons la terrasse du Belvedere. Le ciel va s'éteindre mais Rome reste avare en réverbères. De-ci, de-là quelques points de lumière où les touristes s'agglutinent. Partout ailleurs, le dessin des rues, des placettes, des multiples fontaines s'estompe. Rome gît dans sa splendeur. Depuis la basilique San Pietro jusqu'à nos chevilles, elle déverse sa parure d'ocres et de roses. Je devine derrière nous, perchés sur des colonnes, des têtes d'hommes privés de leurs bustes et des bustes de femmes étêtées. Mathys, appuyé au parapet, se penche vers la ville, olivier calciné que le vide attire. Nous voici accablés de trop d'espace, posés en exergue, des ciseaux

découpent nos contours et réduisent nos silhouettes à une illustration en relief dans un livre animé.
La terre se détache de nous et notre surface d'adhésion au monde se réduit à celle de nos semelles. Ce qu'il adviendra de notre rencontre en cet instant ne dépend que de nous. Il faut ou se rejoindre ou se séparer. Mathys s'est détourné de la ville. Lorsque je pivote sur mes talons, mon épaule heurte la sienne, je perds l'équilibre, je me rattrape à sa manche. Il n'esquisse pas un geste. Il me regarde. Pour la deuxième fois il rive sur moi sa double focale. D'un côté son œil d'encre, de l'autre son œil d'or. Je passe de l'un à l'autre, je ne sais pas où me fixer, j'ai l'impression quelque option que je choisisse qu'un inconnu se cache en lui et m'épie. À gauche, l'iris est un puits d'encre qui envoûte et provoque le vertige, à droite il est une goutte de feu qui hypnotise. Si je ne me secoue pas, je vais m'y torréfier, phalène trompée par la flamme de la bougie. La danse des derniers passants autour de nous ainsi que la tombée de la nuit, la mouvance de ses bleus, leur miroitement rendent notre silence supportable. Mathys me détaille. Il s'attarde sur ma bouche, je crains que du rouge s'y devine encore, qu'il y voie l'aveu de mon désarroi tantôt et l'interprète comme une envie de le séduire que j'aurais tenté de camoufler. Il sourit, ça reste sur la gauche du visage, ça lui donne de la gravité et de l'autorité. Si ça s'étend sur la droite, ce sera de l'ironie, voire du cynisme, pire : de la moquerie, un de ces rictus par lesquels il croit se défendre d'être encore un enfant. Il continue de me picorer des yeux, que ne le fait-il avec ses mains ? Je vois bien qu'il n'a pas l'âme d'un guerrier, qu'il ne veut ni attaquer la cité ni la piller, que

quels que soient les trésors que je prétendrais déposer à ses pieds, il ne les ramasserait pas, qu'il n'a que faire de puissance, de gloire, de trophées, de femmes arrachées à leur terre pour devenir esclaves ou reines, c'est-à-dire esclaves encore. Mais le désir n'est pas l'apanage du va-t-en-guerre, il attrape tout un chacun, il embabouine le ventre et délie les membres sans qu'on y prenne garde, il asservit l'être entier à la promesse de la jouissance. Est-ce l'inexpérience qui paralyse Mathys ? Espère-t-il que mes mains vont se poser sur lui et concrétiser les gestes qu'elles inventaient malgré moi tout à l'heure au fond de mes poches ? Que je vais de la sorte lui apposer la carrure et la désinvolture qu'il n'a pas ? Lui enseigner ce que c'est qu'une femme qui par infimes pulsations cède depuis le haut de la nuque jusqu'au bas des reins, jusqu'à l'entrecuisse et le creux poplité ? Ou bien je me fourvoie et il n'attend rien de moi ? Il m'a donné rendez-vous mais il le regrette ? Il s'ennuie ? Son sourire commence à se déplacer dangereusement vers l'autre joue. Il va reprendre sa tête de corbeau déplumé qui au moindre orage est prêt à se briser le crâne contre un saule aux abords d'un étang et à l'aurore, ses pattes casseront dans la main à cause du gel. Il roule ses épaules comme pour se dégourdir et s'enfonce dans le col de son manteau. Au moment où il s'y attend le moins, je me hisse sur la pointe des pieds et je l'embrasse. Très vite. De manière qu'il ne puisse définir si cela a vraiment eu lieu. Je lui laisse seulement le temps d'un tressaillement puis je recommence, plus lentement. Ses lèvres ont un goût de carton. Il garde les yeux fixes et largement ouverts. Peut-être, les ayant enfin levés sur moi, il prévoit de ne

plus les baisser ? Cela m'émeut car ils s'embuent d'un désir qui, loin de l'égarer, lui donne une maturité dont il n'a pas conscience encore et une impudeur dont il ne songe pas à se défendre.
Je recule imperceptiblement.
Je ne veux pas le trahir à ses propres yeux,
lui révéler le poids de son propre désir
qui l'effraierait.
Nous n'avons sans doute jamais éprouvé ensemble autant de compréhension bête. Nous ne l'ignorons pas, ce qui nous unit ce soir, ce n'est pas la découverte d'un sentiment commun. C'est la certitude que ce sentiment n'existe pas entre nous. Il en résulte une complicité proche de l'épuisement. Chacun de son côté soupèse sa liberté, ses spéculations sur l'avenir, sa mélancolie, chacun tait la part de ses regrets et celle de son soulagement. Ne demeurent que la chair, l'appétit qui s'ouvre, la tension aussi lisible qu'un arc entre deux électrodes.

Nous laissons derrière nous la terrasse du Belvedere. Nous dévalons la colline sans trop savoir lequel est accroché à l'autre, osselets lancés par une même main et se cognant sur la pente, butant aux mêmes obstacles, se raccrochant aux mêmes branches, poussant mêmes cris et rires. Depuis la route en contrebas, des promeneurs, interpellés par nos éclats de voix, essaient de nous repérer dans l'obscurité. Certainement en leur imagination ils nous fiancent et nous marient bientôt.
Mathys grimpe sur le muret qui par endroits borde la sente, il joue à l'équilibriste, se régale de m'effrayer en défiant la brutale déclivité. Lorsque enfin nous atteignons la terre ferme, il me semble que nous échouons sur quelque rivage après avoir été piégés par la houle, mes jambes flageolent, je me couche sur le macadam qui me chauffe le dos tandis que l'haleine du soir me lèche les aines et les aisselles où perle un peu de sueur.
Plus loin sur le viale della Trinità dei Monti, nous longeons à nouveau les fesses de la Villa Médicis qui sont si plates, si ridées, si dépourvues d'attraits

– contrairement à l'autre façade toute de boursouflures baroques – que si ne battait au-dessus du portail un tablier aux insignes de l'exposition Balthus et de l'Académie de France, on ne douterait pas qu'il s'agit du derrière d'une prison. Nous traversons la chaussée vers la vasque de Corot qui pue l'eau croupie. Mon écharpe que je tiens toujours à la main s'accroche au rebord et y perd quelques fils, je la renifle mais l'air du soir sous les hauts chênes verts est corrosif, je ne retrouve rien de votre odeur.

— Si on allait manger une glace ? lance Mathys.

Et sans attendre, il se précipite à grandes enjambées vers la piazza di Spagna que nous avions tout à l'heure soigneusement évitée. Au moment où se dresse sur notre gauche l'église de la Trinità dei Monti, un bourdonnement assourdissant nous assaille et nous découvrons, étalée sur toute la hauteur de l'escalier monumental qui conduit à la place, une coulée de chair humaine, un troupeau de volailles qui cacardent, gloussent, criaillent, se bousculent, se chevauchent, s'attaquent parfois à grandes gifles d'ailes, lâchent des rires qui voudraient s'élever mais se brisent au tranchant d'autres rires, bouffent à larges coups de bec et se vautrent avec indifférence dans un parterre d'emballages divers comme si leur nature première était de gîter dans les ordures. Mathys devant moi fend la meute, ou plutôt il s'y précipite à coups de savate et d'épaule, je m'applique à ne pas m'écarter de son sillage, autour de nous les plumes volent, s'accrochent à ses cuisses en une écume blanche, les volatiles tantôt s'offusquent et poussent des cris d'orfraie, tantôt roulent

les uns sur les autres et s'offrent aux attouchements. Un dindon affublé de rouflaquettes, la crête et la chemise noires de transpiration, le barbillon imprégné d'huile, le bec dans un cornet de frites voit apparaître Mathys comme d'autres la Vierge ou le Messie. Je redoute d'être prise d'un malaise et vous n'êtes pas là pour me ceindre du bras, me soulever de terre, me caler sur votre épaule, sac de farine qui à même votre peau s'imbiberait d'un peu de cette force que vous avez en excès alors que j'en suis parfois tragiquement privée. Où êtes-vous ? Mes escapades romaines vous laissent indifférent. La puanteur de Rome a eu raison de vous et vous avez disparu du foulard de Baroda sans y laisser de traces. La soie sur ma nuque en est glacée ou bien c'est votre main qui s'appuie et me fait courber l'échine mais elle est de bronze, aussi froide que celle de Persée tenant la tête de Méduse.
Mathys poursuit sa course, le troupeau sous lui s'ouvre et fume, un lien invisible m'attache à lui mais je crains qu'il ne cède et je serai aussitôt engloutie dans les flots puants, son manteau claque après lui, il est debout sur son char, ses chevaux ont quitté la piste et pourfendent la foule hurlante sur les gradins du cirque. Quelques marches plus bas il perd soudain l'équilibre, des bras s'ouvrent auxquels il s'abandonne,
des bras d'homme.

Il rit. Il se détache, l'autre garde sur sa poitrine la trace d'un choc. Puis ce sont deux jeunes filles qui le relèvent. Il reprend le large, brasse la houle à grands coups de nageoire. Je le surprends qui parfois ralentit, frôle des inconnus, les lèche de toute sa longueur, comme par accident s'appuie à leurs épaules et les laisse interdits après avoir posé sur eux son drôle de regard. Pas une fois il ne se retourne pour vérifier si je le suis. J'atteins le bas de l'escalier, je le rejoins près de la fontaine de la Barcaccia, chef-d'œuvre baroque figurant, au centre de la place, une barque échouée qui prend l'eau. Elle repose dans un bassin de turquoise dont le fond est maculé de pièces d'argent jetées par les touristes.

— Tu veux faire un vœu ? dit Mathys.

Les lumières de la ville redessinent des angles sur ses traits. Si nous nous étions rapprochés, elles me l'éloignent. Le souvenir de lui avoir effleuré les lèvres se heurte subitement à la perplexité de l'avoir fait. J'ai une chute d'imagination. Je n'arrive pas à coller ensemble les instants de vie que je partage avec lui, à les assembler sinon dans une continuité du moins dans une harmonie, une tonalité, un poème. J'ai beau faire, je ne récolte que des miettes éparses, des rognures, des saynètes qui restent closes sur elles-mêmes, jamais ne se répondent entre elles, et qui résistent mal à l'épreuve du récit au cours duquel elles s'effritent et perdent tout leur sens. Je suis prise d'un découragement qui me ferait aussitôt rebrousser chemin s'il ne s'agissait pas d'affronter à rebours l'épreuve de l'escalier. Une nausée me prend. Juste sous moi, sur la barrière de fonte qui au ras du sol empêche que la fontaine serve de bain de pieds, je m'assois. Mathys plonge ses mains dans la turquoise et me les tend, veut-il que j'y boive ? que je m'y frotte le visage ? Il rit. Son geste l'embarrasse. Il se sait maladroit et voudrait malgré tout paraître détaché. Il enfonce ses

mains sous mes cheveux, essuie ses pouces derrière mes oreilles, prétend que ça porte bonheur. Il s'assoit à son tour. Je ne sais pas s'il a compris que je lutte pour ne pas tourner de l'œil comme dans la buanderie. Près du sol, la pestilence est pire. J'essaie de ne pas m'attarder sur les papiers gras, j'ai peur de voir s'y faufiler des rats. Je m'évente afin d'écarter les mouches. Un jeune Gitan assis sur un muret joue du pipeau. Les stridences s'ajoutent au tintamarre. À travers ses nippes on voit pointer ses os. Non loin de lui un autre, plus âgé,
son frère peut-être,
sorte de faux jetée contre le parapet, nous jauge. Ses pupilles ont la dureté de deux grains de café. Je devine qu'il essaie de nous mettre ensemble Mathys et moi et qu'en même temps, il y résiste. Il s'appesantit sur Mathys puis il remarque que je l'observe et il se détourne, l'air furieux.

— Mathys ?

— Mmh ?

— Tu aimes les hommes ?

— Pourquoi ?

— Ils n'arrêtent pas de te mater.

— Ça les regarde.

Du bout de sa chaussure, il envoie valser une capsule de bière. Dans le biais de ses cils, il a repéré une adolescente replète qui semble ne pas pouvoir s'esclaffer sans écarter les cuisses. Le rire lui déborde de la gorge aussi vulgairement que la chair déborde de ses bas. La jupe offre au regard, juste au-dessus des jarretières, deux bourrelets de graisse qui, au niveau de l'entrejambe, mutuellement se contraignent. Il est clair qu'à l'abri de ces replis, le sexe est cousu à l'aiguille et que, pour le déniaiser, il faudrait d'abord y aller avec les dents, le cisailler jusqu'à recevoir sur la langue une hostie de sang. Encore une jouvencelle qui force sur la vulgarité pour avoir l'air d'une dévergondée alors qu'elle n'est en réalité qu'une pucelle qui n'arrive plus à contenir son con dans sa culotte tant il glue mais qui ne sait pas encore ce qui lui arrive. Celui qui, attiré par l'odeur de mirabelle mûre, s'approchera pour la cueillir devra d'abord vaincre le courroux de la belle et son opposition farouche. Le fruit, pendant la bataille, se détachera sans crier gare. La gamine, se sentant lésée sans comprendre de quoi, pleurera toutes les larmes de son corps tandis que l'assaillant sera loin déjà, s'essuyant la bouche du revers de la main. Mathys a beau avoir l'esprit carnassier, je suis convaincue que l'idée de se battre pour l'ouverture d'un vagin le déprime autant que le service militaire.

— On va se la manger cette glace ?

Quelle mouche le pique ? Il se lève, claque des semelles sur le pavé, marque une impatience exagérée. Toute la place bascule autour de moi, je m'accroche à la rambarde de métal sur laquelle tant bien que mal je me tiens assise. Ne pas perdre connaissance ici, au milieu de la foule et des détritus. Trouver la force de me mettre debout non pas certes pour aller manger une glace dont la seule idée me lève le cœur mais pour m'éloigner coûte que coûte. En remontant par la via di San Sebastianello, je devrais pouvoir atteindre la Villa tout en évitant les escaliers.

— Mathys, je crois que pour la glace…

— … Tu n'en as plus envie ? Moi si. À plus tard.

Et brutalement, sans autre commentaire, il tourne les talons et se laisse engloutir par la foule. Le Gitan près du muret ne l'a pas lâché des yeux depuis tout à l'heure. Avec une allure de guépard qui piste sa proie, il lui emboîte le pas, s'aplatit dans son sillage, rentre la tête dans les épaules et avance à larges coups de hanche. Mathys, quelques mètres devant lui, a la désinvolture d'une gazelle qui ne sait pas qu'elle va être bouffée.

Il est presque minuit.
Mathys tambourine à ma porte, exige que je le suive sans attendre, prétexte que c'est ce soir ou jamais sans cependant préciser de quoi il s'agit. Il me fait presque peur cet idiot. Est-il arrivé quelque chose ? Je bondis de mon lit. Godillots, veste, où est-il encore passé ce foulard, je me précipite après lui sans réfléchir comme on se précipite à l'annonce d'un accident à proximité, d'une avalanche ou d'un effondrement de terrain.
Il ne m'attend pas et déjà me distance. Il avance avec une telle allure que tout d'abord, je ne le distingue pas devant moi. La nuit est épaisse, elle a la consistance de la glèbe et le goût du chiendent, elle s'accroche à l'intérieur des poumons qui, à chaque respiration, peinent à se vider. Elle est opaque, rien ne la perce, ni lune ni étoiles, elle empoisse les yeux. À l'instant, cherchant à le rattraper sans rien y voir, à l'aveugle, j'en suis venue à me demander si je n'avais pas sans m'en douter les paupières closes. Tâtonnant, trébuchant, bras tendus devant moi, je fends l'huile nocturne. Je ne sais

quel ennemi je fuis ni vers quoi je cours. Je n'ai pour toute boussole que le bruit des pas de Mathys qui, devant moi, dans l'allée des orangers, talonne furieusement la terre battue et les graviers.

— Mathys !

— Dépêche-toi !

— Ça fait partie de tes fonctions ?

— Quoi donc ?

— De tirer du lit les pensionnaires au milieu de la nuit ?

— Tu n'étais pas au lit et on n'est pas au milieu de la nuit.

— Mathys, il est plus de vingt-trois heures ! Tu ne crois pas que tu charries ?

— Ce n'est pas ma faute, c'est à cette heure-là qu'ils baisent et à aucune autre.

— De quoi tu parles ?

— Ils sont réglés comme du papier à musique, la gaudriole c'est le samedi soir à vingt-trois heures trente. Avant, ce n'est pas chrétien. Après, c'est du vice. D'ailleurs, quand je dis la gaudriole…

— Mathys !

Je réussis à lui empoigner le coude et à stopper cette course idiote dans laquelle il m'a entraînée avec une espèce d'urgence que je ne parviens pas à m'expliquer. Comment se guide-t-il dans ces entrailles de l'enfer ? Ce serait donc vrai qu'il est nyctalope ?

— Mathys, qu'est-ce qui se passe ?

Il me semble qu'il évite mon regard. Mais il ne dégage pas son bras. Il respire vite, nos souffles dans la froidure se cristallisent en buées blanches que la nuit croque aussitôt, affamée de sucre.

— Je pars demain, dit-il.
— Tu rentres à Paris ?
— Oui.
— Depuis que je suis ici, tu m'as déjà dit plusieurs fois que tu allais partir et tu es toujours là. Je ne vois pas pourquoi aujourd'hui ce serait différent.
— Parce qu'aujourd'hui mon père est mort.
L'effort de scruter l'obscurité a dilaté mes pupilles. Je commence à distinguer sa silhouette noire sur le noir de la nuit. Il est très droit, comme s'il avait subitement grandi. Je balbutie bêtement ce que bêtement on balbutie dans ces cas-là.
— Je suis désolée.
D'un geste curieux de la main, il ramasse ces trois piètres mots et les balance comme du sel pour conjurer le mauvais sort ou un jeu de dés pour au contraire le forcer.
— Arrête tes conneries, tu ne le connais pas, tu n'es pas désolée, sauf si tu me prouves que tu es pour quelque chose dans le fait qu'il soit mort, ce qui d'ailleurs ne manquerait pas d'intérêt. Mais pour l'heure, personne n'est désolé ici, tu n'es pas désolée, je ne suis pas désolé. Non, je ne suis pas désolé, je ne ressens rien, je n'ai pas de chagrin, pas de remords, pas d'appréhensions particulières. Ce ne sont que des mots pour l'instant, ça coule dans la gorge comme un verre d'eau glacée, ça ne laisse pas de traces. Ça ne durera pas, je suppose. Quand je serai sur place, je finirai sans doute par éprouver un sentiment quelconque et d'après ce qui se raconte ça ne sera pas un sentiment agréable, mais là tout de suite, ça

n'est pas le sujet. Il faut qu'on se dépêche, nous allons louper la séance.

Il reprend sa marche forcenée et moi, accrochée à son bras, mon trottinement de fourmi.

— Quelle séance ?

— Une expérience que je veux partager avec toi.

— Et si je n'en ai pas envie ?

— Ma main à couper que tu vas en baver d'envie. Et quand je dis « en baver »...

— Ça ne me plaît pas du tout.

— Patience. Ça va te plaire.

— Où tu m'emmènes ?

— Ici. Nous y sommes.

Il bifurque sur notre gauche, m'entraîne après lui sur la pente glissante du talus, un chat vagit, un autre me glisse entre les jambes en sifflant, je laisse échapper un cri de frayeur.

— Déjà ? dit-il.

— Quoi déjà ?

— Il est un peu tôt pour jouir.

— J'ai failli me casser la gueule ! On n'y voit rien !

— Patience ! Pour ce qui est de voir, tu vas être servie. Fais gaffe, il y a des orties.

— C'est charmant. Oh ! Regarde !

Une fenêtre s'est allumée à l'étage trouant la nuit d'un carré aussi net que le cadre d'un tableau. Une ombre le traverse. C'est Eva qui dénoue ses cheveux. Ils s'épandent sur le col amidonné de sa chemise de nuit. Nous nous sommes immobilisés. Nous voyons sous nos yeux Jeanne Hébuterne se préparer à poser pour Modigliani. Elle se penche, s'efface de l'encadrement, je devine qu'elle s'assoit sur le bord de son lit.

— Vite, dit Mathys. On va louper le début !

— Qu'est-ce que tu racontes ? On n'est pas au cinéma !

— Tu as raison. C'est beaucoup mieux qu'au cinéma.

Il attrape ma main, m'entraîne vers l'arrière de la maison, me fait gravir un monticule, ouvre une petite porte de bois, me pousse à l'intérieur, on n'y voit goutte, ça sent la mousse, la pisse de chat et l'essence, d'ailleurs je heurte du pied un bidon qui produit un son de métal et d'huile.

— Chut ! À partir de maintenant, il vaut mieux parler bas. C'est bien insonorisé, c'est de la vieille pierre, mais quand même, ça gâcherait tout qu'ils nous entendent.

— Qui ça ?

— Regarde devant toi.

— Où est-ce qu'on est ? Qu'est-ce qu'on fait là ?

— Regarde devant toi. Droit devant toi.

Droit devant moi, à deux mètres tout au plus en face de la porte par où nous nous sommes introduits, la muraille se fend d'une drôle d'ouverture, une meurtrière par où s'infiltre un rai de lumière.

— Tu y colles ton œil, me murmure Mathys, et tu me dis ce que tu vois.

— C'est une blague ?

— Fais ce que je te dis !

Je m'approche. Je ne sais pas ce qu'il mijote. Il semble d'une humeur étrange. N'est-il pas capable, une fois que je me serai éloignée de lui, de m'enfermer seule ici où personne jamais n'aura l'idée de venir me chercher, de s'enfuir à toutes jambes jusqu'à Paris, de garder ce secret jusqu'à la fin de sa vie. Ce n'est peut-être pas en ma chambre mais ici, en ce tombeau improvisé, que je vais malgré moi reproduire le destin de Lucy. Si bien que dans un lointain futur, on trouvera mon squelette agrémenté de chair émiettée et on fera appel à de savants paléoanthropologues pour tenter d'élucider le mystère de ce fossile enterré parmi des jerricanes.

J'appuie mes mains de chaque côté de la fente et je regarde.

Je me retrouve nez à nez avec le con d'Eva.

La surprise me propulse en arrière. Je me retourne vers Mathys.

— C'est quoi ce bordel ?

Mathys est resté près de la porte, les deux épaules appuyées au mur, les bras croisés sur son manteau ouvert. Quand je m'écarte de la fente, le rai de lumière vient frapper son œil jaune qui luit et il me semble que je suis prisonnière d'un cyclope.

— Tu regardes et tu me dis ce que tu vois, dit-il.

— Non, dis-je. Je ne veux pas faire ça.

— Pourquoi ?

— Profiter des gens de cette manière, c'est dégoûtant.

— Ce n'est pas ce que font les écrivains le plus souvent ? Mater les gens, raconter ce qu'ils voient ou ce qu'ils imaginent voir, perdre ceux qui les lisent dans le labyrinthe d'une vérité que rien n'atteste mais à laquelle il est plaisant de croire ?

Il se tait. Je crois qu'il réfléchit. Il reprend :

— Tu regardes et tu écris ce que tu vois. Tu l'écris à voix haute.

J'écris à voix haute ?
Plus besoin d'encre, plus besoin d'encrier, plus besoin de cahier ?
Je lui tourne le dos, je colle mes seins à la paroi dont l'humidité traverse la fine étoffe de mon corsage, je me souviens que comme d'habitude je n'ai pas de culotte.
Je dis :
— Je vois le con d'Eva. Elle est assise sur le bord du lit. Elle porte une chemise de coton blanc avec des boutons sur le devant, un col rond, de la dentelle aux épaules. Elle secoue ses cheveux. Elle y passe les doigts, elle les démêle. Elle a la chemise relevée, de grosses cuisses, bien écartées, la peau blanche, le poil noir. Oh !...
— Dis-moi ce que tu vois.
— Une main velue vient de plonger dans son décolleté.
— Pedro...
— Il doit être derrière elle...
— Il est derrière elle...
— ... à genoux sur la courtepointe, oui, je vois sa cuisse sur le côté qui monte et qui descend, il est atrocement poilu ! Ça n'est pas humain un pelage pareil ! On est sûr que ce n'est pas un chimpanzé ? Quelqu'un a vérifié ? Il se frotte contre elle et en même temps il lui malaxe le sein gauche... Elle se laisse faire... Elle continue de se caresser les cheveux... Il plonge sa deuxième main et malaxe aussi le sein droit... Je crois que...
— Quoi ?
— Je crois qu'elle me regarde.
— Elle ne peut pas te voir. Continue...
— Comment tu le sais ?
— Dis ce que tu vois...

— Il fait un bruit de forge.
— Je l'entends.
— Il s'acharne sur ses seins. Il les pétrit de toutes ses forces. On dirait qu'il va les passer au rouleau à tartes. Il plie les chairs et les enfonce les unes dans les autres. Il se saisit des mamelons et il les trait. Il se les colle dans les poings et il les secoue comme s'il voulait mélanger le liquide à l'intérieur avant de le boire. Oh ! la vache ! Il vient de lui déchirer la chemise de haut en bas. Tous les boutons ont sauté d'un coup ! Elle a adoré. Elle a glapi, tu as entendu ? Elle s'attrape une mamelle des deux mains et elle la lui fourre dans la bouche par-dessus l'épaule. Elle se cambre pour qu'il en ait plus. Elle se tortille. Elle lui agrippe la nuque, elle veut se mettre à genoux à son tour pour mieux s'encastrer mais c'est compliqué à cause de l'abondance des chairs. Il l'aide. Il est costaud. Il l'empoigne par la taille et d'un coup il se la coince sur le haut des cuisses. Elle jappe. Il a de la mamelle plein la bouche mais il en veut encore, il s'en goinfre, je lui vois les dents qui raclent la chair et la creusent, meule de fromage dont il ne veut rien laisser que la croûte. Le sein bien calé dans la gueule, il commence à lui travailler la panse, il reste encore au-dessus de la toison qui est magnifique, pas du tout épilée, le poil luisant, presque lustré, de lourdes frisures, une véritable fourrure de bouc, ça pue bien comme il faut, je la sens jusqu'ici, il faut que tu t'approches si tu veux sentir, c'est tout un troupeau en rut qui t'envahit les narines, Pedro en a le nez gonflé, violet, avec des rhizomes bleus qui lui pètent sous les yeux, il rugirait s'il n'avait pas la bouche pleine, il se balade dans les rondeurs entre les hanches,

attise la chaleur sous les bourrelets, fait suinter la sueur, s'y trempe les mains, les poignets, les bras, la mélange à la sienne qui lui coule tout le long du buste depuis les clavicules jusqu'aux aines, cherche à atteindre sous la graisse un peu d'os, un peu de résistance à vaincre, tourne autour du con, veut encore résister, prolonger la tension, fourrager dans ce ventre que les grossesses ont distendu, il en empoigne les plis et les fait claquer les uns sur les autres comme elle fait claquer le linge dans sa buanderie, ça fait un bruit de fessée, elle rit, elle râle et elle rit, ça les excite. Merde…

— Dis ce que tu vois.

— Il n'est vraiment pas beau Pedro quand il fornique…

— Dis ce que tu vois.

— J'ai peur qu'ils m'entendent. Ils viennent de basculer. J'ai leurs deux visages à quelques centimètres ! Il est rubicond, il dégouline, il a l'air d'avoir trempé dans la vaseline, les cernes violets avec des veinules bleues qui s'étendent jusqu'aux tempes où elles rejoignent une grosse artère qui palpite, un lombric noir qui se gave de tout ce sang charrié, je te jure, il va avoir une attaque !

Dans un élan irréfléchi, je me retourne vers Mathys. Surpris, il pousse une exclamation, rabat vivement les pans de son manteau, se détourne et m'oppose un dos rond.

— Dis ce que tu vois, bafouille-t-il encore entre fureur et saisissement.

— Je vois un puceau qui se masturbe. Un abruti qui est enfermé tout seul avec une fille dans un réduit la nuit, qui assiste avec elle à une scène porno, et qui ne trouve rien de mieux à faire que se palucher honteusement

dans son coin. C'est quoi ton problème ? Si c'était pour te faire une branlette, tu n'avais pas besoin de moi. Tu pouvais te contenter d'Eva et de Pedro comme d'habitude, parce que je suis sûre que tu viens ici tous les samedis soir et tu as raison parce que c'est vrai qu'ils ajoutent du piment. Mais qu'est-ce que je fais là moi ?
— Ta voix me fait bander.

De l'autre côté de la cloison, ça couine, ça claque, ça halète, ça tète, ça renifle, ça lèche, ça tourne encore autour mais plus pour longtemps, les corps n'en peuvent plus, les orifices sont lubrifiés, les sexes à vif. Je n'ai pas vu le vit de Pedro, je le regrette, il m'aurait distraite du vôtre qui squatte continûment mon cerveau.
Je m'écarte du mur. Aussitôt la fente darde son rai de lumière sur la nuque de Mathys.
— Ma voix te fait bander ? Pas de souci. On peut le faire en parlant.
J'étale votre veste par terre. Je m'y assois.
Mathys continue de me tourner le dos et de respirer fort.
— Le plaisir solitaire, je n'ai rien contre, mais j'ai toujours trouvé ça un peu égoïste. Je te propose qu'on partage.
Mathys respire.
— Je suis une fille simple, tu sais. Regarde, je n'ai pas de culotte.
— Je sais, tu n'en portes jamais.
— Ah ? Tu as remarqué ?
— Tu passes ta vie à montrer tes fesses.
— Tu exagères.
— C'est très excitant.

— Justement, viens, profites-en.
Genoux relevés, j'ouvre et je ferme les cuisses. Je sens sur ma chatte, que les ébats d'Eva et Pedro ont rendue gluante, passer des bouffées fraîches.
Mathys me tourne le dos.
Mathys respire.
— Tu ne portes pas de soutif non plus.
— C'est vrai, rarement.
— Mais paradoxalement, tu montres moins tes seins que ton cul.
— Tu veux les voir ?
J'ouvre mon corsage.
— Tu veux les toucher ?
Je les touche.
— Tu préfères que ce soit moi qui les touche ?
Je pince mes tétons, je les tire en pointe, je les tremblote, ils sont durs comme des noisettes à cause du froid et aussi un peu à cause des deux animaux de l'autre côté du mur.
— Évidemment, ce ne sont pas les seins d'Eva mais je t'assure que tu en tireras quelque chose si tu viens là, près de moi. Et puis je commence à me peler…
— Ce n'est pas ce que je voulais.
— Moi non plus mais il paraît qu'il faut savoir saisir les occasions.
— Qu'est-ce que tu voulais, toi ?
— Rien du tout. Je te rappelle que c'est toi qui es venu me tirer du lit.
— Tu n'étais pas au lit.
— J'étais couchée. Je lisais le dernier prix du Livre Inter. Agota Kristof. *Le troisième mensonge.* Terrifiant.

Mathys me tourne le dos. Mathys respire.
— Et toi, Mathys, qu'est-ce que tu voulais ?
— Je voulais vérifier quelque chose. Faire une expérience.
— Laquelle ?
— Ta voix m'excite…
— Oui…
— Tu es objectivement bandante…
— Il ne faut pas être objectif dans le désir.
— En effet. C'est une des conclusions de l'expérience.
— C'est-à-dire ?
— Je voulais t'entrer dans le con.
— Qu'est-ce que tu attends ?
Je suis assise en grenouille, sexe ouvert, cuisses ouvertes, corsage ouvert, tout le corps en chair de poule, en sable, hérissé de granules pierreux.
Mathys respire.
— Tu veux que je te touche ? Que je te suce ? Que je te lèche et après tu n'auras plus qu'à te vider les couilles dans mon vagin ?
— Tais-toi !
— Je croyais que ma voix aidait.
— Tu n'as pas besoin de dire des cochonneries.
— Ce sont ces cochonneries qui animent les alcôves les plus chics depuis la nuit des temps et qui conséquemment font tourner le monde.
— Tout était réuni pour que ça fonctionne. Il suffisait que tu veuilles un peu.
— Tu trouves que je ne veux pas assez ?
— Ce n'est pas ça.
— Quoi alors ?
Un rire de l'autre côté du mur. Un remue-ménage.

— Je ne peux pas, dit Mathys.
— Pourquoi ?
— Je crois que…
— Oui ?
— Je crois que tu es trop fille.
Subitement, dans la chambre adjacente, un ouragan se déchaîne. Le lit cogne frénétiquement, Eva se met à grimper méthodiquement vers les aigus lançant à la nuit des « Pedro, Pedro ! » auxquels le plaisir gomme les consonnes et on ne sait plus si elle implore bruyamment
« Éros, Éros ! »
ou si elle informe simplement la population que son baiseur est un
« héros, héros ! ».
Le baiseur besogne avec une régularité de bûcheron, il abat un chêne, il accompagne chaque coup d'un beuglement de taureau qui encorne le toréador, sait qu'il gagne la corrida et que plus rien avant la saignée finale ne pourra le freiner.
— Ça y est, il l'encule, dit Mathys d'une voix égale. Ils sont tellement prévisibles.
— C'est bon de se faire enculer. Tu devrais essayer.
— J'ai essayé.
Avant que je puisse réagir, il ouvre la porte et plonge dans la nuit qui aussitôt l'engloutit. C'est comme s'il avait sauté d'un pont. Depuis le parapet, je vois son corps s'enfoncer dans les eaux.

Le clou du spectacle approche de l'autre côté de la fente. Entièrement nue dans mes godillots, je regagne mon poste d'espionnage. Pedro prend Eva en brouette.

Ils n'ont plus figure humaine. Lui incube, elle gorgone, ils gravissent les derniers degrés avant la jouissance et au sommet se rejoignent en un gargouillis inattendu, aussi laid à entendre qu'est laide à regarder leur commune grimace, et qui peut-être trahit l'ultime effort qu'ils font ensemble de ne pas troubler, par un hurlement de loup digne de leur accouplement, le sommeil de leurs enfants qui dorment au même étage. Je les regarde exulter de toutes leurs canines puis s'abattre sur le matelas, carcasses de chairs à l'instant éviscérées. On n'est plus chez Modigliani mais chez Rembrandt, *Le bœuf écorché*, 1655, et la servante au fond du tableau qui, partagée entre attirance et répulsion, ose à peine un coup d'œil, c'est moi

à cela près que je n'ai pas autant d'innocence qu'elle, que je suis nue, et que j'ai froid.

À même le sol, je me couche dans votre veste, je m'y blottis, je me frotte à votre peau, je cherche aux emmanchures l'odeur de vos aisselles, j'enroule vos manches autour de moi.

Je viens de proposer à Mathys de jouir de mon corps à l'intérieur de vos bras.

Ne me demandez pas comment je suis arrivée dans l'escalier de la tour. Ne me demandez pas ce que j'y fais, si je suis passée par la lame aiguisée de l'allée des orangers ou si j'ai coupé par le *bosco* qui, quand la nuit est de lune noire, exhale un air plus épais que la gélatine, on en garde sur la peau des marques visqueuses. Ne me demandez pas pourquoi je suis si fort essoufflée, c'est sans doute que je me suis hâtée, ou que j'ai eu peur, ou que je me suis battue à coups de pied avec les chats près de la buanderie, ou tout ça à la fois. Accrochée des deux mains à la rampe, humide de sueur mais glacée, je tente de récupérer ma respiration. Je fais un bruit de forge, un tohu-bohu du diable. Mais bientôt le silence, un instant troublé par ma présence, se réinstalle dans sa pesante indifférence. J'entends cogner mon cœur. Je ne sais ce que je fais ici. Il me semble avoir été mue par une fureur indescriptible mais si c'est le cas, il n'en reste rien, ni les raisons pour l'expliquer ni le courage factice qu'elle a provoqué en moi pour me conduire jusqu'ici en pleine nuit. Une angoisse m'étreint à l'idée de refaire le chemin en sens inverse. Plutôt me recroqueviller ici même, sur la première marche venue, dans le premier renfoncement ! Mon cœur fait un bond. J'entends feuler. Est-ce qu'un chat m'aurait suivie ? J'écoute de toutes mes oreilles. Ce n'est pas un feulement, c'est un gémissement, une plainte qui, loin de demander à être consolée, se satisfait d'elle-même et implore qu'on l'entretienne. Je descends quelques degrés. Je me retrouve à l'entresol, devant la piaule de Mathys.

La porte n'est pas enclenchée, elle branle doucement sur ses gonds. Je la pousse. Je devine un filet de voix qui dit « Quelqu'un est entré » et Mathys qui répond « On s'en fout ». Dans la pénombre, du côté du lit, je repère un tas laiteux qui me tourne le dos et oscille assidûment. Peu à peu les lignes se précisent révélant tout d'abord le fessier largement déployé de Croëtte et sous lui
le visage de Mathys, cramoisi,
ou plutôt son front car d'où je suis je ne distingue rien de plus, le reste se perdant dans le creux d'ombre où j'entends qu'elle farfouille. Son cul en cet instant a la perfection d'une poire bergamote ouverte en deux, certes charnue mais un peu blette, presque cuite sur les bords, avec de la gelée à l'amorce des cuisses et cela tremblote sous les secousses tandis que vers le trognon, des poils mouillés s'offrent à être croqués, pépins qui menacent de rester coincés dans les dents. Croëtte, du bout des ongles, les désemmêle puis ses doigts descendent. Elle se masturbe, elle s'enfonce la main entière. Il la lui enlève, il y met la sienne et il fourrage à l'intérieur, il fouette les blancs. Va-t-il de l'autre côté lui

gicler au visage ? Ou bien a-t-il glissé son phallus dans sa bouche ? Son front est affreusement crispé. Soudain il se débat, veut s'extraire de ce cul qui l'asphyxie et dont il est le jouet. Aussitôt libéré, il retrouve ses instincts de prédateur et sans laisser à Croëtte le choix de se retourner, il l'attrape par les hanches, la plaque contre son bas-ventre, s'enfourne d'un coup, l'embroche ainsi qu'un vulgaire gibier qu'on va mettre à cuire. Elle crie si fort que ça bondit jusque derrière moi dans l'escalier, ça claque sur les marches de pierre et ça revient dans la pièce, on dirait une boule de feu lâchée par l'orage. Elle lui agrippe les fesses, elle écarte, elle cherche le trou du cul, elle veut y glisser un doigt mais il se défend, il lui tape là-dedans comme une brute. Soudain, il a un grand coup de gueule, il la casse sur le côté, il se cabre, on dirait une clé de *fa*. D'une main, il lui écrase la figure, la contraint à regarder ailleurs et la prive aussi un peu d'air histoire qu'elle soit occupée à respirer plutôt qu'à se repaître de sa grimace de jouissance. De l'autre main, il lui fouille la moule, l'ouvre en grand autour du vit, relève bien la commissure haute des lèvres et lui branle le clitoris jusqu'à le faire mousser. Elle râle d'abord puis beugle, une vraie bufflesse, un troupeau, une meute qui me passe dessus, dévale l'escalier et me reprend d'assaut par-derrière. J'ai la colonne vertébrale labourée par des sabots furieux. Croëtte s'offre toute à la déflagration. Son corps s'étale dans la couche, se dissout, se désintègre. Il ne reste plus qu'une grosse tache de beurre qui grésille et halète.

— Déshabille-toi ! dit quelqu'un.

Je ne sais si c'est elle ou lui. C'est mouillé. Ça se mélange à de la morve et du rire.
— Déshabille-toi, profite ! On n'est pas mesquins, on partage.
C'est Croëtte. Mathys me tourne le dos. Elle se redresse sur un coude.
— Ou bien tu es une mateuse ?
Elle rit mais ça sonne faux, sans joie. Ça n'est pas si facile de jouer la prostipute. Ça ne s'improvise pas. Et puis, dans ce genre d'exercice, mieux vaut se taire. L'image peut faire illusion mais pas la voix car celle-ci trahit tout, à commencer par le malaise du corps. Est-ce parce qu'il le sait que Mathys ne dit mot, nez enfoncé dans les draps ? Ou bien il dort ? Il n'est plus bon à rien et se désintéresse de la question ? Il se laisse emporter par les bras de Morphée et se fiche que la scène bascule dans le pathétique ? Je le soupçonne d'avoir aux lèvres ce sourire narquois que je ne lui aime pas.
— Déshabille-toi ! Moi aussi j'adore mater. Chacune son tour.
J'hésite. J'aurais voulu jouir seule. Qu'au moins elle se taise. Je reste dans l'embrasure de la porte. Sans l'avoir vraiment décidé, un peu par curiosité, ou par défi,
lentement,
je commence à relever ma robe.
Je n'ai pas plus de culotte que tantôt dans la remise. J'ai fait le pari de ne plus en porter jusqu'à votre retour. À quoi bon ? Tout l'intérêt de ce sous-vêtement ne consiste-t-il pas à attendre l'instant où vous l'arracherez ? Avouerai-je pourtant que je découvre une gourmandise particulière à me promener fesses nues, à sentir sous

ma robe continûment, au nez et à la barbe du monde, ma chatte qui nargue les matous, les met en alerte tout en restant invisible, prend le risque chaque fois que je m'assois de pointer sa truffe, de laisser soupçonner un peu de sa présence immédiate quand je croise et décroise les jambes, quand j'ouvre et referme les cuisses, quand je me gratte subrepticement le creux de l'aine…

— J'ai envie de t'enculer, souffle Croëtte.

Qu'au moins, elle se taise ! Le tissu de ma robe hérisse les poils de mon pubis et quand la chatte tout entière se trouve révélée à l'air libre, avouée, livrée à l'œil de Croëtte comme une coupable à l'œil du juge, je sens dans le bas de mon ventre tout un barrage qui cède délivrant en moi une eau pleine de remous et engorgée de boue dont mes lèvres aussitôt se gonflent. J'entends distinctement craquer les os de mon bassin alourdi par cette crue subite tandis que mes genoux, sous la violence de la secousse, plient, trahissent le corps et donnent à voir qu'il capitule et implore de se soumettre, cherche une main qui voudra bien tout ensemble

l'emplir et le vider.

— Approche !

Ce n'est plus Croëtte qui parle. C'est Mathys. Impératif. Net. Sans repartie. C'est un coup de fouet. Ça laisse sur la peau une blessure précise, ouverte juste assez pour avoir un léger goût de sang et donner envie d'être léchée.

— Approche !

Je résiste. Je caresse mon poil hérissé. Je provoque ma résistance mais je suis déjà vaincue. Non par Mathys, non par Croëtte, mais par mon épicentre qui, de mon anus

à mon nombril, charrie des torrents. J'atteins à quatre pattes le radeau d'où les deux amants me guettent. J'ai déjà de la jouissance jusque dans les poumons, je respire à plein gosier et rêve qu'une bouche telle que la vôtre vienne me décapsuler les tétons et boire à mes seins aussi goulûment que l'assoiffé à la gourde. Je me livre à mes deux bourreaux sans conditions restrictives
et sans illusions
car je sais par avance qu'ils ne sauront ou n'oseront faire usage de cette liberté que je leur cède.
Je devine Croëtte qui s'installe, tire sur ses épaules un coin de literie carmine, se tasse dans son rôle de voyeuse. J'entends derrière moi la respiration altérée de Mathys, je m'écarte les fesses, je lèche mon majeur, je le passe sur ma raie, j'essaie de donner des idées mais il va falloir réagir vite car je ne vais pas être patiente, j'enfonce mon doigt dans mon trou, je malaxe doucement, j'entre et je sors, je sens qu'entre mes ovaires la chaleur monte, les eaux s'affolent, je reste bien cambrée, tout est ouvert derrière, tout est offert devant. Que font-ils ? Veulent-ils de moi ? Je risque en ouvrant les yeux de les effaroucher davantage. Je les entrouvre cependant car je ne m'attendais pas à une exhibition solitaire. Entre mes cils j'aperçois Croëtte qui se palpe les seins. On dirait une gamine qui épluche un coing mais ne parvient pas à arracher la pelure.
— Continue ! ordonne Mathys.
Je ne sais pas bien ce que je dois continuer.
— J'adore ton cul, dit-il.
Depuis vous, je déteste qu'on me laisse seule avec le plaisir et je suis en général assez peu douée pour obéir

aux ordres. Qu'ai-je à faire du contentement de ces deux-là ? Sans plus attendre, je décide d'abréger la scène et de m'achever des deux mains. Sans peine je provoque en moi, par une dernière pression des liqueurs vaginales, une poussée d'Archimède qui aussitôt dans mes profondeurs embrase les fluides et les dissout en un magma puissant qui brûle mes ovaires, mes reins, s'engouffre dans ma colonne, en fait une cheminée trop étroite dont les parois sous son emprise se désintègrent, dévaste les vertèbres, charrie les nerfs, liquéfie la chair et les os, me saisit aux épaules, m'emplit les poumons à m'en étouffer, continue de grimper dans la nuque et la gorge, atteint la croûte terrestre, cogne, cherche la faille pour ouvrir son cratère, tourbillonne à en devenir fou et enfin, dans un ultime soubresaut, inonde le cerveau, y lâche enfin toute sa giclure et j'ouvre grand la bouche pour en recueillir les débordements et en garder longuement s'il se peut le goût d'argile et de sang.

Il me semble qu'un aboiement échappe à Croëtte.
Je ne sais rien de Mathys. Je lui tourne le dos. Je ne le regarde pas.
La lave sur ma peau tiédit vite. Me glace.
J'ai le vagin vide de vous. La jouissance sans vous n'a fait qu'exacerber en moi l'absence de votre sexe. Mes parois continuent de se contracter, de vous chercher au plus intime de moi. Elles voulaient vous pétrir, vous savonner, vous engorger, vous traire et vous sucer jusqu'à la lie, se gaver de votre substance, y patauger comme on patauge dans les cuves à raisins au moment des vendanges afin d'en crever le grain, revenir de l'orgasme gavées de

votre sperme. Après tant de jours d'abstinence mon vagin a cru se repaître de vous mais il n'a rien trouvé à se mettre sous la dent. La jouissance dès la première bouchée l'a laissé affamé. Au lieu d'exciter les glandes salivaires, elle les a taries. Au lieu de donner à la langue, après chaque spasme, l'appétit de bouffer le suivant, elle l'a laissée sèche, simultanément assoiffée et désaltérée, inerte sous le palais qui, lui-même préparé à se gorger d'eau saline, se trouve sevré avant que d'être tant soit peu repu. L'océan promis vient de se réduire à une poignée de sel grossièrement dispersée en mon ventre béant.
Je découvre la jouissance sans plaisir.
Vous m'avez creusé dans le corps une fosse que vous seul
pouvez combler.
Je suis empalée à votre absence.

Je remets ma robe. Je laisse dériver derrière moi le radeau où j'ai fait halte. Je ne lui accorde pas un regard. Il pue des odeurs que je ne veux pas partager. Le plasma refroidi me donne envie de vomir. Je suis vite debout, vite revêtue, ma robe a perdu un bouton, mes godillots sont près de la porte où gît aussi votre veste qui m'est une bouée où je plonge avec un mélange de panique et de volupté.
Je n'en reviens pas de n'être pas recueillie par vos bras. Je titube, je veux retrouver la terre ferme, sortir de ce courant invisible qui entrave mes pas. Je franchis le seuil. Je suis dans l'escalier glacial, je cherche appui sur la rampe, les murs de pierre, les marches, j'en descends

quelques-unes sur le derrière mais ne devrais-je pas plutôt monter ?
D'où vient que vous ne me guidez pas ?
La jouissance sans joie m'a fait des cuisses de basalte. Suis-je censée dès à présent me tenir droite, savoir marcher, avoir du monde une vision si limpide que mes jambes m'emmènent sans hésitation ? Suis-je censée sans transition m'extraire des draps maculés, sauter à pieds joints dans la réalité de la nuit qui presque s'achève et ne garder trace aucune de ma chair meurtrie, déçue, curetée à même le plaisir ? L'acte avec vous se prolonge de langueurs sales qu'avec délice nous traversons ensemble et à l'issue desquelles le monde finit par redevenir abordable. Que c'est sec de baiser sans vous ! Je crapahute jusqu'au mur froid, je m'y vautre de tout mon dos. Je veux être un caméléon qui se confond avec toute matière, peut se reposer sans se faire remarquer et fuir à toutes pattes sans éveiller l'attention de quiconque et sans délibérer si c'est vers le haut ou vers le bas qu'il faut s'échapper.

J'entends que l'on s'agite dans la chambre de Mathys. Je ne veux pas voir surgir Croëtte, ses sandales vertes à la main, ses rares cheveux plantés à la verticale sur le sommet du crâne, laitues montées en graine, champ de maïs pelé par quelque grêle mauvaise. Je ne veux pas risquer de croiser Mathys et de sentir sur moi son regard bicolore qui me découpe de la tête aux pieds, traîne sur mes chevilles, lentement remonte jusqu'à l'ourlet de ma robe, s'y arrête, guette si dessous la chatte s'est rendormie ou si elle veille au contraire, un rien courbaturée mais truffe en alerte, prompte à lui attraper le bout des doigts et à les brouter goulûment si seulement il osait les aventurer là.

Je me sauve.

Ne me demandez pas comment en pleine nuit je me suis retrouvée dans l'escalier de la tour, ni ce que j'y fais, ni pourquoi je suis essoufflée. Je vous cherche comme la biche le cerf et à la fois ne sais comment vous arracher de moi. Je me cogne aux arbres, à la terre, aux vents et au ciel, aux êtres qui ne sont pas vous
et à vous qui n'êtes qu'absence
c'est-à-dire cendres répandues à tout-va et dans lesquelles je m'embourbe et me noie,
c'est-à-dire honte sur vous car plus le temps passe et plus je me sens bernée,
c'est-à-dire colère,
c'est-à-dire douleur mais immensurable, si féroce que dedans elle me mine et me ronge, et dehors elle me contient et me broie.
Quand les animaux meurent, les Touareg meurent, m'avez-vous dit un jour. Si je suis votre animal et si je meurs,
mourrez-vous ?

Il est des nuits où la mort frappe.
Elle sort avec sa faux et vient faire son marché. Elle choisit, parmi les blés, les épis les plus mûrs ou les tendres pousses, c'est selon son humeur. La planète entière est soumise à sa loi autant qu'à son caprice, elle a parfois le geste large et fauche d'abondantes brassées, parfois le geste plus fatigué et alors lui suffisent quelques têtes goûteuses qu'elle choisit parmi les mieux aimés des humains qui seront aussi les plus regrettés.
Avez-vous remarqué comme elle est peu avide d'occire les méchants ? La mauvaiseté doit leur donner un goût amer. Ils doivent avoir à force de nuire la chair coriace et qui se coince entre les incisives. La mort en est peu friande et ne se résout bien souvent à les emporter que lorsqu'ils sont si vieux qu'ils ne pèsent plus rien sur la langue et font office de glutamate pour relever la saveur des autres
gobés en même temps.
Il est des nuits où la mort frappe, ni Hécate ni Séléné n'y peuvent rien, elles ont depuis avant la Grèce antique

renoncé à lancer contre la Camarde, l'une ses serpents et poignards, l'autre ses chevaux blancs empêtrés de brumes. Quant à la sauvage Artémis, elle ne dispose pour sa défense et celle de l'humanité que d'un quart de lune, une serpe. Ne risquerait-elle pas si elle tentait de lancer cette serpe à la gorge du monstre en vue de la saigner, de se la faire croquer d'un coup de mandibules ? Nos tristes nuits pour l'éternité ne seraient plus éclairées que par un astre oblong, amputé de son dernier croissant, mère infirme, privée de son accouchement et boitant parmi les étoiles. Nos poètes perdraient l'inspiration qu'ils ont toujours trouvée à contempler le ventre rond de la lune où ils lisent la promesse incessamment renouvelée qu'un jour nouveau va naître. Ils seraient la proie d'un deuil inconsolable et se verraient condamnés à passer le borgnon dans le désenchantement et la mélancolie. La Grande Faucheuse n'aurait qu'à se baisser pour les cueillir à mains nues.

Il est des nuits où la mort frappe et l'on voudrait des bras aimants pour pleurer, pour être faible, pour suffoquer de douleur, maudire Dieu en qui on ne croit pas, hurler mais ça ne serait pas grave. Des bras aimants pour ne pas se précipiter contre les murs, les vitres, les miroirs, les meubles bas, pour ne pas s'affaler sur le carrelage, ne pas être glacée jusqu'aux lèvres bleues, jusqu'aux doigts et aux orteils violets.
L'on voudrait des bras aimants pour se réchauffer, se noyer, se pisser dessus sans s'en rendre compte, être baignée et frictionnée afin que la vie ne s'arrête pas dans les veines aussi, étrangler quelqu'un mais ce serait

sans conséquences parce que de toute façon on n'aurait pas la force, ne pas devoir être forte, ne pas devoir tenir le coup, ne pas devoir tenir debout, ne pas devoir du tout. Et l'on voudrait des bras aimants pour dire qu'on préfère mourir et ne pas être trop tentée de le faire, pour se jeter dans le vide et être retenue, pour ne pas courir presque nue dans le bois voisin et frapper les arbres jusqu'au sang c'est-à-dire jusqu'à s'arracher les ongles, les paumes, les coudes, les épaules et voir son propre corps se couvrir de plaies, pour ne pas croire, en une fulgurance insoutenable, que l'allée des orangers est en réalité le chemin des morts, celui par où passent les errants avant d'atteindre le cimetière et malheur à celui qui veut leur barrer la route !

Et je veux barrer la route à cette mort-là, élever une barricade de pierres si haute qu'elle ne la franchira jamais car il lui faudrait alors passer par le ciel avant d'atteindre le tombeau et cela ne se peut. Et qu'importe si les chats qui rôdent sont les spectres de sorcières qu'au Moyen Âge on brûla à flammes vives et dont les âmes privées de tombes agonisent sans répit. Qu'importe que ces suppôts de Satan sifflent à mon passage et me lacèrent les mollets quand je leur fous des beignes et gardent sous leurs griffes des lambeaux de ma peau. Je voudrais des bras aimants pour m'enclore et me pommader au lieu que je m'effiloche, pour me convaincre que non, ce n'est pas ma faute, ce n'est pas ma faute si la mort frappe si près de moi ce soir, si près de moi qui suis si loin, qui n'aurais jamais dû, qui n'aurais pas, qui n'aurais pas dû partir. Des bras pour me rappeler que la Fossoyeuse est une ennemie qu'on ne combat pas, que même Artémis,

déesse de la chasse, ne s'y est pas risquée. Que ferais-je à la force de mes maigres poignets ? Qu'aurais-je fait ? Qu'aurais-je prétendu faire ?
Garance ! Garance ! Est-ce possible de prononcer ton nom et tu ne réponds pas ? De t'appeler depuis les profondeurs de ce cauchemar et tu ne te précipites pas ? D'avoir du chagrin à m'en retourner l'estomac et tu n'es pas à mes côtés pour effacer mes déjections et tendrement me faire boire du breuvage des fées afin que je retourne au calme sommeil et demain tout sera oublié ?
Et vous ! Qu'est-ce que vous foutez avec votre silence de merde ! De quel bois êtes-vous fait pour n'avoir pas compris que l'escargot meurt lorsque à vif, on lui arrache sa coquille ? Qu'il devient la proie de n'importe quel prédateur ? Que le soleil le brûle tandis que l'orage menace de le noyer dans la boue ? Que la moindre averse de grêle lui est une promesse de lapidation ?

Je crie.
Seule dans mon pavillon de Sarcelles, isolée au bout du parc de la Villa Médicis, en cette extrémité où personne jamais ne s'aventure
pas même les félins
je crie tant et tant que mes cordes vocales se brisent. J'ai dans la bouche un goût de dent cassée. Je tombe. Je crois que je tombe, je me couvre de bosses et de bleus, je voudrais pour oublier la douleur provoquer une douleur plus grande qui me détournera de l'inacceptable. Un coq chante quelque part. J'avais oublié qu'il y a des coqs à Rome. Je veux bouger mais je

suis en verre et si je n'y prends garde je vais me briser. J'ai mal partout. Je sens qu'une pensée atroce cogne pour pénétrer dans mon crâne mais mon inconscient lui en défend l'entrée avec acharnement et lui barre la porte. Cependant la redoutable pensée finit par trouver un passage et explose dans mon cerveau, grenade qui brûle tout alentour et ne laisse après elle que lumière blanche, odeur de soufre et sidération.

Garance est morte.

Ma sœur m'a appelée cette nuit. Je revenais de la tour. J'étais furieuse contre Mathys, contre moi, contre vous. Contre les chats parmi lesquels j'avais encore dû me frayer un chemin à coups de pied. Contre la densité de la nuit. J'entendais au loin interminablement sonner un téléphone. Je fus longue à comprendre qu'il s'agissait du mien. Je décrochai, persuadée que c'était Mathys, qu'il voulait s'assurer que j'étais bien rentrée ou que sais-je ?

— Allô ?

— Je commençais à désespérer !

Ma sœur. Son ton péremptoire, reconnaissable entre tous. Sa voix granulaire, faite de matériaux organiques et de minéraux que concassent les mots, les formules lapidaires, cursives, rompues à l'exercice des sciences qui exigent concision et synthèse. Aussitôt je perds pied. Que va-t-elle me reprocher ? Qu'ai-je fait ? De quoi suis-je coupable ? D'être partie à Rome sans l'avertir ? De quoi se plaindrait-elle ? N'est-il pas établi depuis mes nuits de somnambulisme que moins elle a de mes nouvelles mieux elle se porte ? Ou alors d'être partie

sans même passer un coup de fil à maman ? Oui, sans doute, c'est cela qui est impardonnable.
Je ne suis qu'une ingrate. Elle seule se soucie de notre mère, de son bien-être, de son état général, de sa survie, de ses visites chez les médecins, de ses ordonnances, de ses comptes en banque, de la restauration de ses bijoux, du renouvellement de ses flacons de parfum et de sa poudre libre Bourjois, numéro un, teinte pêche. Ma sœur n'a encore rien dit qu'une petite phrase, « Je commençais à désespérer ». Je me demande si ça n'est pas justement ça le problème, si elle n'a pas passé sa vie à « commencer à désespérer » sans jamais aller au bout, sans basculer un bon coup dans le désespoir simplement par goût de l'expérience, en scientifique pour ainsi dire, au lieu de toujours s'arrêter dès la ligne de départ, refuser la course, regagner les vestiaires sans avoir mouillé son maillot ? Elle a beau n'avoir encore presque rien dit, je l'entends qui pense : « Pour qui tu te prends de disparaître du jour au lendemain sans crier gare, sans laisser une adresse, un numéro de téléphone où te joindre ? Quand est-ce que tu vas grandir ? Assumer les conséquences de tes actes, te comporter en adulte ? Qu'est-ce que tu fous à Rome ? À l'Académie de France ? Tu as passé un concours ? Quel concours ? Tu ne pouvais pas nous le dire ? Tu es logée ? Nourrie ? Payée, tu es payée ? Pour quoi faire ? Tu y es pour combien de temps ? Tu imagines ce qu'il a fallu que j'invente pour te retrouver ? »
Non, je ne l'imagine pas. Je n'ai semé aucun indice, le contraire du Petit Poucet. Je n'ai rien dit à personne du concours de la Villa Médicis, ne serait-ce que

parce que je n'y croyais pas. Je pensais avoir si peu de chances. Encore aujourd'hui je continue d'être étonnée d'avoir pu les intéresser tous ces notables du jury de l'Académie de France à Rome bien rangés en ligne dans l'amphithéâtre qui me faisait face. Ils étaient treize. J'étais debout devant eux, pour être exacte, debout devant le directeur de la Villa qui occupait le centre, le fameux pachyderme aux longs cheveux blancs,

le chef aztèque, les yeux si clairs qu'au début j'ai cru qu'ils n'avaient pas d'iris, juste une pupille plantée au centre du globe oculaire. Puis j'ai deviné une goutte d'eau autour de cette pupille, une larme légèrement bleutée qui restait continûment dardée sur moi et ne me lâchait pas.

— Alors mon petit..., a murmuré le pachyderme en inclinant légèrement la tête.

Mes neurones se sont agités. C'est à ce moment-là qu'ils m'ont envoyé l'image de Mowgli confiant sa menotte à la paluche de Baloo. Ça n'était pas malin. Déjà que je me battais avec le Génie des arts presque nu sur la fresque décorant la coupole au-dessus de nos têtes, et distribuant des couronnes de lauriers à des éphèbes qui défilaient devant lui, eux aussi dans le plus simple appareil, tenant négligemment à hauteur de leur sexe un pagne blanc, tous m'observant comme si la qualité de ma prestation devait tout à l'heure décider s'ils me montreraient ou non leurs parties génitales tandis qu'un peu plus loin des jeunes filles en toges roses et seins nus pouffaient ! La scène était surmontée d'une haute verrière par où j'eusse voulu sur-le-champ m'envoler car j'avais la sensation d'être sous le couvercle d'une

soupière et je sentais que ce n'était pas le moment de débattre qui de la courge dans cette assemblée et qui du poireau ou de la patate.
Le pachyderme avait ouvert devant lui mon dossier que j'avais envoyé par la poste et dont l'essentiel consistait en petits cahiers dont je ne possédais aucune copie et qui n'étaient emplis que de vous. « Parlez-nous de votre projet » a-t-il poursuivi. Il y a eu un bref espace de silence, très doux, très dangereux parce que je n'aime rien tant que ces éclats d'insonorité par où l'on peut se glisser. C'est de la ouate sur les tympans. Je suis capable de m'y lover avec délectation, d'y disparaître des journées entières, de m'en gorger les oreilles jusqu'à ne plus percevoir que les battements presque soyeux de mon cœur, la palpitation des deux oreillettes qui se complètent dans leur labeur comme les mains se complètent dans le travail permanent que la vie exige d'elles. C'est ce que font les enfants quand ils se laissent absorber par un jeu. Ils s'en vont, ils s'éclipsent dans une faille temporelle et c'est une cruauté sans nom de les en extraire avec brutalité au lieu de se tenir sur le bord et de les appeler doucement afin qu'ils rebroussent chemin et prennent le temps de faire le voyage inverse.
Dans l'amphithéâtre d'honneur des Beaux-Arts, j'avais le trac. Je tenais mes genoux bien raides car je sentais mes jambes qui mollissaient, une crampe menaçait sous la plante de mon pied gauche, j'avais les joues brûlantes et les mains glacées, le sang battait à mes tempes emplissant mon crâne de l'obsédante rythmique du *Boléro* de Ravel. Sous moi, le parquet marqueté oscillait. Pour me sortir de l'engourdissement, j'ai sauté à pieds

joints dans les flaques d'eau qui servaient de regard au pachyderme et tout à trac j'ai balbutié :
— Je suis en cage…
— Vous êtes en nage ? a répliqué le pachyderme.
Puis, se tournant vers les autres membres du jury, il a ajouté :
— C'est vrai qu'il fait une chaleur à crever ici. On ne peut pas nous fournir des ventilateurs ? Voulez-vous un verre d'eau, mademoiselle ? Reste-t-il un verre propre quelque part ?
Ça déraillait. J'ai fermé les yeux. Le *Boléro* s'est tu. J'ai alors perçu le chuchotis de la Mordrière sous le ponton où se chamaillaient les renoncules aquatiques, les hippuris, les myosotis, les scolopendres, la majestueuse euphorbe dont il fallait se méfier car ses tiges, en cassant, répandaient un lait irritant et toxique. J'ai dit :
— Mon père désignait les plantes, inscrivait leurs noms dans mon cahier en laissant des espaces pour qu'ensuite je puisse m'entraîner à les recopier, ce que je faisais avec application tandis que de son côté, il emplissait ses carnets de croquis. Il disait que nous faisions nos devoirs. J'admirais les gerris qui marchent sur l'eau, les libellules et les demoiselles, les rubans d'eau qui se coinçaient dans mes orteils, les stratiotes aloïdes qui au printemps flottaient en surface et à l'automne hibernaient vers les fonds et s'y ancraient. Les mots inscrits dans mon cahier formaient dans mon esprit des bulles dans lesquelles je m'immisçais avec une sensation de volupté, de puissance et de liberté.
J'ai dit :
— Depuis que mon livre a été publié…

— Très joli succès, a glissé le pachyderme. Vous avez remporté un prix ce me semble…

— Et je vois qu'un contrat est en cours pour une adaptation au cinéma, a ajouté une femme dans les gradins.

Surtout ne pas me laisser interrompre, ne pas perdre le fil, enchaîner coûte que coûte.

— … Depuis cette publication, on m'interroge, on sollicite mon avis, on veut que je m'exprime, que j'improvise sinon avec panache du moins avec originalité. Comme si Sagan et Modiano n'avaient pas suffi à démontrer que la parole orale n'est pas forcément le domaine où celui qui écrit trouve le mieux ses mots…

Murmure amusé dans l'assistance. J'ai dit :

— Et puis on me passe des commandes, on me soumet des sujets à traiter, on me donne des idées. On me tend des cadres et on s'étonne si d'aventure je suis un peu lente à les remplir comme s'il devait m'être naturel de faire du coloriage.

— Tiens, dit un membre du jury, le coloriage ! Ça c'est une discipline qu'on n'a jamais songé à faire entrer à la Villa Médicis.

— Pour l'instant on s'occupe de la vidéo, répondit le pachyderme. On ne peut pas tout faire à la fois !

Petits rires.

J'ai dit :

— À force, j'ai l'impression d'être un citron qu'on presse en lui demandant d'être un pamplemousse. Qu'on veut m'arracher des mots qui en réalité ne sont pas les miens et que pendant ce temps, les miens sont

en train de mourir. J'ai tenté plusieurs fois de les faire entrer dans le cadre tendu mais ils résistent, reculent, pètent sous ma plume comme s'ils étaient de vulgaires bulles de savon dépourvues de sens, de longévité et de poésie. Cependant leurs éclaboussures sont des bris de verre qui m'entrent dans le cœur et m'inquiètent. Si mes cahiers devenaient, tandis que je m'applique à faire du coloriage, des dortoirs où périclitent mes mots, ceux que j'aime choisir, inventer et collectionner ainsi que mon père m'a appris à le faire, lui qui pouvait passer des jours à mélanger poudres, pigments, huiles et essences avant d'obtenir la teinte sans laquelle l'œuvre ne pouvait être commencée ? Si mes cahiers devenaient des prisons dont les oiseaux quand j'ouvre la porte ne voudraient plus s'échapper ? Des cimetières où chacun repose avec sa définition en épitaphe, des sortes de dictionnaires dont Virginia Woolf fut la première à dire que les mots y sont morts et qu'il faut le souffle de l'écrivain pour les réanimer ? Depuis quelque temps, quand j'ouvre mes cahiers de mots, je suis un dompteur qui entre en cage et se couche parmi ses fauves devenus des moutons atteints de fièvre catarrhale.
J'ai dit :
— Pour leur rendre vie, il me manque l'eau qui chante…
— Rome est la ville des fontaines, a dit le pachyderme.
— … Il me manque la lumière derrière les frênes et les aulnes, la sittelle torchepot dans la ripisylve, le petit gravelot sautillant sur les rives, la beauté où que l'œil se pose. Il me manque le compagnonnage d'artistes qui cherchent, creusent, débroussaillent, extirpent de leurs cerveaux des herbes non répertoriées dont les racines

leur bouffent l'âme, des arbres non classifiés auxquels ils grimpent dans l'espoir d'atteindre l'étoile qu'ils sont seuls à distinguer dans le grand charivari de la création humaine.

J'aurais pu ajouter mais je ne le savais pas encore :

« Il me manque de ne plus fréquenter ceux qui ont un os à la place du cœur et qui ne méritent pas de côtoyer l'écriture parce que même lorsqu'elle saigne à leur côté, jamais ils ne se penchent vers elle, jamais ils n'ouvrent ni la lettre ni le livre qui leur est destiné et cela ne se peut pardonner. »

J'aurais pu dire :

« Ces gens-là sont des criminels. »

J'aurais pu avouer mais je ne le savais pas encore :

« Je vis avec un criminel. »

J'ai dit :

— Je veux réanimer les mots que j'aime, retrouver mes fauves, sortir de la cage en chevauchant la langue qui est la mienne. Je veux écrire la parole tue.

— La parole tue ? a relevé le pachyderme se distrayant du jeu de mots.

Puis il m'a demandé si j'accepterais de lire le premier paragraphe du roman joint au dossier, celui qui commence par cette phrase : « Ma sœur est tombée dans les pierres mais je ne l'ai pas tuée. »

Ma sœur n'est pas tombée dans les pierres, elle est au bout du fil et elle dit :

— Garance est morte.

Synthétique. Concis. Le couperet tranche à vif dans les divagations où je viens d'avoir l'imprudence de

m'égarer. Mais immédiatement mon inconscient bloque l'info. Il se méfie des arrières, il vérifie à toute vitesse la solidité des digues, le bilan est catastrophique, il panique. Il bloque l'info.
— Ah oui, dis-je. Garance ! Bien sûr. Je lui avais dit à elle que je partais...
Une première digue saute à l'intérieur de moi. Je perçois une déflagration mais très loin. Très enfouie. Dans des strates auxquelles le cerveau n'a pas immédiatement accès. J'ai conscience que quelque chose de grave est en train de se passer parce que j'ai la mâchoire inférieure qui tremble anormalement. Et puis je sens que quelque part une onde déferle, une vague d'une amplitude inouïe, si profonde que le plancher terrestre en est ébranlé, ma bouche refuse les mots que je veux lui faire dire, mes oreilles refusent ceux qu'elles ont entendus, mes dents claquent, je ne parviens pas à les contrôler. Dans un interstice, comme on jette à la boîte une enveloppe dont on sait qu'on regrettera de l'avoir postée, je bredouille :
— Qu'est-ce que tu as dit ?
— Je t'ai réveillée ?
— Qu'est-ce que tu as dit ?
Les digues craquent d'un seul coup. Le tsunami s'abat sur moi et tout le littoral me glisse sous les pieds.
— Calme-toi, dit ma sœur.
C'est la dernière phrase que j'entends.
Après je ne sais plus. Je suppose que je tombe, que ma sœur perçoit le bruit de ma chute, que le combiné reste décroché mais que je ne parle plus, que ma sœur à l'autre bout du fil m'exhorte à lui répondre mais

sans résultat, qu'elle finit par raccrocher pour pouvoir, depuis la France, donner l'alerte d'une manière ou d'une autre. Ma sœur a appris à gérer ce genre de situation, elle est pragmatique, un mot que je déteste, il y a dedans du métal et du serpent, du glacé et du gluant, du mou, du sang que rien n'émulsionne et qui stagne.

Maintenant, je suis dans un brouillard épais. J'entends des voix autour de moi. Je distingue des ombres qui s'agitent avec lenteur, approchent, reculent, murmurent, s'interpellent, tout un remue-ménage dont il ne fait aucun doute que je suis le centre. Je pourrais ouvrir les yeux mais je ne veux pas encore. Je sais qu'une catastrophe me sautera à la gorge sitôt que ma conscience entière me reviendra. Pour l'heure, je prolonge autant que faire se peut cet état de demi-veille où je flotte et dont je pressens confusément qu'il me protège même si je ne sais plus exactement de quoi. Mais on ne se cramponne pas au brouillard et j'ai beau lutter, les ombres rapidement perdent leurs contours incertains et se transforment en silhouettes bien définies. Les voix se précisent, les phrases ne se contentent plus de me bercer, elles prennent sens, traversent mon cerveau comme s'il s'agissait d'un pensionnat dont il faut ouvrir les fenêtres afin que pénètre la lumière et que chacun sorte du sommeil.

J'ouvre les yeux. J'ai été portée sur mon lit, couverte d'un duvet jaune paille que je n'ai jamais vu et qui me tient chaud. J'ai une pochette de glaçons sur le front, un bandage à la main gauche, des griffures aux bras. On m'a enlevé mes chaussures. J'entends vaguement Eva qui dans la cuisine ouvre les portes des placards et

invoque la *Madonna* car ils sont vides. Justement Pedro arrive, légèrement essoufflé, apportant du miel et ce qui semble un bouquet d'herbes.
Gwendoline et Gontran dans le cadre des portes-fenêtres conspirent à voix basse tandis que Matoso très concentré ramasse des bris qu'il dispose en tas sur la cheminée près du téléphone raccroché. Puis il commence à passer le balai.
Mathys est au bout de mon lit. Il est appuyé au chambranle de la double porte qui sépare ma chambre du séjour, les coudes croisés sur la poitrine, les mains accrochées aux épaules. Quand mes yeux rencontrent les siens, il ne les détourne pas. Un sanglot me monte du cœur, un caillot qui vient gonfler ma gorge et me fait hoqueter. Mathys s'assoit au bord du lit. Il s'adresse à moi comme à une malade, ou une débile, ou un gnome en couche-culotte. Il dit que je ne dois pas bouger, que je vais encore me faire mal.
— Tiens, mouche-toi, nous sommes au courant, ta sœur nous a dit.
Les autres se sont immobilisés. J'aperçois, posée sur une chaise, la boîte à pharmacie, des pansements, une seringue. Mathys avec un mouchoir m'essuie le visage. Les glaçons en fondant ont mouillé mes cheveux et dégouliné jusqu'au cou. Eva brise le silence en surgissant avec une tisane qu'elle vient de préparer, elle y a mis du miel, je dois tout boire et ne plus songer à rien. Mathys lui cède la place, elle pose sur la satinette jaune paille un plateau d'argent où fume un bol d'eau dorée qui fleure la camomille et le calendula. Elle m'indique qu'elle est également en train de me préparer un cataplasme de

consoude que je devrai appliquer sur mon front. Mais voilà qu'elle est prise de larmes et pour se consoler me plaque contre sa poitrine. Puis elle s'occupe à attraper dans le lit tout ce qu'elle peut trouver d'oreillers et de coussins qu'elle claque bruyamment avant de me soulever d'un seul bras et de me les caler dans le dos.
Je me souviens de sa croupe fessée par Pedro.

Je suis une marionnette. Une poupée de chiffon que chacun à sa guise peut asseoir ou coucher,
vêtir ou dévêtir,
aimer ou désaimer. La poupée doit boire le breuvage, soulever la tasse, la porter à ses lèvres mais elle n'a pas la force. Le plateau d'argent lui écrase les cuisses à travers le drap. La poupée se dit qu'elle aura des bleus puis elle se dit qu'elle n'en aura pas puisqu'elle est de chiffon et ceux-ci ne bleuissent pas. La poupée se dit aussi que c'est curieux qu'elle ait ce genre d'élucubration car elle avait cru jusque-là qu'une poupée n'ayant point de cerveau ne saurait élaborer quoi que ce soit, ni le vrai ni le faux. Elle se dit que donc elle n'est pas une poupée de chiffon même si c'est dans l'immédiat ce qu'elle donne à voir, que c'est sans doute un leurre adressé à ceux qui l'entourent mais dont elle-même ne doit pas être dupe.

Je ne suis pas une poupée. J'ai le cœur qui me bat, le sang qui me coule dans les veines, le crâne qui me brûle sous la poche de glaçons et les cheveux mouillés qui me glacent jusqu'aux orteils. Je penche la tête et je fais glisser la poche sur le côté. Elle dessine aussitôt une

tache sombre sur la satinette jaune. Ça me donne envie de faire pipi au lit,
ne serait-ce que pour voir leurs têtes.
Je m'apprête à dire quelque chose mais ma langue reste roulée sur elle-même et collée au palais. Je force mes mains à soulever la tasse jusqu'à mes lèvres sèches. C'est malcommode avec le bandage. J'aspire une gorgée, je bave, ça me coule sur le menton. Je dis :
— Il faut que je rentre à Paris.
S'ensuit une sorte de lent charivari. C'est embarrassant une poupée de chiffon qui prend la parole, ça sort du cadre, nul ne sait que répondre et d'ailleurs nul n'est certain d'avoir saisi. Il faut que je répète, ce que je fais à l'identique. L'ambiance générale se teinte de consternation. Gwendoline depuis la porte-fenêtre tente une
molle protestation :
— Tu sais, dans ton état…
Mais Mathys lui coupe la parole :
— Je pars avec elle. De toute façon moi aussi je dois rentrer à Paris.

Il est des nuits où la mort frappe. L'aube qui suit, pour se hisser, doit patauger parmi les cadavres. Les premières lueurs ont l'odeur et la couleur du sang. Puis le jour surgit et lave tout à grands seaux de lessive blanche. Seuls quelques insomniaques surprennent alors son teint blafard et ses joues hâves.

Je suis assise sur le bord de la couchette.
Mathys est allongé sur la sienne, au-dessus de ma tête.
Je ne crois pas qu'il dorme.
Depuis le départ de la Villa nous n'avons pas échangé une phrase. Nous voici bizarrement réunis dans une cabine-lit, dans l'intimité inhérente à ce type de cellule ambulante où se trouvent compactés en un emboîtage savant des lits, des toilettes, une douche,
et l'on se retrouve à partager des draps, des taies d'oreillers, des couvertures, un rouleau de PQ et des serviettes en éponge.
Ce que nous partageons le mieux pour l'instant,
c'est le silence. L'absence de mots entre nous. Chacun sur sa couchette écoute le roulement des wagons sur les rails, ce battement lourd d'un cœur de métal qui cavale et nous berce. Rien ne ressemble davantage au bruit du train dans la nuit que la course impétueuse d'une harde de chevaux sauvages qui avalent le vent à pleins naseaux et y cherchent l'exhalaison d'une pâture herbeuse et fraîche ou d'une rivière à laquelle se désaltérer.

Je suis une poupée. On m'a aménagé une boîte à chaussures dans laquelle on m'a rangée avec une poupée garçon pour me tenir compagnie et m'empêcher de faire des bêtises si me venait à l'esprit de ne plus être une poupée.
J'ai un bol de lait à la place du cerveau. De temps en temps flotte à la surface une pensée que je ne parviens pas à attraper et qui dérive en se débattant avant de couler, mouche stupide que je n'ai pas la foi de sauver.
Les minutes passent ou les heures, je ne songe guère à compter. Depuis combien de temps avons-nous quitté la gare de Rome-Termini ? Depuis combien de temps suis-je là à contempler le tableau noir de la nuit qui adhère à la vitre sans proposer la moindre variation même si mon imagination se mêle d'y projeter de grands coups de craie mais si ceux-ci ont un sens, je ne parviens pas à le déchiffrer et s'ils prétendent déchirer la nuit, ils n'ont pas la force incandescente des étoiles filantes.

Je voudrais vous dire quelque chose mais ma bouche tournée vers vous reste vide, trou noir où ma mémoire et mon amour aujourd'hui refusent de déverser la matière de votre existence comme s'ils étaient tous deux encombrés d'un secret que je ne sais pas.
Je voudrais vous dire quelque chose, ça flotte à la surface du lait, ça s'agite, ça se défile quand je m'approche trop près. Si j'attrape la mouche, cela fera catalyseur, l'image latente se révélera, n'aura plus le choix de se dérober. Mais c'est comme dans les rêves où les membres n'obéissent plus. On fait des efforts infinis mais ceux-ci restent vains.

Je voudrais vous dire quelque chose mais ça demande un sacrifice, ça me demande un sacrifice que je ne connais pas, qui risque de me tuer mais que je ne connais pas.
La mouche se noie.

La pensée de Garance me traverse. Elle porte une robe rouge à pois et un chapeau de paille. Elle est sous la neige. Elle rit. C'est l'été. Tous, encombrés de bonne volonté et de lourdeurs affectives, sont persuadés que c'est pour elle que je rentre en France. À quoi bon démentir ? Il faudrait alors donner la vraie raison
et celle-ci,
outre que je ne saurais l'énoncer à cause du bol de lait et de la mouche qui se soustrait,
ne les regarde pas.
À l'heure qu'il est, Garance n'a que faire de ma présence à ses côtés. Ce n'est pas seulement qu'elle est morte, c'est qu'elle n'existe plus.
Elle n'est plus.
Elle a donné son corps à la science.
Je l'imagine en victime bouchère, découpée en morceaux soigneusement répertoriés et étiquetés. Qu'auront-ils fait de son sourire et de son rire ? En quel bocal, quelle chambre froide les auront-ils conservés ? Qu'auront-ils fait de sa voix, du grelot qui cognait aux syllabes et tintait joyeusement en sa gorge dès qu'elle me fredonnait des romances italiennes ? Cela se peut-il étudier en classe de médecine ?

La pensée de Garance me traverse. Je suis calme comme un cimetière qui accueille une belle âme, ou un laboratoire qui dépèce au scalpel un corps usé de trop d'amour donné, ou une prière qui grimpe au ciel dans la fumée d'un feu de joie. Je n'éprouve rien. Ne veux rien éprouver. Je suis une poupée. Je n'ai pas d'organes à l'intérieur, pas de viscères, pas de glandes lacrymales. Je donne mon corps aux chiffonniers, ils pourront bien me découper, ils ne trouveront que brocarts effilochés et cotonnades qu'à leur façon ils pourront accommoder.

Je ne suis pas une poupée. Je crie. Une lame me découpe le ventre et celui-ci n'est pas que de chiffon. À genoux sur le matelas, poings serrés, visage enfoui dans les cuisses, je me roule en boule et je crie, crierai jusqu'à expurger la sanie si au fond de moi celle-ci se peut atteindre mais le cri est sans fond, sans fin,
sans bruit.
Depuis la nuit dernière déjà le cri est sans bruit. Les cordes vocales ont cédé. C'est ce qui arrive quand la douleur dépasse ce que l'imagination est capable de concevoir, ce que le corps est capable d'engendrer.
Le cri éclôt à mes lèvres en un pitoyable sanglot.

Mathys passe le nez depuis sa couchette.
— Ça va ?
Avec sa tête à l'envers, il a un air de bilboquet. Il descend par la petite échelle puis se tient debout, les bras ballants, tourne sur lui-même, ne sait que faire de lui, finit par prendre appui sur les barreaux, s'y installe dans un inconfort flagrant.
— Drôle de situation, non ? dit-il.

Je me souviens brusquement qu'il vient de perdre son père. J'ai honte de tout ce branle-bas de combat que j'ai déclenché tandis qu'il est resté si discret.
— Tu leur as dit à la Villa ?
— Quoi donc ?
— Pour ton père…
Il secoue la tête.
— Tu ne leur as rien dit ?
Il sourit.
— En tout cas tu t'es bien pété la voix, toi !
De l'œil, il fait le tour de l'habitacle. Ça prend trois secondes. Il se redresse. Il dit :
— Je vais visiter.
Il s'enferme dans le cabinet de toilette.
La cloison est aussi fine que du papier cigarette. Voudrais-je ne pas l'entendre que je ne le pourrais pas. Il pisse. Il tire la chasse d'eau. Il tourne les robinets. Ensuite c'est toute une symphonie de cognements divers : le ceinturon contre l'émail, le coude contre la paroi, la lunette des chiottes qui se rabat, puis le couvercle, les boutons de la chemise lâchée sur la cuvette, le genou contre le lavabo, la main sur le formica imitation bois. Puis ce sont des frottements : le pantalon arraché à la jambe, le savon sur les poils, la serviette sur la peau. Le tout mêlé de cataractes d'eau, de gargouillis et autres borborygmes dans les bondes engorgées.
Je m'endors.

J'ouvre les yeux sur votre veste en cuir, pendue à une patère.
J'ai un coup au cœur.

Pendant un quart de seconde, j'ai cru que je voyageais avec vous.
Mais l'homme qui me tourne le dos et appuie son front contre la vitre, ce n'est pas vous. C'est Mathys avec ses belles épaules, sa maigreur, ses attaches fines, ses boucles brunes qui lui couvrent largement la nuque. Je distingue le reflet de son œil jaune qui se confond avec les lueurs d'une ville couchée dans des vallons au loin.
Il a presque perdu les stigmates de l'adolescence.
— Tu fais quel bilan de ton séjour à la Villa ?
Entre mon aphonie et le roulement métallique du train, je ne sais pas s'il a entendu ma question. Je m'apprête à la répéter en y ajoutant si possible un peu de son, je me redresse sur la couche, je malaxe un oreiller auquel je m'adosse, je me débarrasse de mes godillots que je n'avais pas enlevés, je les fais tomber sur le sol, je tire la couverture sur mes jambes pliées. Il ne bouge pas. Il soupire. Il dit :
— En un seul jour j'ai perdu mon père et mon pucelage.
Puis il ajoute, mais si bas que je doute presque de l'entendre :
— Mes deux pucelages.
— C'est-à-dire ?
— Avec une femme et avec un homme.
Je revois la gazelle qui s'éloigne de la fontaine de la Barcaccia, le fauve sur ses talons. Je dis :
— Le Gitan ?
Il a l'air surpris. Il dit :
— Ah ? Tu l'avais repéré ?

Un long moment se passe où rien d'autre n'existe que cette chevauchée de fer et d'acier qui nous emporte. Puis il dit :
— Je vais m'inscrire dans une école d'art. J'ai un peu loupé les délais d'inscription mais je vais me démerder. Je sors d'un stage à la Villa Médicis et je viens de perdre mon père. Ça devrait le faire.
— Et le droit ?
— Le droit c'était pour ne pas déroger à la tradition familiale. Pour que mon père me foute la paix. Le dossier est classé.
— Et ta mère ?
— Quoi ma mère ?
Nous entrons dans un tunnel. Il se détourne de la vitre, s'y appuie, croise les bras sur sa poitrine, ne me regarde pas, semble réfléchir.
— Ce serait bien qu'elle s'inscrive dans une chorale, finit-il par dire.

Je m'engouffre dans la salle de bains.
C'est mon tour de me cogner partout, de tourner les robinets, de chercher le chaud, le froid, le tiède. De frotter ma peau avec le savon qui juste avant a frotté la peau de Mathys. De m'enrouler dans une serviette que je coince sous mes aisselles. Ma robe a glissé sur le lino. Elle est trempée. Je n'ai pas pris de valise, la mienne étant cassée, mais je me souviens que Gwendoline m'a préparé un sac qu'elle m'a prêté. J'ouvre la porte. Le sac est en hauteur, dans le filet réservé aux bagages. Mathys suit mon regard, descend le sac, le pose à terre, se rassoit. Je vais pour m'accroupir et ouvrir la fermeture éclair. La

serviette lâche et tombe à mes pieds. Je suis nue devant Mathys. Je n'ai aucun réflexe de pudeur ou de défense. Je suis une poupée. Ou bien je suis devant un garçon qui ne m'inspire aucune appétence. Ou bien je suis une fille qui n'a plus accès à son désir, n'en connaît plus le chemin, ne ressent pas davantage qu'elle ne pense.
À la surface du bol de lait flotte maintenant une abeille et c'est atroce de songer que, si elle se noie, plus jamais à la ruche elle ne produira de miel.
— Tu es toute nue, dit Mathys.
— Oui.
— Tu vas attraper froid.
— Oui.
Ou bien je suis face à un garçon qui n'a pas du tout envie de moi. C'est vrai que c'est ma voix qui le faisait bander.
Et je n'ai plus de voix.
Je dis :
— Je ne suis pas ton type, hein ?
Il dit :
— Tu n'es pas un type du tout.
Nous rions. Je ramasse la serviette. Je m'y enroule à nouveau. Il dit :
— Je ne suis pas assez fort pour toi. Tu es une brindille mais il y a du soufre en toi. À tout instant tu peux prendre feu et, outre que je n'ai pas un tempérament de pompier, je n'arrive pas à piger ce qui provoque l'étincelle.
Il dit :
— À croire qu'il y a un dragon en toi. Un monstre qui la plupart du temps somnole et te laisse à ton identité de chaton qui vient de naître. Mais pour peu qu'il

s'éveille, on te voit cramer de l'intérieur, t'effondrer dans les flammes qui te dévorent et t'engloutissent. C'est terrifiant.

Il dit :

— Le pachyderme m'a ordonné de prendre soin de toi, il avait l'air d'en faire une affaire personnelle. Il a presque été menaçant à l'idée que tu puisses ne pas arriver saine et sauve à Paris. S'il avait su comme je balisais, il ne t'aurait jamais confiée à moi. Tu le connais d'où ?

— Qui ?

— Le pachyderme.

— Comme tout le monde. Il présidait le jury.

— C'est drôle.

— Quoi ?

— Il m'a donné l'impression qu'il te connaissait depuis longtemps.

Le train siffle et entame un long virage. Tout penche.

Je dis :

— Il m'a fait appeler dans son bureau tout à l'heure. Il m'a demandé si mon père faisait bien partie de la bande des Beaux-Arts. Tu parles s'il en faisait partie ! C'étaient ses copains, des gens qui déboulaient à l'improviste et qui le mettaient en joie. Ils avaient tous l'air d'admirer sa peinture. Souvent ils repartaient avec des toiles qu'ils coinçaient dans la voiture à la va-comme-je-te-pousse. Le pachyderme m'a révélé ce matin qu'il en connaissait un ou deux dans cette bande. Il m'a emmenée dans ses appartements particuliers. Il voulait me montrer un tableau qu'un de ses copains lui avait donné.

— Quoi ? C'était un tableau de ton père ?

— Je l'ai reconnu tout de suite. Une étude en préparation

d'un triptyque qu'un mécène italien lui avait commandé pour sa résidence en Toscane. C'est en regardant ce triptyque que pour la première fois j'ai volé.

— Tu as volé ?

— Oui. Je suis devenue un oiseau.

— Veinarde.

— J'ai quitté l'atelier, la campagne alentour, le monde. Je me suis élevée presque jusqu'au soleil et j'ai senti que là, rien ne pouvait m'arriver. Un jour un énorme camion s'est arrêté sur le chemin devant chez nous. Je me suis dit qu'il avait dû éventrer le village pour atteindre notre maison. Il a emporté le triptyque. Au fur et à mesure qu'il s'éloignait en marche arrière, toute manœuvre étant impossible, je sentais qu'on m'arrachait les ailes, qu'elles ne me tenaient plus au corps, que je perdais l'équilibre et que je devenais aussi lourde qu'une pierre. Je suis tombée.

— Tu t'es rejoué la chute d'Icare à toi toute seule, dit Mathys.

— Pas toute seule. Il y avait mon père dans le rôle de Dédale. Je l'ai engueulé. Je lui ai dit que ça servait à rien de me fabriquer des ailes s'il vendait le ciel où j'avais pris l'habitude de les déployer. Il m'a répondu que les ailes, c'était moi qui les avais créées et que j'étais seule à connaître le secret de leur fabrication, qu'elles n'étaient certainement pas faites de plumes et de miel, qu'elles s'étaient seulement repliées dans mes omoplates. Il m'a promis de peindre d'autres fenêtres par où je pourrais m'échapper, d'autres ciels d'où je pourrais regarder la terre et visiter des royaumes dont nul autre que moi n'avait idée.

— Il a tenu sa promesse ?
— Il a passé sa vie à tenir sa promesse, à revenir indéfiniment à l'ouvrage, à extraire du néant des éthers susceptibles de m'enivrer. Mon père, c'était Sisyphe. Il se foutait royalement des critiques. Mais ça devait l'éclater de soumettre ses créations à l'inclémence d'une gamine qui n'avait pas d'autre qualité qu'être sa fille et savoir voler. Je ne serais pas étonnée d'apprendre qu'il a sacrifié certaines de ses toiles uniquement parce que je les avais regardées avec indifférence et qu'elles ne m'avaient pas fait décoller du sol.
Mathys dit :
— Tu vas attraper froid. Habille-toi !
Je fourrage dans le sac de Gwendoline qui est de toile écrue décorée de fleurs multicolores. J'en extirpe un jean, un chemisier à rayures pâles, des chaussettes épaisses. Pas la moindre culotte. Tout au fond, je déniche un paletot qui ne m'appartient pas. Il a la couleur d'un jaune d'œuf ou d'une brassée de tournesols. Je le renifle. J'y reconnais le parfum de Gwendoline. Je m'habille.
— Tu as l'air d'un soleil, dit Mathys.
— Jaune de chrome doré. Mon père en glissait toujours une pointe quelque part dans ce qu'il peignait. C'était pour ainsi dire sa signature. Un jour, armée d'un bouton-d'or, j'ai fait le tour de son atelier espérant vainement qu'à l'approche de la modeste fleur se révéleraient des pépites dissimulées derrière les teintes majoritairement sombres de ses tableaux. Le soir à table, je lui ai raconté mon expérience et je lui ai fait remarquer avec reproche que ses toiles n'aimaient pas beaucoup le beurre. Il a failli s'étrangler de rire. Ma mère aussi d'ailleurs. C'était

rare que je réussisse à la faire rire. Je ne sais pas pourquoi je te raconte tout ça. Pousse-toi.

Il me fait de la place, attrape un oreiller, y appuie son dos.

— En tout cas, je ne savais pas que tu avais une sœur. Tu ne parles jamais d'elle.

— C'est vrai. Le moins possible.

— Remarque, le bouquin que tu as publié est une histoire de frangines. C'est autobiographique ?

— Mathys ! Réfléchis !

Mathys réfléchit.

— Mais non, ça ne colle pas ! dit-il.

Je m'étire, j'ai mal partout. Les autres voyageurs dorment-ils dans les compartiments voisins ? J'aperçois un bout de couloir par la porte vitrée contre laquelle bat un rideau à plis, si raide qu'on dirait du kraft et qu'il échoue à nous isoler. Il rappelle les jupes des uniformes dans les pensionnats religieux où tristesse et laideur invariablement se conjuguent. Partout, la lumière est en mode veilleuse. Il y a eu tantôt des rires d'enfants entrecoupés d'injonctions parentales, des cris étouffés, des disputes pour dormir en haut, dormir en bas, grimper à l'échelle, se laver les dents, cracher dans le lavabo. L'un s'est cogné au plafond, l'autre a fait tomber ses chaussures sans se soucier du boucan. Un troisième est resté enfermé dans les toilettes ne parvenant plus à tourner le verrou. Le contrôleur a été appelé. L'aventure a épuisé l'enfant et calmé toute la famille après l'avoir affolée. Une berceuse a été chantée.

Je dis :

— Tu as raison Mathys. Ça ne colle pas.

— Alors tu as tout inventé ?
— Non. Simplement ce n'est pas ma sœur qui a été violée par son père.
— Je n'y comprends rien.
— C'est ma mère qui a été violée par son père.
— Ta mère a été violée par son père ?!
Il y a des phrases qui sont aussi violentes qu'un alcool fort. Elles sont difficiles à entendre cul sec. Il faut les faire tourner au fond du verre, les répéter plusieurs fois si on veut que l'oreille les déglutisse, que le cerveau, toujours si lent, s'en empare et les fasse glisser vers le cœur, lequel en aura un brusque sursaut tant il ne songe qu'à rêver.
Mathys n'est pas habitué aux alcools forts. Il a la tête qui tourne. Mais cette phrase-là, je n'ai pas envie de la lui resservir. Il finit par dire :
— Mais alors ta sœur…
— Oui. Ma sœur est ma tante.
— Quoi ?
— Ma sœur est ma tante.
La deuxième gorgée passe toujours mieux que la première qui a tracé le chemin et laissé après elle une sorte de cicatrice. Il n'y a qu'à suivre. C'est sans doute aussi pourquoi il m'est plus aisé de la redire. Je regarde mes phrases faire leur effet sur le visage de Mathys, sur son corps. Je les regarde l'abîmer mais finalement assez peu. Je me dis cela : mes phrases l'abîment très peu. Mais n'en est-il pas toujours ainsi ? Les histoires n'abîment-elles pas que ceux qui les vivent ?
Mathys regrette d'avoir bu cet alcool qui commence à lui entrer dans le sang. Il se masse le ventre.
— Ben oui, c'est logique, murmure-t-il.

Puis il ajoute :
— C'est logique mais c'est dégueulasse.
Je dis :
— Ce n'est pas seulement dégueulasse. C'est mortel. C'est criminel. C'est innommable même si ça porte un nom. Inceste. Il y a décidément des mots trop étroits pour le drame qu'ils contiennent.
Mathys écoute ce qu'il vient d'entendre. Il dit :
— Tu devais l'aimer beaucoup Garance ?
— Oh, Garance c'est…
Je recommence à pleurer.
— Pardon, dit Mathys.
— J'ai honte. Tu viens de perdre ton père et moi…
— On ne va pas faire un concours de malheur, dit Mathys. Je ne suis pas à la hauteur.

Je me roule en boule au bout du lit. Je me mets tête-bêche avec Mathys. Je l'entends qui murmure :
— Ce n'est pas un monstre que tu as à l'intérieur. C'est toute une colonie.
Je ne sais pas quelle heure il est. Les roues cognent les rails, martelant les secondes. Je dis :
— Tu as quelqu'un qui vient t'attendre à la gare ?
Il dit :
— Mon frère.
Je dis :
— Je ne savais pas que tu avais un frère. Tu n'en parles jamais.
Je m'assoupis.

Nous sommes en gare de Paris-Bercy. Assis côte à côte sur le bord de la couchette, nous attendons tacitement que le train se vide de ses voyageurs. Nous les laissons à leur agitation, leurs retrouvailles, leurs exclamations diverses, leurs plaintes quant à l'exiguïté des compartiments, le dysfonctionnement du thermostat ou de la lumière, la longueur du voyage, les foutues grèves des compagnies aériennes qui ne laissent d'autre choix que de revenir au sempiternel chemin de fer, leur souci de trouver un taxi, un chariot pour les bagages, un plan de la ville, un ticket de métro, leur soulagement de rentrer chez eux pour certains, pour d'autres leur excitation de connaître enfin la célèbre Ville lumière.

Le brouhaha peu à peu s'apaise. Nous ne bougeons pas. Nous percevons dans l'air autour de nous des restes de stridence, des pellicules de bruit presque imperceptibles mais qui longuement déchiquettent cet état d'impondérabilité qui toujours succède aux grands charivaris et occupe la place avant que ne s'installe une relative ataraxie. Nous quittons la cabine-lit sans nous

retourner, chacun son sac à l'épaule. Mathys n'a pas plus de bagages que moi, Matoso a promis de tout lui mettre dans une malle qu'il lui fera parvenir plus tard. Au moment où je descends sur le marchepied, je sens qu'il m'attrape la main. Il y glisse un papier bleu.
Nous sommes en queue de train. Le quai est désert. Le hall de la gare à l'autre extrémité a les contours flous d'un mirage. De loin en loin tremble l'ampoule très jaune d'un réverbère peinant à trouer cette fin de nuit qui s'attarde, ce début de jour gris. Nous marchons semble-t-il aussi lentement que possible, chacun se demandant ce que l'autre craint, chacun se refusant à précipiter ce qui vient.

C'est un homme qui vient.

Et son apparition, tant que nous ne l'identifions pas, nous ralentit encore. Il n'est d'abord qu'une silhouette qui s'extrait du mirage et garde sur lui un peu de cette trémulation qui contribue à lui conférer une forme d'irréalité. Cependant il approche, son allure se précise, et malgré moi je m'entends me dire : sa si belle, toujours si belle allure d'homme toujours beau. Je vais me détacher de Mathys, le laisser à sa lenteur et courir, lâcher en route ce sac qui m'encombre,
et surtout cette veste en cuir qui m'entrave,
et avec elle sans doute tout un tas d'autres choses que je ne définis pas mais dont je comprends que sournoisement elles agissent sur moi comme agirent les pierres dans les poches de Virginia le jour où elle livra son corps à la rivière Ouse au fond de son jardin. Je vais courir à perdre haleine et à chaque pas me délester

sans que je sache de quoi et dans l'élan mes ailes s'ouvriront et je volerai ! La gare ne sera plus qu'une spirale de lignes monocordes que je regarderai depuis le ciel et qui me donneront le tournis. J'atterrirai dans une enivrante odeur de peinture et de térébenthine, de chiffons imbibés d'huile, de métal et de cuir,
à moins qu'il ne s'agisse de cachemire et de sable fin, de tubercule, de gingembre et de cuir,
à moins qu'il ne s'agisse que de cuir.
C'est un homme qui vient et je vais dégrandir, remonter le temps, redevenir la fillette qui décollait du sol quand elle regardait les tableaux peints par son père, celle qui s'égara dans les allées du cimetière et qu'une première fois ce jour-là son oncle sauva puis une deuxième fois quand sa sœur et sa mère parlèrent de l'envoyer en asile psychiatrique, puis toutes les fois où elle s'est souvenue qu'il fallait juste se tenir debout. Et quand ça ne suffisait pas, elle ouvrait son cahier à la page où son oncle lui avait dicté son numéro de téléphone. La certitude de pouvoir l'appeler lui redonnait le courage de respirer.
Je vais courir, laisser Mathys à sa lenteur. Je veux que la vie s'enraye et creuse un tourbillon dans ces poignées de secondes qui furent le suc de mon enfance, où je fus soulevée du sol et sauvée de la dévoration du malheur par des bras aimants et bercée par une voix murmurant inlassablement « Je suis là ma chérie, je suis là… » et le timbre grave se confondait pour toujours en moi avec la sensation de la rassurance qui s'écoulait dans mon corps, prenait la consistance d'un sirop lénifiant et me persuadait que nulle menace au monde désormais ne saurait m'atteindre.

Est-ce mentir aux enfants que les aimer et les convaincre d'invincibilité ?

Mes ailes se déglinguent. Je suis un planeur qui pique du nez et se fracasse sur le quai de la gare Paris-Bercy. Si je n'y prends garde, celle-ci se mettra à tourner autour de moi et loin de m'élever au-dessus d'elle, je serai aspirée dans son tourbillon gris, dans son camaïeu d'ardoise et d'anthracite souligné de jaune à cause des larmes de lumière au pied des réverbères.

Je n'ai pas couru. Je me suis immobilisée et Mathys m'a devancée. Je suis solide sur mes jambes.
C'est une sensation nouvelle.
L'insecte dans le bol de lait ne se débat plus. L'insecte est une phrase toute simple recroquevillée sur elle-même comme une épluchure. Elle se laisse attraper, se déroule avec limpidité et je peux enfin vous dire sans difficulté ce que tantôt je ne parvenais à saisir dans mon propre cerveau :

Vous n'existez pas.

Pourquoi croyais-je que cette phrase allait me tuer ? C'est vous qu'elle tue. Et encore, vous tue-t-elle ? Ne se contente-t-elle pas de lever un malentendu ? De mettre un point final à votre réalité ? Et désormais pour toujours vous serez enclos dans ces pages ?
Je ne vous ai pas totalement inventé. Le néant dont surgit l'écriture n'est bien souvent qu'un échantillon de

vie qu'on tend à sublimer afin de ne plus en souffrir. Je vous ai, disons, extrait d'un individu
que j'ai aimé
que je n'aime plus
qui s'est mal comporté
et auquel finalement vous ne ressemblez pas du tout, rassurez-vous. C'est lui ma vraie raison de revenir à Paris. Mais je ne viens le retrouver que pour rompre. Sa trahison a été totale, parfaite, sublime. Je n'ai pas compris tout de suite. Je suppose que personne jamais ne vous poussera par la fenêtre mais croyez-moi, quand cela arrive le temps paraît très long avant de toucher le sol. Aujourd'hui, je sais à quoi réduire cet homme. Une bite bien huilée qui, avec son expérience de la vie, avec son âge – celui de mon père lorsqu'il est mort – avec son autorité de vidéaste reconnu, ses voyages où nul ne saurait l'accompagner, ses bivouacs à fleur de désert où bizarrement traînent constamment des femmes attentives à le servir, avec son incapacité de partage déguisée en goût de la solitude, avec sa prétention à considérer que la vieillesse est réservée aux autres et, ceci impliquant cela, avec son incapacité à distinguer une femme d'une enfant, bref,
avec sa banalité
a abusé de mon insatiable besoin de protection et m'a laissée croire que la force de mon désir pour lui
témoignait d'un amour hors du commun. Comment aurait-il été l'objet d'un tel amour
lui qui est si commun ?

— J'ai prévenu votre compagnon, a dit le pachyderme en m'accueillant dans son bureau ce matin.
Ou bien était-ce hier ? Avec cette nuit blanche dans le train, je suis un peu perdue. J'ai balbutié :
— Pardon ?
— Il nous a bien aidés cette année dans notre interrogation concernant la question de la vidéo en tant que nouvelle discipline artistique à faire entrer ou non à la Villa Médicis.
Je n'en crus pas mes oreilles. Il était en contact avec le pachyderme et il ne m'en avait rien dit !
Face à une telle révélation, le sol aurait dû s'ouvrir sous mes pieds. C'est l'inverse qui s'est produit. J'ai eu un éblouissement. Vous savez cette sensation quand les pièces d'un puzzle d'un seul coup s'emboîtent parfaitement alors que jusque-là tout résistait, il manquait toujours une pièce, la solution ne cessait de se dérober. Dans une sorte de caléidoscope accéléré, j'ai vu cet homme que j'aimais m'apporter un soir le dossier d'inscription au concours de la Villa Médicis, le remplir avec moi, me conseiller

d'y glisser, en plus de mon roman et de quelques autres documents édifiants, mes cahiers d'écolière en ajoutant cette remarque qui aujourd'hui me fait frémir :
— Ce sera très bien.
Et moi :
— Qu'en sais-tu ? Tu ne les as jamais lus !
— Je veux dire : des cahiers d'écolière, ce sera très bien. C'est exactement ce qu'il faut.
Ce qu'il faut pour quoi ? Pour attirer l'attention du jury sur mon extrême jeunesse plutôt que sur mon éventuel talent d'écrire ? J'ai vu plus tard, quand je lui ai annoncé que j'étais admise à passer le grand oral, son sourire comme s'il était fier de lui davantage que de moi. C'est d'ailleurs à partir de ce sourire que je me suis tue sur le sujet, préparant mon oral en cachette, recevant l'annonce de mon admission sans en rien révéler, me persuadant que je lui réservais la surprise, que je le conduirais à Rome les yeux bandés et ne lui annoncerais mon succès qu'une fois sur place. Toute à mon silence, je n'ai pas entendu le sien. Suivait-il mon dossier dans mon dos ? Parlait-il de moi au pachyderme ? Cherchait-il à installer avec lui une complicité dont j'aurais été la dupe et dont le résultat, sans que j'en soupçonne rien, aurait perverti ma victoire jusqu'à en faire la sienne ? Si c'est le cas, quelle prétention ! Quel déni pour mes capacités de réussir. Quelle honte.
Cependant, sans le savoir, en me taisant je lui tendais un piège. Me sachant admise mais ne m'entendant pas l'annoncer, il a pris peur. Si j'allais ne pas partir ? Si j'allais laisser passer l'occasion ? N'en étais-je pas capable avec mes lubies ? Pouvez-vous le croire cela ? Il a imaginé

que mon amour pour lui me rendait inenvisageable tout éloignement
fût-ce de quelques kilomètres, fût-ce pour quelques mois, fût-ce pour retrouver l'appétit d'écrire. Est-ce possible, dites-moi, est-ce possible de si mal m'aimer, de si mal me connaître quand on m'aime ? Est-ce possible de ne pas comprendre que cette séparation qu'il avait si attentivement agencée lui était vitale en réalité et qu'il comptait sur cet éloignement pour se tirer sans courage d'une relation dont il ne savait plus que faire ?
En pleine nuit, il a sauté du lit, couru au coin de la rue, passé un coup de fil en prétendant être à l'aéroport appelé par je ne sais quelle urgence auprès des Touareg et implorant que je lui pardonne sa fuite.
« Tu as si mal vécu mes précédents départs. »
Éperdue, je l'ai cru.
Mais il a fait une erreur.
Sa veste en cuir. Oui, je vous ai menti. Pardonnez-moi. Au départ, ce n'était pas la vôtre mais la sienne. Il a fallu que je la transforme pour qu'elle vous appartienne. Dans la vraie vie, c'est une vieille peau qui pue. Elle lui a été offerte par sa mère. Il ne part jamais sans l'emporter, c'est une sorte de superstition. Quand je l'ai vue accrochée à la patère, après son coup de fil, j'ai senti que ça ne cadrait pas, qu'il se tramait quelque chose de moche. Je l'ai emportée avec moi parce que j'avais froid et aussi parce que j'ai eu l'impression que si je le faisais il se laisserait peut-être retrouver plutôt que d'attendre passivement au soleil que lui repoussent de nouvelles écailles.

Au bout du quai maintenant deux silhouettes attendent. L'une pourrait être Mathys mais ce n'est pas lui. C'est son frère. L'autre aurait pu être Vous mais ce n'est pas Vous.

C'est lui.

Qu'est-ce qu'il fout là ? Je sais que le pachyderme l'a prévenu de mon chagrin et de mon retour à Paris. Mais je n'arrive pas à croire que cela ait suffi pour le faire déplacer. Peut-être est-il venu chercher sa veste en cuir ?

Qu'il vienne la chercher après tout.
Je la laisse glisser de mes épaules.
Il n'aura qu'à venir la ramasser.

— Qu'est-ce qui se passe ? dit Mathys qui me voyant rester en arrière a rebroussé chemin.
— Rien.
— Tu as laissé tomber ta veste…
— Laisse ! Dis, il n'a pas l'air mal ton frère.
— Il est très beau mon frère. Et brillant.
— Qu'est-ce qu'il fait ?
— Il travaille dans un cabinet d'avocats. Il veut se spécialiser dans le marché de l'art. Et l'autre type, tu le connais ?
— Oui.
— Il est venu te chercher ?
— Oui.
— Ça ne te fait pas plaisir ?

— Non. Mais ça n'a aucune importance. Mathys ?
— Oui.
— Je suis contente de te connaître.
— Moi aussi je suis content de te connaître.
Il s'éloigne. Il rejoint son frère qui lui ouvre les bras et qui, les refermant sur lui, par-delà son épaule me regarde. Je défroisse le papier bleu que Mathys a glissé dans ma main. Il a écrit :

Qu'elle soit cassée ou pas
J'aime ta voix
Je te laisse mon numéro
Ciao

Un homme attend au bout du quai.
Je lui tourne le dos.
Je trouverai bien une autre sortie.

Je vous aime.

Je vous aimerai toujours.
Toujours je vous aimerai.
Croyez-le parce que c'est vrai. D'ailleurs, vous verrez, je viendrai parfois vous retrouver. Je feuilletterai les pages où fiévreusement je vous ai désapé.
Vous serez pour de vrai mon amant de papier.
C'est avec regret, sinon mélancolie, que j'arrive à ces derniers mots. Ici le fil de l'histoire semble coudre ensemble les bords d'un linceul. En fermant ce livre, j'ai presque l'impression de fermer vos paupières. Cependant une part de moi y reste couchée avec vous.

Sur la page de couv je ferai graver cette phrase qu'un jour sans le savoir vous m'avez donnée à écrire :
Même les anges perdent leurs ailes.
Peut-être me ferez-vous la douceur, en la lisant, de vous souvenir de moi…

Je remercie

Louis et Colette pour ce que je vois dans leurs yeux.
Patricia Valeix et Max Armengaud pour les chemins qu'ils m'ont ouverts à la Villa Médicis.
Françoise Giromini pour l'ombre et la lumière.
Valérie Zenatti pour un certain soleil.
Patrick Liegibel parce qu'il a vu clair.
Jean-Marie Laclavetine pour sa certitude face à mes incertitudes
Mes anges pour leur bienveillance.

Composition PCA/CMB.
Achevé d'imprimer
sur Roto-Page
par l'Imprimerie Floch
à Mayenne, en mai 2021.
Dépôt légal : mai 2021.
1er dépôt légal : mars 2021.
Numéro d'imprimeur : 98486.

ISBN 978-2-07-293909-9 / Imprimé en France.

399754